AF275673

KING

Título original: *The Fifth Guest*

© 2023, Jenny Knight
© 2024, de la traducción por José Monserrat Vicent
© 2025, de esta edición por Antonio Vallardi Editore S.u.r.l., Milán

Todos los derechos reservados

Primera edición en esta colección: enero de 2025
Sexta edición en esta colección: febrero de 2026

Newton Compton Editores es un sello de Antonio Vallardi Editore S.u.r.l.
Pl. Urquinaona, 11, 3.º 1.ª izq. Barcelona, 08010 (España)
www.newtoncomptoneditores.com

Gruppo editoriale Mauri Spagnol S.p.A.
www.maurispagnol.it

ISBN: 978-84-10359-24-6
Código IBIC: FA
DL: B 16.835-2024

Diseño y composición de interiores:
David Pablo

Impreso en febrero de 2026 en Puntoweb s.r.l., Ariccia (Roma), en Italia.

Jenny Knight

El quinto invitado

Traducción de José Monserrat Vicent

Newton Compton Editores
Barcelona, 2025

Para Shell. Gracias.

Extracto de la *Gaceta de Londres*

¡La herida más de clase media de todos los tiempos!

Al igual que hay médicos que piden que los aguacates vengan con una advertencia de que pueden ocasionar cortes, un nuevo peligro para la salud ha hecho cundir el pánico entre la clase media de los barrios de las afueras: una humilde tabla de quesos.

Durante una cena en el frondoso barrio de Barnes, al suroeste de Londres, un invitado fue presuntamente agredido en el estómago con un cuchillo de queso de plata ornamentado, un cuchillo que se suele usar solo para algo tan inofensivo como cortar un buen trozo de *brie*.

1

CARO

Caro iba de camino al gimnasio cuando le llegó la invitación. El cartero se la entregó junto a una factura y un catálogo de ropa. Ambos intercambiaron los comentarios habituales sobre el tiempo maravilloso que hacía y el ruido de los obreros que estaban a tres portales de allí. En circunstancias normales, Caro se habría subido al Lexus, habría sudado durante la clase de Body Pump y se habría pasado una hora en una cafetería averiguando las jerarquías del grupo que iba a tomar un capuchino al terminar la clase.

Sin embargo, en ese instante, se quedó en la casa y se sentó en el tercer escalón de la escalera con el sobre de aspecto caro en las manos mientras estudiaba el blasón que venía grabado en relieve en el papel de 140 gramos.

El labio inferior le sudaba.

Le dio la vuelta al sobre, se planteó dejarlo en el aparador y salir a la calle para proseguir con su día, pero sabía que la curiosidad morbosa y acuciante no le permitiría ser productiva. De modo que lo abrió a toda prisa, sin ceremonias, desgarrando el grueso papel sin cuidado, a propósito.

Lady Bellinger desea tener el honor de contar con la presencia del señor Brian Carmichael y su esposa en la ceremonia de inauguración del monumento a sir Charles y Henry Bellinger el domingo 15 de julio en el N.º 6 de Riverside Gardens, Chiswick. POR FAVOR, TENGA EN CUENTA QUE DEBERÁ PRESENTAR LA INVITACIÓN PARA ACCEDER AL RECINTO.

Caro observó la elegante fuente negra durante un tiempo que, más tarde, no sabría determinar; podrían haber sido segundos o la mitad de la mañana, mientras la vista se le emborronaba cada poco tiempo.

Una inauguración de un monumento... No se le ocurría nada peor que plantarse en el césped cuidado del hogar de los Bellinger a escuchar un discurso tras otro mientras esperaba a que desvelaran una réplica de Henry a tamaño real que la observaría desde las alturas como si fuera el mismísimo Jesucristo.

Caro se puso de pie y expulsó el aire despacio. Daba la impresión de que Henry Bellinger la perseguía allá donde fuera, siempre presente en su visión periférica. A veces le parecía verlo de refilón cuando iba en autobús o cuando estaba en el aeropuerto. Veía unos hombros anchos, o quizá unos ojos risueños y unos hoyuelos. Sin embargo, luego esa persona que se parecía a él se ponía en pie y resultaba ser demasiado bajo, o tenía los dientes torcidos, y aquel Henry volvía a convertirse en un desconocido que estaba subiéndose a un avión.

Caro se apoyó en el pasamanos y la madera tallada se le clavó en la espalda. Volvió a leer la invitación. Riverside Gardens. No quedaba demasiado lejos. Se preguntó a quién más habría invitado lady Bellinger. Era evidente que, si el nombre de Caro estaba en la lista, también lo estarían los de los demás; aquella vieja bruja jamás le habría dispensado un trato privilegiado solo a ella. Entonces se imaginó al secretario privado de la señora Bellinger volviéndose loco, tratando de localizarlos a todos.

Durante un instante se planteó rechazar la invitación educadamente, inventándose que ya tenía un compromiso previo, y sintió un breve alivio. Sin embargo, se negaba a darle aquel gusto a lady Bellinger.

La puerta principal se abrió. Se trataba de Mary-Anne, la limpiadora de Caro.

—Ay, señora Carmichael —le dijo, sorprendida, al verla en la entrada—, no esperaba que estuviera en casa.

–No, no, si ya me iba. Perdona, Mary-Anne.

Nerviosa por que la hubieran pillado desprevenida, y que encima lo hubiera hecho la limpiadora, como si su jefa se la hubiera encontrado durmiendo en el trabajo, Caro cogió la mochila del gimnasio y las llaves a toda prisa y dejó la invitación.

–¿Va todo bien, señora Carmichael? –le preguntó Mary-Anne, acercándose a ella como para ayudarla.

–Estupendamente. De maravilla. –Caro recogió sus cosas y se vio de refilón en el espejo del pasillo. Tenía buen aspecto; quizá estaba un poco más pálida de lo habitual, pero no había ni rastro del nerviosismo que se había apoderado de ella–. Ya dejo de molestarte, Mary-Anne. Haz tu magia.

Y, dicho esto, salió por la puerta.

Fuera, el aire del río y el humo del tráfico la sacaron de su ensimismamiento. No se amedrentaría ante la situación, pensó mientras se dirigía hacia el coche. Se enfrentaría a ella con la cabeza bien alta. «Desapegarse de las cosas es fácil, Caroline. Solo tienes que imaginarte que estás interpretándote a ti misma en una obra de teatro». Aquella técnica era un legado de su madre, para que aprendiera a ocultar sus emociones. Era uno de los numerosos truquitos que le había enseñado para pescar a un marido rico. Sin embargo, en esta situación, Caro sentía que iba a necesitar una armadura mejor, quizá algo que la protegiera de las miradas furtivas del resto de los invitados, los murmullos cargados de compasión, la tristeza de ver la vida que no había tenido o, como mínimo, la indiferencia altiva de lady Bellinger.

Cuando Caro abrió el coche con el mando, se le ocurrió que a lo mejor podía organizar una cena la noche de antes, que quizá podía reclutar a algunos de los actores principales para contar con refuerzos. Incluso podría invitarlos a pasar la noche; a fin de cuentas, su casa era la que quedaba más cerca de la de los Bellinger. Así podrían presentarse en grupo. Comprobó la agenda y vio que el sábado 14 de julio tanto su marido, Brian, como su hija mayor, Bethany, cenarían en el Barnes Rugby Club. Estupendo.

Entró en el Lexus y se acomodó en el asiento de cuero de color crema, satisfecha por que todo estuviera saliendo a pedir de boca. De repente la idea no le pareció tan terrible. Celebraría una cena fantástica con viejos amigos durante la que revivirían los años de juventud. Aquello le recordó las tardes húmedas que había pasado navegando por el río; los cuerpos atléticos tostados por el sol; los cócteles dulces en copas pegajosas y los bailes cubiertos de sudor al ritmo de los temazos de la época de la uni; la adoración; los rostros alegres y despreocupados, llenos de esperanza e idealismo; las noches que no se pasaba en vela mirando el techo; todas aquellas promesas.

Al comprobar la agenda del teléfono se encontró con el número de George Kingsley. Lo último que sabía Caro de él era que acababa de mudarse a Henley-on-Thames, que Audrey (su mujer) estaba embarazada y que él trabajaba en una empresa mediana de gestión de activos de Londres. Usaba expresiones como «ir a por todas», y se había convertido en la clase de hombre que Caro se había imaginado. George era de los que mantenían el contacto con todo el mundo.

Caro reescribió el mensaje de WhatsApp cinco veces hasta que le pareció que sonaba lo bastante despreocupado:

George, hace mil que no nos vemos. Estaba pensando en organizar una cena antes del homenaje; así me cuentas un poco cómo van estas cosas. ¡Jamás he ido a un evento igual! Dime cómo te viene. Yo estoy en Barnes, así que puedes quedarte a dormir si quieres. Besos, Caro.

Ya se notaba mucho mejor. Comprobó la hora en el reloj; no iba a llegar a la clase de Body Pump, pero al menos podría pasarse luego a por el café. Puede que incluso se pidiera una copa de vino. Caro intentaba no beber entre semana, pero, como le había señalado una de las madres en la puerta del colegio, el jueves ya era casi fin de semana.

El Lexus zumbaba por la carretera. George respondió al mensaje en cuestión de unos poco minutos. La voz robótica del coche se lo leyó.

¡Caro! Había oído por ahí que ya habías vuelto de Suiza. Me parece genial lo de la cena. Estas cosas siempre provocan una sensación agridulce; se acaban complicando mogollón. Travis iba a quedarse a dormir conmigo; ¿te importa que venga? La verdad es que sería estupendo que nos tomáramos una copa y nos pusiéramos al día sin tener que preocuparme por si se despierta el niño. Besos, G.

Caro detuvo el coche en el aparcamiento del Virgin Active y repasó la lista de invitados. No es que Travis Lawrence-Dixon le cayera demasiado bien, pero no pasaba nada, podía hacerle un hueco.

Abrió la puerta. El sol brillaba. Caro se puso las gafas de sol, cogió el bolso de la mochila del gimnasio y se dio cuenta de que, con las prisas, se había llevado consigo la invitación. De repente fue como si Henry Bellinger estuviera en el coche, observándola desde el asiento de cuero suave con esos ojos risueños suyos.

Caro sintió que se le cerraba la garganta y que le hormigueaba la piel. No quería verse obligada a volver al pasado. Tenía una nueva vida, una vida que se había ganado peleando con uñas y dientes. El picor se intensificó y le entraron ganas de arrancarse la cadena de oro y la camiseta ajustada de licra. No soportaba que le recordaran que habría podido tener una vida distinta. Con la cara encendida y sudorosa, se notaba a punto de comenzar a hiperventilar cuando un coche hizo sonar la bocina.

Su compañera del gimnasio, Fliss Wechsler, la saludó mientras daba marcha atrás con su Audi y logró evitar que a Caro le diera un ataque de pánico.

Caro alzó una mano temblorosa. El corazón dejó de martillearle el pecho. Sintió que el terror se desvanecía. Tenía muy claro que necesitaba una copa de vino. Menos mal que a Fliss también le gustaba beber; seguro que se apuntaba a una copa de Chablis frío.

Caro estiró la mano y recogió la invitación con tanta inseguridad que se sintió tonta. Le dio la vuelta y la leyó de nuevo. No era más que un pedazo de papel. No podía causarle ningún daño. Lo que no te mata te hace más fuerte y blablablá...

Cuando la guardó en el bolsillo lateral de la mochila, notó con los dedos el relieve con el nombre de los Bellinger y, mientras bajaba del coche para saludar a Fliss, tomó nota mental de que Brian y ella también tenían que personalizar su material de oficina.

2

LILY

Cuando Lily Enfield recibió la invitación a la ceremonia de inauguración del monumento a Henry Bellinger, le pidió una cita de emergencia a su psicóloga.

—No quiero ir —le soltó a bocajarro—. Solo me han invitado por lo del libro.

No hacía mucho que Lily había entrado en la lista de los más vendidos del *Sunday Times* gracias a un *thriller* sobre una arqueóloga de armas tomar que se veía obligada a convertirse en detective después de que alguien hubiera asesinado a su compañero en una zona inhóspita de la Antártida. A menudo se sentía un fraude en los eventos literarios y en las fiestecillas a las que la invitaban desde hacía poco porque el único parecido entre la protagonista del libro y ella era que Lily también había estudiado fósiles de la Antártida para su doctorado.

—Y luego también está la cena que ha organizado Caro en su casa —añadió, sintiendo cómo el pánico se apoderaba de ella—. Me supera.

La psicóloga miró la invitación y luego a Lily. Dejó que el silencio se adueñara de la estancia.

Lily se quedó lo más quieta posible bajo su escrutinio. Resultaba difícil evitar el contacto visual porque no había nada con lo que distraerse en la consulta. Seguramente fuera algo intencionado. Solía concentrarse en la caja de pañuelos que había sobre la mesita auxiliar y pensaba en todos los clientes que los sacaban a puñados para enjugarse las lágrimas mientras la psicóloga esperaba, paciente. Antaño, a Lily la idea de echarse a llorar allí le resultaba tan inconcebible como desnudarse ante la psicóloga. Una alfombra con un dibujo geométrico cubría el suelo; Lily lo había observado con tanto detenimiento que hasta se le aparecía en sueños.

–Refréscame la memoria. ¿Quién es Caro?

La psicóloga se quitó las gafas sin montura que llevaba. Lily se había probado unas iguales en la óptica, pero se había sentido demasiado vulnerable.

–La princesita –le aclaró Lily–. Bueno, no es una princesa de verdad. Es la chica con la que quedé en Zúrich.

Lily había ido hasta allí para asistir a un festival de literatura. Caro se la había llevado a un restaurante en una azotea que estaba muy de moda y en cuyo letrero solo aparecían tres puntos porque, como le había dicho ella entonces, ¿quién iba a negarse a ir a un sitio tan moderno que ni siquiera tenía nombre? Pues Lily Enfield. A Lily le aterraban las alturas; había tenido que caminar con los ojos cerrados mientras las guiaban hacia su mesa. Caro había soltado una risita, se había colocado la melena roja por encima del hombro y se había girado para decirle: «No has cambiado nada».

Lily tenía clarísimo que aquello no había sido un cumplido.

–Vale, sí, el festival de literatura –comentó la psicóloga, echándoles un vistazo a sus notas–. De hecho, fue allí donde empezaron los ataques de pánico.

Lily se quedó mirando las gafas, que colgaban sin ninguna clase de cuidado de los esbeltos dedos de la psicóloga y rebotaban mientras ella hablaba. Se preguntó si de verdad le hacía falta comprobar sus notas o si aquello no era más que una táctica.

–Por aquel entonces comentamos si era posible que algo de lo que ocurrió durante el viaje hubiera sido el detonante.

–Pero llegamos a la conclusión de que no había sido más que una coincidencia –respondió Lily, que se revolvió incómoda en el asiento.

Los pantalones se le estaban clavando en la cintura y el suéter con cuello de V le daba demasiado calor.

–A esa conclusión llegaste tú –la corrigió la psicóloga–. Yo no llego a ninguna conclusión, Lily, solo te sugiero posibilidades para que las explores.

Lily se esforzó por quedarse quieta y evitar esos ojos que parecían capaces de verlo todo, pero quizá incluso aquel gesto le revelara algo a su psicóloga.

–Me has dicho que va a organizar la cena la noche anterior al homenaje, ¿no? –quiso asegurarse la psicóloga.

–Sí –contestó Lily–. Debe de haberse dado cuenta de que casi no había chicas invitadas. Caro no es de las que tienen amigas cercanas. Digo «chicas» porque «mujeres» me suena demasiado formal. No quiero que pienses que me sigo considerando una chica joven.

A veces Lily se sentía como si le estuviera sirviendo sus neuras a la psicóloga en bandeja de plata.

–Creía que habías dicho que solo te había invitado por lo del libro.

–No, ese es el motivo por el que me han invitado al homenaje. Lo de la cena no tiene nada que ver. –Comenzó a ponérsele rojo el cuello; tenía mucho calor y se estaba estresando–. O puede que sí, no sé.

La psicóloga ordenó los papeles.

–Creo que nos estamos desviando del tema –comentó–. Dime, Lily, ¿tú qué quieres hacer?

–No lo sé.

Pero sí que lo sabía. Quería olvidarse por completo del tema; quería volver a llevar una vida tranquila sumida en el anonimato, como antes. Al ver el mensaje de Caro sobre la cena había creído que le estaba dando un infarto y se había hecho un ovillo en el suelo mientras esperaba a que le llegara la muerte o a que los oídos dejaran de zumbarle.

–¿Por qué crees que pienso que deberías ir? –le preguntó la psicóloga, con el tono más amable posible.

Ya habían hecho algo parecido la semana anterior. Lily estuvo a punto de levantar la mano.

—Porque crees que necesito reapropiarme de mi propia historia.

—Y volver a donde empezó todo. —La psicóloga se recostó y volvió a ponerse las gafas—. Sé curiosa, Lily. Explora cómo te sientes. Fíjate en cómo te hacen sentir los demás.

Lily ni siquiera soportaba la idea de tener que sentarse alrededor de una mesa con todos ellos.

La psicóloga se quedó mirándola, esperando una conformidad que Lily no quería manifestar. Transcurrieron varios segundos en silencio. A veces, para distraerse cuando la sesión se volvía demasiado intensa, Lily se imaginaba que su psicóloga daba un bote de repente y se ponía a hacer toda clase de locuras, que bailaba el *Gangnam Style* o que se convertía en una villana de dibujos animados que alzaba las manos hacia el cielo entre un mar de llamas ardientes mientras reía a carcajadas y le soltaba algo como: «¡Es tu oportunidad, Lily! Ponte a sacar mierda y encuentra la verdad. ¡Desata un infierno!».

Lily tuvo cuidado de que no se le reflejara en el rostro lo graciosa que le parecía la escena. Así que se quedó mirando a su psicóloga con la cara inexpresiva cuando ella le dijo:

—Eres mucho más fuerte de lo que crees, Lily.

—Yo no lo tengo tan claro.

3

ELLE

La invitación estaba aguardando a Elle Andrews cuando llegó a casa del trabajo. Después de abrirla, adoptó una mueca de asco con los labios rojos y la arrojó directa a la papelera.

Ese día tenía que vaciar el piso de su difunta hermana Sarah. Al meter la cabeza bajo el fregadero, donde olía a moho y a caca de ratón, Elle encontró otra botella de vodka triple destilado, de la marca Rachmaninoff, del Lidl. Había llegado a beberse la mitad antes de esconderla y olvidarse de ella. Elle la sacó de allí, se sirvió una taza y echó el resto por el fregadero.

—¿Qué coño haces? —le preguntó su hermano, que estaba fuera hablando por teléfono. Se asomó adentro por la ventana y le quitó el cuarto de botella que quedaba de las manos—. ¡Es de los buenos!

Elle no dijo nada, se limitó a apoyarse en la encimera de laminado desconchado y le dio un trago a la taza. Tenía una imagen del príncipe Guillermo y la princesa Catalina en uno de los lados; se trataba de una taza conmemorativa de la boda, de algún catálogo cutre.

Observó la habitación. Había tanto que limpiar. Las cortinas de tejido transparente amarillentas eran tan deprimentes que Elle fue hacia ellas y las arrancó. Aún fuera, su hermano hizo una mueca.

—¿Por qué has hecho eso? —Pero luego se distrajo con un vecino—. Buenas tardes, Phyllis. Sí, hemos venido a vaciar el piso. Muy triste, sí. De repente. No, si tienes razón, no era feliz. Venga, cuídate.

Elle puso los ojos en blanco. Su hermano podía hablar con cualquiera, pero no hacía nada útil. Decidió asomarse al salón para ver cómo iba su madre.

—¿Aún no has hecho nada? —Elle no podía creérselo; la estancia estaba tal y como la había dejado al marcharse. Había pilas de periódicos en todas las mesas, tazas y copas. Restos de la vida cotidiana—. Mamá, tenemos que organizarlo todo.

Pero su madre no la estaba escuchando. Había encontrado un antiguo álbum de fotografías y miraba las fotos de la infancia de sus hijos. Cuando alzó la mirada hacia Elle, esta vio que tenía las mejillas surcadas de lágrimas.

—Es horrible. No... No está bien que tus hijos se mueran antes que tú.

Elle se sentó a su lado en el sofá, le pasó el brazo por encima de los hombros y la abrazó con fuerza.

—Lo sé...

En realidad, Elle había llegado a fantasear con el día en que no tuviera que acudir corriendo a aquella casa y sentarse a oscuras a abrazar a su hermana mientras esta lloraba, con no tener que pasar más horas al teléfono hablando con el médico, con no tener que esperar a que llegaran las ambulancias, con no tener que limpiar ni cocinar ni comprobar cómo estaba. Sin embargo, por muy terrible que fuera la situación, por muy enferma que hubiera estado, por mucho que ya hubiera estado de luto por ella, a Elle aún le impactaba que su hermana no estuviera allí. Volvió a mirar a su hermano, que seguía pegado al teléfono en el pasillo, y luego a su madre, con su pelo lacio, que no dejaba mirar obsesivamente las fotos antiguas. Todo dependía de Elle. Aquellos dos no servían para nada. Aunque quizá debiera rendirse. ¿Acaso importaba que vaciaran la casa? Nada de lo que había allí pertenecía a la hermana que ella había conocido; no era más que un recordatorio deprimente de la persona en que se había convertido Sarah.

Elle se sentó, apoyó la cabeza en el sofá raído, se encendió un cigarrillo y sacó el teléfono. Abrió el correo que le había mandado Lily Enfield.

Hola, Elle:
Solo quería saber si ibas a ir a la cena que ha organizado Caro antes del homenaje. En caso de que sí, me gustaría que fuéramos juntas... Tengo muchas ganas de que nos pongamos al día. Espero que estés bien.
Besos,
Lily

Se metió en Instagram mientras su madre sollozaba a su lado. Elle casi no subía contenido a sus redes, pero lo observaba todo; se convertía en una observadora distante pero adicta. Se había hecho una cuenta falsa (las.tartas.de.belinda) y se había puesto la foto de una mujer sonriente que mostraba una bandeja llena de *cupcakes*. Todo el mundo aceptaba sus solicitudes de seguimiento gracias a su imagen inofensiva.

Entró en el perfil de George Kingsley. No publicaba demasiadas fotos, y las pocas que subía eran *selfies* y textos en los que, aunque parecía mostrarse humilde, no dejaba de tirarse flores. Una foto en la que salía en un yate en el Mediterráneo, con el pelo mojado recogido hacia atrás y unas Ray-Bans con cristal de espejo en las que se reflejaba el iPhone: «Afortunado de poder sacar esta belleza. ¡A ver si me acuerdo de cómo se navega!»; o una foto en la que salía a horcajadas sobre una bicicleta en lo alto de una colina, sudando un maillot carísimo. «Uf, ¡lo logré! ¡No estoy tan en forma como antes!». De vez en cuando también subía alguna foto de Audrey, su mujer, que tenía el pelo castaño y el rostro en forma de corazón; normalmente la llamaba su «mujercita». A Elle le habría encantado cotillear el perfil de Audrey Kingsley, pero aún no había aceptado su solicitud de seguimiento.

En la última foto que había publicado George aparecía con Audrey y con su bebé recién nacido; lo poco que se veía del salón mostraba un mobiliario de colores neutros muy estiloso. El bebé estaba envuelto en prendas azul claro y se agarraba con su manita al pulgar de George, que, en comparación, parecía inmenso. En el texto ponía: «Adoro a este pequeñín. ¡Es mi mayor logro!».

Elle no había querido ponerle nombre a lo que había sentido la primera vez que había visto la foto. Quería creer que no había sido más que desdén, pero sabía muy bien que también había habido un destello de envidia. Al volver a verla, sabiendo lo del homenaje (y sabiendo que George Kingsley tendría un papel crucial en él), sintió que el desdén se convertía en rabia. Tampoco ayudaba demasiado estar allí, entre los tristes restos de la vida de su hermana. Al comparar el salón blanco roto y elegante de George con el papel de pared amarillento y manchado por la nicotina de su hermana, le hervía la sangre.

A su lado, el teléfono de su madre comenzó a sonar y esta respondió en voz muy baja:

–Sí, lo sé, sí, enseguida vuelvo a casa. Estoy encargándome de las cosas de Sarah. Sí, sí, te lo prometo. –Cuando colgó, se giró hacia Elle y le dijo, avergonzada–: Darrell quería saber dónde estaba.

Elle lo odiaba. Darrell era un conspiracionista controlador que creía que la Tierra era plana y que todo el mundo estaba en su contra; era idéntico a casi todos los exnovios de su madre. Elle pensó en que el pijo ricachón de George Kingsley no se parecía en nada al terrible Darrell y, sin embargo, ambos habían contribuido a que Elle hubiera renegado de las relaciones amorosas.

Su madre pasó otra página del álbum, sin dejar de sorberse los mocos y enjugarse las lágrimas con la manga. A su lado, el teléfono no paraba de sonar con cada uno de los mensajes que le mandaba Darrell. Elle no lo soportaba más; ni la claustrofobia que sentía allí con su madre, rodeada de las pertenencias de su hermana, ni el hedor a lamentos y frustración.

Elle se levantó, regresó a la cocina y volvió a meter la cabeza bajo el fregadero para ver qué más encontraba allí, pero ya no tenía las mismas fuerzas que antes. Le habría dado completamente igual si hubieran cerrado la puerta de la casa y se hubieran largado de allí. Se sentó en el suelo y releyó el correo de Lily sobre la cena que había organizado Caro antes del homenaje. Luego entró en el Instagram de Caroline («Caro» para las amigas) Carmichael. Sus cuadraditos reflejaban una vida elegante de la típica zona residencial. Fotos que se hacía cuando llevaba a los niños al colegio con unos pantalones de yoga azul marinos de buena calidad, con la melena larga pelirroja suelta y brillante, como sacada de un anuncio. Un rincón de su casa en el que se veía el nuevo carrito de bronce en el que guardaba lo necesario para preparar los cócteles, con sus copas de estilo *vintage*, sobre un fondo verde azulado de Farrow & Ball. Una foto repulsiva de un *#brunch* en la que se veían un montón de manitas que se abalanzaban a por unas tortitas de arándanos en una cafetería con luces de estilo *hipster* y obras de arte cutres.

Buscó el nombre de Travis por curiosidad y dejó escapar una carcajada. Se había puesto como un armario y se había llenado el cuerpo de tatuajes, y todas las fotos eran de él haciendo un millón de poses diferentes de yoga bajo distintos atardeceres. En su biografía ponía: «Travis Lawrence-Dixon | La fuerza está en la sabiduría | Ponte en contacto conmigo para hablar o para una clase».

Elle acunó la taza de vodka y pensó en la estatua que iban a erigir de Henry Bellinger, se imaginó a George y a Caro dando vueltas por la fiesta, engullendo canapés y bebiendo champán; a George adueñándose del micrófono, dispuesto a soltar un discurso adulador y conmovedor; a todos reunidos durante la cena que había organizado Caro, una cena a la que no la habían invitado porque no la consideraban digna de ello.

¿Por qué esa clase de gente podía vivir como le daba la gana? ¿Por qué tenían unas vidas resplandecientes y libres de responsabilidades? Elle intentó imaginarse una realidad en la que era a su hermana a la que inmortalizaban en mármol, quien bebía *lattes* y vestía ropa de Lululemon, y no quien se había suicidado a base de empinar el codo. Las injusticias de la vida la sacaban de quicio.

Pensó en lo muchísimo que disfrutaría haciendo estallar por los aires sus vidas perfectas. Pero entonces recordó lo que siempre decía uno de sus padrastros, Neal, el que vivía en Deal; que era mejor no remover el pasado. Elle se terminó el resto del vodka de un trago. Qué aburrida sería la vida así, ¿no?

4

GEORGE

George Kingsley dejó las bolsas en el recibidor.

—¡Hola! —Acababa de terminar el entrenamiento de la pretemporada de remo en Lucerna. Estaba moreno, del color de las castañas, a causa del sol de finales de verano de Suiza, que se reflejaba en el agua. Se quitó las gafas de sol y miró la casa en ruinas—. No es ideal, ¿no?

La chica que estaba delante de él parecía tímida, llevaba unas gafas inmensas con monturas de carey y daba la impresión de que había nacido con un libro debajo del brazo. No era para nada su tipo, pero, cuando se presentó y le dijo que se llamaba Lily Enfield, se le ocurrió que quizá le resultara útil para la lista de ese año. La lista la publicaba el capitán del club de remo todos los años; el desafío del año anterior había sido acostarse con una chica de cada nacionalidad; una tarea casi imposible. El objetivo de aquel año era tirarse al abecedario entero. A George la lista le resultaba moralmente reprobable, y pocas veces escogía a las chicas tan solo para cumplirla, pero también le resultaba agradable tachar sus conquistas de ella. Acababa de empezar el trimestre y ya había tachado la «J» (Jessica, una chica muy maja del equipo de remo femenino) y no creía que fuera a tardar demasiado en hacer lo mismo con la «V» tras haber zanjado una discusión en la sala común de los estudiantes de grado sobre sus privilegios con una chica que se llamaba Vickie ligando con ella.

–¿Ya están pilladas todas las habitaciones? –preguntó George, que observó el escaso mobiliario y las paredes recién pintadas.

En primero había tenido una habitación muy acogedora con baño propio; había sido casi como un segundo hogar. Sin embargo, en contraste, la de aquel año era, cuando menos, cutre: la pintura azul de la fachada del edificio de estilo georgiano se había desprendido, los marcos de las ventanas estaban podridos; en cuanto al salón, daba la sensación de que, antaño, durante la última época en la que la casa había estado habitada, había sido el escaparate de una tienda. Echó un vistazo hacia el final del pasillo y vio una cocina minúscula con unos armarios marrones con muy mala pinta. Menos mal que casi siempre comía en el comedor de la facultad.

La chica tímida, Lily, negó con la cabeza.

–Solo hemos escogido Travis y yo.

Las gafas se le resbalaron por la nariz. Las mejillas se le sonrojaban cada vez que abría la boca. George no podía creerse que fuera a compartir casa con ella. Cogió varias de sus cosas y la siguió por una escalera que no dejaba de crujir. Como dirían los chicos del club de remo, era una chica gamba: buen culo, pero qué pena de cara.

El pasillo olía a pintura y humedad. Había manchas blancas sobre la moqueta, y los bordes del cartel de la salida de emergencia estaban cubiertos por varios brochazos. George pasó junto a una puerta que había abierta en el rellano y saludó al chico que estaba tumbado en un colchón de matrimonio y lanzaba anillos de humo hacia el éter.

El chico se incorporó; tenía el pelo de punta y los ojos llorosos. Observó el conjunto de George: la camiseta del equipo internacional de remo, la bolsa enorme de Nike, la chaqueta del esmoquin en el portatrajes que le colgaba del hombro...

–Pareces un tío demasiado intenso para mi gusto –sentenció el chico, y luego volvió a tumbarse.

Daba la impresión de que en su cuarto no había nada salvo un portátil, un altavoz y la saga entera de Harry Potter sobre una estantería.

—Ese es Travis —comentó Lily, nerviosa, a su lado en el rellano—. Su habitación tiene unas vistas encantadoras.

George echó un vistazo a través de los seis cristales que conformaban la ventana. No le parecía que Travis fuera de los que apreciaban el campo pintoresco que se veía al otro lado de la calle, tras los pináculos de acero, ni tampoco el castaño de Indias o la farola ornamentada de estilo victoriano que se veía a través del cristal moteado. George ya conocía a Travis; el año anterior le había echado una mano, cuando George le había comprado unos esteroides a uno de los del equipo de *rugby* que le había jurado que no había forma de detectarlos en el cuerpo. Sin embargo, al chico lo habían expulsado tras llevar a cabo un test de drogas obligatorio. George jamás había sentido tanto miedo. Se había pasado toda la noche imaginándose cómo reaccionaría su padre cuando a él también lo expulsaran. Al final, después de quedarse en vela hasta las tres de la mañana, aterrorizado, George le preguntó a uno de los porretas de su curso si sabía de alguien que pudiera echarle un cable. Así fue como llegó a Travis, que le cobró cincuenta libras por hidroclorotiazida, un diurético que solo se podía comprar con receta y que servía para ocultar los rastros de drogas en el cuerpo. George se lo tomó y se desmayó por culpa de la deshidratación y los mareos durante el entrenamiento del día siguiente; y encima tampoco le llegaron a hacer el test.

Por lo visto iba a tener que vivir con ese desecho humano.

Pero ¿acaso le importaba? La verdad era que no mucho. George había ido a Oxford persiguiendo un único objetivo: participar en la regata Cambridge-Oxford. Era su destino. Los Kingsley representaban a Oxford. Se había pasado la infancia escuchando las batallitas de su padre y de su abuelo sobre los días gloriosos de las regatas. Tras derrotar a Cambridge, a ambos los habían nombrado Oxford Blues, el mayor honor que se le concede a un deportista de Oxford. Los diplomas estaban enmarcados uno encima del otro en el salón, en la casa familiar de Devizes. Ya habían dejado un hueco para el de George, debajo de los otros. En primero, los demás candidatos habían sido buenísimos y George no había logrado entrar en el equipo. En cierto modo, aquello había resultado todo un alivio, ya que podía ir ganando experiencia mientras seguía pasándoselo bien por las noches y disfrutaba de ser un estudiante de primero sin tener que soportar tanta presión, porque ya era bastante complicado de por sí acostumbrarse a todas las horas que tenía que dedicarles a los estudios. Ese año, sin embargo, la cosa era distinta y ya no podía andarse con tonterías. Gran parte de los alumnos que llevaban más tiempo en el equipo se había graduado, y George tenía posibilidades de entrar; ese era su año. Iba a conseguir un puesto en el Blue Boat, la embarcación más importante de la regata contra Cambridge, aunque le fuera la vida en ello.

Alguien cerró la puerta principal de un portazo y las ventanas se sacudieron. Una pelirroja que llevaba vaqueros y un *crop top* y que iba envuelta en una nube de perfume subió las escaleras.

–Me niego. No entiendo cómo es posible que me esté pasando esto. ¿Cómo van a ponernos a todos juntos? Hemos pagado. Se supone que mi habitación tiene cuarto de baño propio. ¿Cuántos baños tiene este sitio? ¿Uno? Se están cargando la experiencia universitaria.

Era muy guapa; el pelo largo y rojo como el fuego, figura de reloj de arena, extremidades pálidas, labios perfectos para hacer mamadas. Toda ella desprendía confianza.

–Creo que lo que se ha cargado la experiencia universitaria ha sido el hundimiento que ha derrumbado la mitad de los alojamientos de los alumnos –comentó la chica callada, Lily, con un tono seco que George no se esperaba de ella.

Desde la cama, Travis dejó entrever una sonrisa mientras se encendía un segundo cigarrillo con el que se estaba acabando. George se preguntó cuándo sería un buen momento para recordarle que no estaba permitido fumar allí.

La pelirroja no parecía haber oído el comentario de Lily. Puso una mueca y apoyó las manos en la piel expuesta de la estrecha cintura. Toda su atención iba dirigida hacia George, lo cual hizo que el chico sacara pecho de modo instintivo.

—Pero ¿qué clase de lugar es este? Menudo cuchitril; no me creo que nadie pueda vivir aquí. Han pintado las paredes de un edificio antiguo y se han quedado tan anchos. ¿Por qué nos ha tenido que tocar a nosotros? ¿Por qué los demás pueden vivir juntos en el edificio central?

George metió la bolsa y el portatrajes en el primer cuarto que pilló libre.

—No creo que los demás estén mejor. Parece que es todo un desastre. Por lo que he oído por ahí, la universidad ha tenido que sacar habitaciones de donde no las había. Hay gente que ha tenido que irse a varios kilómetros de aquí; diría que incluso hemos tenido suerte.

No parecía que la pelirroja fuera de las que consideraban que había tenido suerte.

—Dicen que solo será durante una temporada —añadió George, que había decidido cambiar de táctica—. En cuanto evalúen los daños estructurales, nos sacarán de aquí y nos dejarán volver al edificio central.

—Tío, ¿pero tú has visto el destrozo que hay? —dijo Travis con tono burlón.

—No —respondió George, poniéndose muy tieso—, la verdad es que no.

—Bueno, pues ve sacando los chinos de la maleta —le dijo Travis, que se dio la vuelta en la cama con las mejillas hundidas y una sonrisa—. No nos vamos a mover de aquí.

George vio por el rabillo del ojo que la chica tímida se había reído.

—Voy a hablar con el decano —dijo la pelirroja, que estaba que echaba chispas—. No puedo vivir con vosotros.

Un silbido grave los hizo callarse.

—Hostia puta, menuda pocilga —dijo alguien en un tono divertido, arrastrando las palabras.

La risa profunda y contenta que siguió a aquellas palabras pareció mejorar la situación al instante.

George se acercó a las escaleras para mirar hacia abajo, atraído por la confianza despreocupada de aquella voz. Casi se le escapó un grito cuando vio que se trataba ni más ni menos que de Henry Bellinger, que cerró la puerta principal de una patada y trató de abrirse paso entre el conjunto de maletas de la pelirroja, que estaban bloqueando la entrada. Henry se echó al hombro su inmensa mochila de lona para subir las escaleras; unas arruguitas de felicidad se le marcaron en los ojos al observar las grietas del techo y el papel de pared desgastado.

—¡Me encanta este sitio!

Dejó la mochila en el suelo cuando llegó al descansillo. Su alegría afable los hizo sentirse como *hipsters* pioneros en un barrio de mala muerte de las afueras de Londres, en vez de estudiantes de segundo que se lamentaban porque no tenían ducha privada.

George conocía a Henry del mundillo del remo. Habían competido entre sí desde que iban juntos al colegio, pero Henry apenas había reparado en la existencia de George. Lo más parecido a una amistad que había surgido entre ambos había ocurrido en el ritual de iniciación que organizaba el equipo de remo para los de primero, cuando a Henry lo habían obligado a lamer su propio vómito después de que hubiera tenido que beber varios mejunjes letales y repugnantes de unas cuantas botas de agua viejas. George le había dado una palmadita en la espalda para desearle buena suerte.

George se descubrió a sí mismo sin palabras, asombrado por su presencia. De repente se imaginó un futuro vertiginoso en el que pertenecía al círculo de amigos de Henry.

A su lado, la pelirroja cambió de actitud en un abrir y cerrar de ojos. Tras echarse la melena por encima del hombro, la chica dio un paso al frente con la espalda arqueada para que la tela del top con tirantes se estirara de forma seductora.

—Va a ser divertidísimo, ¿verdad? Todos aquí hacinados —le dijo, extendiendo la mano hacia él—. Hola, me llamo Caro.

—¿Eres nueva? —le preguntó Henry, entrecerrando los ojos para evaluarla—. Me extraña no haberme fijado en ti hasta ahora.

—No, no soy nueva —respondió Caro con una risita de falsa modestia—. A lo mejor es que no has estado fijándote en lo que deberías.

Travis rio por la nariz en el dormitorio.

Henry se asomó para ver quién había sido.

—¡Tío, Trav! No sabía que estabas ahí.

Por lo visto, los tentáculos de Trav se extendían hacia todas partes. Ver a Henry bastó para que el chico se levantara de la cama, se estirara los pantalones de chándal grises y se acercara a saludar.

Lily, la chica de las gafas, no se movió de las sombras. Había levantado la mano pasa saludar cuando Henry se había acercado a la puerta de Travis, pero nadie salvo George se había percatado de ello. Luego volvió a ignorarla cuando Henry miró hacia el siguiente tramo de escaleras desvencijadas y preguntó:

—¿Os importa si me pillo una de las habitaciones de la planta superior? Me gusta tener vistas.

—¡Claro que no! —respondió Caro—. Puedes ponerte al lado de la mía. —Subió las escaleras pavoneándose, guiñándole un ojo—. Así podemos admirar la ciudad juntos.

Sin apartar la mirada del culo de Caro, Henry se inclinó hacia el suelo para recoger esa mochila de lona de marca tan sumamente cara pero discreta. Le dio una palmada a George en el hombro, como si fueran amigos de toda la vida, y la susurró:

—Habrá que pelear por la C.

George sintió una ola de alegría. Renunciaría a todo el alfabeto de la lista de aquel año si con ello lograba ascender hasta ese círculo tan guay al que pertenecía Henry Bellinger.

5

CARO

Cóctel: Martinis de vodka Belvedere
Aperitivo: Blinis de salmón ahumado
con caviar negro de Islandia

Caro dejó el teléfono y se planteó anular la cena. J. B. Watson
y su mujer acababan de decirle que no irían, por lo que habría
dos invitados menos.

–Tampoco pasa nada, ¿no? –le preguntó su marido, Brian,
que estaba abrochándose la corbata de su equipo de *rugby*.

Pues claro que pasaba. No solo resultaba humillante, sino que
además se lo habían descuadrado todo.

–Necesitaba que J. B. viniera –se quejó Caro.

No dejaba de pensar en J. B. Watson, el chico popular del
equipo de remo. J. B. era un buenazo cuya presencia, junto
a la de George, habría dado sentido a la fiesta. Se suponía
que iban a recordar a Henry en los viejos tiempos y que
ambos estarían lo bastante unidos para flanquear a Caro, a
modo de guardaespaldas, durante el homenaje del día siguiente.

–Si quieres, me quedo –se ofreció Brian.

–No –contestó Caro, quizá demasiado cortante.

Brian la miró con expresión herida.

–Perdona –se disculpó y se acercó a él para alisarle la corbata–.
No quería que sonara así.

Pero, en realidad, quería que se fuera de casa para intentar

32

salvar lo que quedaba de cena. Lily, Travis y George. Menudo grupo más variopinto.

—Ya lo sé. —Brian le dio una palmadita en el culo y fue a coger la chaqueta del traje de la silla. Caro intentó no hacerle caso; sobre todo cuando volvió con ella y le acarició otra vez el culo—. Me encanta —le dijo, refiriéndose al vestido de seda que se había puesto. Luego, tras observarlo con sus ojos de contable, añadió—: ¿Es nuevo?

—Sí.

—¿Lo has comprado con la American Express?

Siempre igual. Pues claro que lo había comprado con la puta American Express. Pues claro que era nuevo. Pero, si se lo decía, quizá respondiera con desaprobación. Brian nunca le permitía disfrutar de gastarse el dinero que ella consideraba que ella ganaba con tanto esfuerzo, aunque él creyera que era suyo.

Su hija Bethany entró con un vestido lencero plateado que le confería el aspecto de una joven de veinticinco años en vez del de una adolescente tímida.

—¿Nos vamos, papá? —preguntó.

Caro tragó saliva y se preparó para la pelea.

—Te he dicho que no te pusieras ese vestido, que no era apropiado.

Bethany la fulminó con la mirada mientras sostenía una rebeca gris ancha.

—Y yo te he dicho que voy bien, mamá.

Caro aún estaba aprendiendo a lidiar con la adolescencia de Bethany. Había adorado el suave olor de los recién nacidos, y a la niña de ojos muy abiertos que siempre necesitaba algo de ella durante primaria. Esta fase le estaba costando más; veía demasiado de sí misma en su hija.

—Venga, vamos a calmarnos un poco —dijo Brian, interponiéndose entre ambas—. A mí me parece que va muy guapa.

Caro puso los ojos en blanco. «Ay, Brian —pensó Caro—, como si tú supieras cómo son las adolescentes».

El teléfono de Caro vibró cuando recibió un mensaje, y Bethany aprovechó la oportunidad para sacar a su padre de la casa antes de que su madre pusiera alguna objeción más.

–Adiós, cariño –se despidió Brian.

Caro le dijo adiós con la mano, sin hacerle demasiado caso; estaba distraída con el WhatsApp que acababa de mandarle Travis Lawrence-Dixon.

¿Te dije que me había hecho vegano? Llevaré un queso para mí.

Caro hizo un mohín. No solo no había querido invitar a Travis a la cena, sino que encima ahora tenía que prepararle un menú vegano.

En la cocina, mientras lavaba unos garbanzos, empezó a fijarse en el lado bueno de las casas. Por suerte no estaba lloviendo, de modo que podrían tomarse las copas en la terraza y presumir de césped. Los tres pequeños estaban en casa de la madre de Brian. Edward, el mayor después de Bethany, se había ido a dormir con unos amigos. No había nadie en la casa, lo cual era estupendo, y también había preparado las camas para Travis y George.

El timbre sonó una hora más tarde. «Actúa con naturalidad», se dijo Caro. Salió de la cocina, escondió una foto de la boda de la consola del recibidor en un cajón; no quería revelar los detalles de su vida. Iba a reunirse con viejos amigos. Todo aquello era para pasarlo bien y para meterse un chute de ego. Comandaría la velada sin problemas. Pensó en todos aquellos cócteles y fiestas que había organizado cuando vivían en Suiza. En el extranjero no hacía falta que tus amigos te cayeran bien; te conformabas con lo que había.

Al regresar al Reino Unido, Brian le había dicho que todo el tiempo que habían pasado en Zúrich parecía cubierto de cierto aire de falsedad. Era divertido pero falso, como la comida del McDonald's o el algodón de azúcar: era agradable, pero no era más que aire y azúcar caliente. Aquello le pareció bastante perspicaz para tratarse de Brian. Sin embargo, a Caro Suiza le había venido como un guante; no tenía demasiados amigos cercanos que le pudieran hacer demasiadas preguntas.

Se detuvo frente al espejo del recibidor y contempló su reflejo: el maquillaje impecable, los exquisitos diamantes de esmeralda, las pulseras que había escogido a modo de regalo de aniversario, el pelo recién lavado y resplandeciente. Estupenda. Aunque... ¿se le notaba el cansancio en los ojos o eran imaginaciones suyas? Parpadeó un par de veces. Mucho mejor. ¿Se quedarían impresionados al ver la casa? Pues claro. Venga, Caro. Cuadró los hombros. Estaba nerviosa, tanto por la cena como por el homenaje del día siguiente. Decidió que no iba a darle más vueltas al asunto. Brian había salido, y ella iba a verse con sus amigos.

Volvió a contemplarse en el espejo.

—Eres Caroline Carmichael y nadie puede contigo.

Caroline abrió la puerta de golpe.

George Kingsley estaba en el escalón, ajustándose la camisa, asegurándose de que los puños estuvieran rectos y admirando hasta el último detalle de la fachada de la casa.

—Menudo casoplón, Caro. Es preciosa —le dijo, señalando con la cabeza las vidrieras y el suelo de baldosas blancas y negras en el que Caro se había empeñado—. ¿Llego tarde? —preguntó, y comprobó la hora en el reloj—. He tenido un poco de lío con los trenes. —En una mano llevaba una maleta con ruedas, con varias flores atadas al asa; en la otra llevaba un vino y una bolsa de papel en la que estaba el queso que se había ofrecido a traer—. Este *brie* huele tan fuerte que me he quedado solo en el vagón. Me alegro de verte, Caro. Estás tan impresionante como esperaba.

Y entonces le puso una mano firme y segura en el hombro. Siempre se podía contar con George; era de los que habían aprendido desde pequeño a hacer cumplidos y se le daba bien sacar conversación.

—Hola, querido.

Caro se inclinó hacia delante para darle un beso. Olía a algo caro, a malva y sándalo. Era refrescante y abrumador en comparación con Brian, que no podía echarse ningún perfume porque le agravaba el eccema. No obstante, parecía cansado. Se conservaba bien, pero no estaba en su mejor momento físico. La camisa de Paul Smith no llegaba a ocultar del todo la barriguita; estaba empezando a perder pelo y tenía una arruga muy marcada en el entrecejo.

–¿Qué tal todo? ¿Cómo está el nene?

–Parece hijo de Satanás –respondió George riendo–. Es broma, pero es que no le gusta mucho dormir.

–Ay, es horrible cuando no duermen –le dijo Caro mientras lo guiaba hacia el interior de la casa–. Yo he tenido suerte y los míos siempre han dormido como marmotas, prácticamente desde la primera semana.

Era mentira, tanto Bethany como Alice (la más pequeña de todas) dormían poquísimo, pero Caro estaba tan nerviosa que exageraba todo lo que decía.

–Te odio –le dijo George, dejando escapar un bufido.

Caro se rio.

Ambos se giraron cuando oyeron un Uber que se detenía frente a la verja. La puerta del coche se abrió y de él salió un hombre que no se parecía en nada al Travis Lawrence-Dixon que recordaban: pelo rapado, la piel del color de las pasas, una camiseta negra, unos pantalones de combate caquis y un tatuaje que le llegaba hasta el cuello.

–¡Madre mía, Travis, estás irreconocible! –exclamó Caro, un poco desconcertada, cuando Travis se dirigió hacia ellos por el sendero.

–Bonita casa –comentó con una sonrisa irónica. Tras un beso rápido en la mejilla, añadió–: Aunque, claro, no esperaba menos de ti, Caro.

Caro entrecerró los ojos; no sabía si acababa de hacerle un cumplido o de soltarle una pulla muy sutil. Tampoco tuvo ocasión de responder porque George ya estaba dándole palmadas en la espalda.

–Namasté, Trav, namasté.

Travis se apartó un poco para echarle un buen vistazo.

—Tío, qué viejo estás.

—Que te follen.

—¿Quién más viene? —preguntó Travis, riéndose.

—¿Os apetece un martini en el jardín? —sugirió Caro para esquivar la pregunta.

Con el paso de los años había perfeccionado el arte de ignorar preguntas y desviar la atención a otros temas para mantener el control de las situaciones.

—Prefiero una birra —respondió Travis.

George señaló la pared verde pálida del recibidor y preguntó:

—¿Verdad que es el color Mizzle?

—Justo —respondió Caro, que se detuvo para acariciar la reciente capa de pintura.

En verdad era el Whirlybird, pero, tal y como su madre le había enseñado, a los hombres les gustaba creer que sabían de todo.

—Estoy hasta los mismísimos de las paletas de colores —comentó George mientras entraban en la cocina.

—Así es la vida en los barrios de las afueras, tío.

La burla de Travis pareció sorprender a George, que contraatacó echándose hacia delante y preguntándole:

—¿Qué es esa cosa tan espantosa que llevas en el cuello?

Señaló el tatuaje inmenso de curvas y líneas que trepaban por la clavícula de Travis hasta la mandíbula.

—Es el *unalome* —respondió Travis sin inmutarse, aceptando la cerveza que le ofrecía Caro—. Es el símbolo del camino hacia la iluminación. Me lo hicieron en India.

—Y luego volviste a casa y te diste cuenta del gran error que habías cometido, ¿no? —se burló George.

—No hay nada malo en recordar a diario que la vida da muchas vueltas, George.

—Tengo cosas de sobra que me lo recuerdan a diario. No me hacen falta más.

Travis se encogió de hombros.

–¡Salid a explorar! –los animó Caro, señalando hacia las puertas plegables, que había dejado abiertas a propósito, mientras preparaba los martinis.

George salió fuera y dejó escapar un silbido por lo bajo.

–Menudo jardín –dijo, apoyándose en el porche–. Es que es perfecto; debió costaros lo vuestro. ¿Hiciste que Brian sacara el transportador?

–¿Brian? –preguntó Travis, tras darle un trago a una Budweiser fría.

Caro estaba de pie frente a la isla de la cocina, sirviendo las copas. Sintió que apretaba con más fuerza la coctelera.

–¿Te acuerdas de Brian Charmichael, Trav? –le preguntó George–. Iba un curso por encima de nosotros. Un tipo grandullón. Era secretario social de la Asociación Conservadora de la Universidad de Oxford.

Travis parecía desconcertado.

–El que siempre iba con el megáfono y llevaba una escarapela enorme.

–¿Te casaste con el del megáfono? –preguntó Travis, a punto de escupir toda la cerveza sobre la terraza de madera encalada.

Por algún extraño motivo, aquello pilló desprevenida a Caro. ¿Qué cojones? Se había preparado para aquel instante. Se había imaginado que quizá Travis no lo supiera. En su mente, habría esquivado la pregunta haciendo hincapié en los éxitos de Brian y en la suerte que había tenido de encontrarlo; no se habría quedado allí frágil, a la defensiva, roja de pies a cabeza, presa de la vergüenza. En aquel plan no había tenido en cuenta la historia ni el conocimiento compartido del pasado ni los gestos imperceptibles del labio y el entrecejo que transmitían miles de palabras entre Travis y George.

–Era muy majo. Muy simpático... –comentó Travis con educación para ocultar la sorpresa.

Sin embargo, Caro sabía muy bien lo que estaban pensando; sabía muy bien cómo funcionaban sus mentes en el fondo. Su amistad se había forjado antes de que se pusieran las máscaras de autoengaño de la edad adulta. No quería que se rieran con disimulo de ella, ni tampoco su compasión. Quería que la admiraran por su casa, por la vida que se había construido, pero lo que más ansiaba era que todo le diera igual.

Fue a la nevera para sacar los canapés y evitar las sonrisitas de superioridad de los chicos; que dijeran todo lo que tuvieran que decir, pero no en su presencia.

Cuando oyó que George volvía a la cocina para coger su martini, creyó que ya era seguro darse la vuelta. Colocó la bandeja con los blinis de salmón ahumado en la encimera. Puso varios montoncitos de caviar por encima mientras Travis le contaba a George todo lo relacionado con el retiro de meditación en silencio en el que había estado hacía poco.

–A mí me suena todo un poco excéntrico –comentó George.

–Ay, Travis, esto no te lo puedes comer, ¿no? –dijo Caro, que de repente se había acordado de que Travis se había vuelto vegano–. Jolín.

No soportaba que no la hubiera avisado antes y se puso nerviosa, sobre todo cuando Travis respondió con tono seco:

–Te aseguro que he estado en situaciones mucho peores.

Siempre se las arreglaba para hacerla quedar mal con sus comentarios. No se daba cuenta de que Caro se había pasado una hora intentando preparar un tayín vegano antes de que llegaran.

Lo vio apoyarse con gesto despreocupado en la mesa de la cocina. Había algo en su actitud relajada que resultaba falso. Quizá fuera el hecho de que fuese una masa de músculos nervudos; el *mindfulness* y la meditación no hacían ganar tanta fuerza, y Caro se había fijado en lo que tenían que levantar los chicos en el gimnasio para cobrar ese aspecto.

–Si quieres, te puedo preparar unas crudités –se ofreció, alisándose la parte superior del mono de terciopelo.

–No te preocupes por mí, aunque eso me recuerda que... –Fue al salón y sacó dos púdines de caramelo salado veganos de la mochila–. Me he traído el postre.

–No sé dónde leí que el veganismo estaba tan de moda porque la gente tenía la sensación de que era el único modo de recuperar el control sobre sus vidas –comentó Caro, examinando el envoltorio–. Hoy en día estamos saturadísimos con todo lo que pasa en el mundo y las redes sociales. La gente lo hace más por no volverse loca que por los animales.

–O a lo mejor es lo que dicen los carnívoros para no sentirse mal –respondió Travis, encogiéndose de hombros, evasivo.

–Yo no me siento mal –dijo George mientras se llevaba más blinis a la boca–. A mí me sigue gustando la carne, más aún si está poco hecha.

Caro sintió satisfacción al ver que Travis tensaba los músculos del cuello. Su pulla había dado en el blanco. Travis debía de odiar que creyeran que era un hombre controlador. Toda su existencia se basaba en mantener una actitud despreocupada ante la vida. Pero a ella no la engañaba.

Sonó el timbre.

–Ay, debe de ser Lily.

–¿Lily? –preguntó Travis, que pareció alterado por primera vez desde que había llegado.

A Caro le produjo cierto deleite travieso haberlo pillado por sorpresa. Quizá no fuera a pasarlo tan mal aquella velada viendo a Travis ponerse nervioso.

–Sí, claro.

Prácticamente fue corriendo a abrir la puerta.

Lily Enfield estaba esperando con las manos a la espalda, el pelo castaño recogido en una coleta baja y la menor cantidad de maquillaje posible. Llevaba una chaqueta gris y el mismo conjunto –la misma camisa de flores y unos pantalones largos– que se había puesto para la cena en Zúrich y que llevaba en su foto de autora: ropa de trabajo.

–Lily, cielo, pasa, pasa.

Caro estaba sobreactuando, tanto para alterar a Travis como para insuflarle un poco de vidilla a Lily, que estaba tan tiesa como un palo, igualita que la última vez que se habían visto.

–Caro, he de confesarte una cosa. Sé que dije que traería el postre, pero no me ha dado tiempo, así que he comprado esto de camino –dijo Lily, que le entregó con timidez una tarta del súper y una botella de vino.

–¡No pasa nada, cielo! –contesto Caro, sin inmutarse siquiera–. A mí con que sea dulce me basta. Tarta de limón siciliana. ¡Mmm, qué rico!

¿Del Sainsbury's? Al menos podría haberse pasado por el Waitrose, o, mejor aún, haberle mandado un mensaje, así Caro habría preparado una *pavlova*. Siempre pasaba lo mismo cuando cedía el control a otros, pero Lily había insistido en que quería ayudar.

–¡Lily! –George apareció enérgicamente en la entrada–. Madre mía, no has cambiado nada. –Luego le puso una mano en el hombro, le dio dos besos en las mejillas y le dijo–: Menuda sorpresa. Autora número uno en ventas. No entiendo cómo la gente puede escribir libros.

–Ay, Lily, que no se me olvide –le dijo Caro entonces, mientras los guiaba hacia la cocina–. Tengo una pila de libros de mi club de lectura para que me los firmes.

–Dime, ¿qué pasa cuando entras en la lista de los número uno en ventas? –le preguntó George–. ¿Te dan una medalla o algo? Como en el programa ese de la tele...

Lily negó con la cabeza. Aquello hizo sonreír a Caro porque, aunque Lily se había presentado allí impecable, con un estilo sencillo e impersonal –la camisa, los mocasines, los pendientes pequeños–, por más que se esforzara, era incapaz de no ponerse roja en cuanto alguien le prestaba atención.

–Qué va –contestó Lily–. Solo te invitan a muchas charlas, te hacen un montón de entrevistas y tal. Luego tienes que ponerte a escribir tu próximo libro.

–Fascinante –respondió George, que solo la estaba escuchando a medias mientras se rellenaba la copa.

Caro observó desde la puerta, con cierto regocijo, el reencuentro de Travis y Lily.

Pero Travis dejó la cerveza y, con una sonrisa, se dirigió a ella sin dudar, tranquilo.

—Ey, Lily, ¿qué tal?

—Bien, gracias —contestó Lily, que ya estaba sonrosada tras el interrogatorio de George—. ¿Y tú?

—Bien, bien.

Y fin. Menudo chasco. A saber lo que estaba pasando allí en realidad. La relación de aquellos dos siempre había desconcertado a Caro, con sus bromas privadas extrañas y aquellas conversaciones que mantenían sin abrir la boca siquiera.

George se había colocado junto a la isla de la cocina y no dejaba de devorar blinis.

—Tengo un amigo que se dedica al negocio del caviar. ¿De qué clase es este? —preguntó.

—La verdad es que es del Lidl —contestó Caro, mordiéndose el labio y fingiendo estar avergonzada.

—El Lidl siempre es buena opción —respondió George con una sonrisa mientras seguía comiendo.

—El otro día me compré una falda de tenis allí —comentó Lily.

—No sabía que jugaras al tenis —le dijo George.

—Y no lo hago, pero es que costaba dos libras.

Travis se rio.

Lily bajó la mirada con timidez hacia su copa.

Caro lo observaba todo con un placer cada vez mayor. Una de sus amigas del gimnasio había comentado en una ocasión que nada unía tanto a la gente como los chollos del Lidl.

—George, ¿te importa rellenarnos las copas a todos, porfa? Podemos empezar con el champán si queréis, que también es del Lidl —añadió.

El grupo entero se rio.

Y Caro, al fin, logró relajarse. Todo iba a salir de maravilla.

6

LILY

De pie junto a la barra, intentando comerse un canapé inmenso de pudin de Yorkshire y carne asada, Lily oyó que alguien decía: «Aquí la gran incógnita es: ¿a quién escogerá Caro? ¿A George Kingsley o a Henry Bellinger?». Una parte de Lily había creído que las conversaciones serían mucho más cultas en Oxford, la otra observó a Caro, que llevaba un vestido de lentejuelas, y se preguntó lo mismo. El tonteo en la casa había alcanzado límites insoportables esos días, y Lily no tenía muy claro hasta cuándo podría aguantarlo.

El padre de George había organizado una fiesta en el piso que tenía la familia en Knightsbridge en honor a su hijo por haber participado en la Regata Oxford-Cambridge. Por segundo año consecutivo, George no había participado en la regata principal. Henry y él formaban parte de los tripulantes de reserva, Isis, y desde entonces habían deambulado por la casa sumidos en una furia oscura ante su propio fracaso. Lily los había visto competir; era aburridísimo. Habían ganado por muy poco a Goldie, el equipo de reserva de Cambridge, pero habían pasado por donde había estado ella en cuestión de segundos y, para colmo, tampoco había visto demasiado porque la gente que tenía delante era demasiado alta. El deporte no era lo suyo. En el instituto les habían dado la opción de escoger entre Educación Física y Latín; a Lily se le daban de maravilla las conjugaciones. Aquella fiesta tampoco era lo suyo. Tanta ostentación resultaba intimidante. Además, el hecho de que llamaran a aquel piso «el piso de Knightsbridge» la desconcertaba, porque daba a entender que la familia tenía tantos pisos que incluso había perdido la cuenta. La familia de Lily solo tenía una casa: la granja de Tresores Hill. Creía que a esas alturas ya se habría acostumbrado; al llegar a Oxford había descubierto que la gente de allí tenía una jerga propia para referirse a las fiestas, a la sala común de los estudiantes de grado, a los estudiantes de Cambridge de forma despectiva, a los juegos de beber, a las tutorías y al servicio de correos interno de la universidad. Tenían un idioma propio que los diferenciaba del resto de las personas; los convertía en una élite. Sin embargo, las palabras no bastaban para encajar. La confianza en uno mismo que solo se conseguía naciendo en una familia adinerada, asistiendo a un colegio cuyo nombre reconocía la gente, teniendo una comprensión innata de las convenciones sociales... Nada de eso podía aprenderse en Oxford, a diferencia de la jerga. A veces, sencillamente, se dedicaba a enlazar palabras arbitrarias para ver si alguien la corregía. De momento nadie le había dicho nada y, aunque le divertía hacerlo, no le había servido de mucho para hacer amigos.

Un cuarteto de cuerda comenzó a tocar en el salón. Había oído a la gente decir que la fiesta sería «algo tranquilito», «una velada sin importancia en honor de los chicos», pero allí debía de haber casi doscientas personas. Los camareros servían champán y unos canapés exquisitos de huevos de codorniz con langostinos. No se esperaba que la gente fuera de etiqueta, pero todo el mundo iba vestido igual. Se sabían las normas. George y Henry estaban sudando a chorros con las clásicas chaquetas de lana a rayas azul, con esa línea blanca en lo alto del bolsillo que indicaba que tan solo habían entrado en el equipo de reserva. Y ambos fingían que no estaban compitiendo por la atención de Caro.

Lily no encajaba allí con su suéter de algodón verde y sus botas. Lo mismo le pasaba a Travis. Ambos se habían quedado por los extremos de la multitud y se habían dedicado a observar. A veces se reían con la mirada. Lily sabía muy bien lo que pensaba Travis de todas aquellas personas y de la fiesta.

A Lily jamás se le había pasado por la cabeza que pudiera hacerse amiga de alguien como Travis. El chico apenas salía, nunca iba a las fiestas y siempre despreciaba los bailes que organizaba la universidad. Se pasaba las noches en el cuarto, colocándose; salía de la cama para ir a las clases y, de algún modo, se las apañaba para sacar buena nota en los trabajos. Travis era demasiado listo para su propio bien. Y no parecía dormir nunca.

—Vas a matarte si sigues viviendo así —le dijo Lily en una ocasión en que pasó a su lado justo cuando él salía del cuarto, pálido y tenso, sosteniendo con fuerza un trabajo sin que dejaran de temblarle las manos.

—Lily, si necesito a alguien que me dé consejos, llamaré a mi puta madre —le contestó él, sin girarse siquiera.

—No era un consejo —replicó ella—. Es solo que no me da la gana de tener que encargarme de tu cadáver.

Y, dicho esto, se escondió en su cuarto. Las peleas siempre hacían que se le saltaran las lágrimas; la vergüenza, que el cuello y el rostro se le pusieran rojos. Su padre le decía que era adorable, pero a ella no se lo parecía porque no podía hablar con nadie y al final tenía que hacerse amiga de chicas como Eliza Hattersley-Brown, que era tan sosa que, en ocasiones, se aburría de sí misma a mitad frase y se callaba. Era muy probable que, si la residencia de estudiantes no se hubiera derrumbado y no la hubieran juntado con la primera persona que pasaba por allí en el primer sitio que habían encontrado en el último minuto, Lily hubiera acabado viviendo con Eliza Hattersley-Brown. Había gente como Caro que ya había puesto en marcha una solicitud para que se investigara cómo era posible que hubieran asignado las habitaciones tan mal; Lily esperaba que no siquiera adelante porque a ella la situación le había venido como anillo al dedo. Así se había ahorrado las invitaciones de Eliza Hattersley-Brown para jugar al ajedrez y comer queso.

El día en que Lily se atrevió a cuestionar sus hábitos de trabajo, Travis volvió a casa y se fue directo a la cama. Travis despertó al anochecer, justo cuando se suponía que Caro, George y Henry debían estar de camino hacia la sala común de los estudiantes de segundo para una noche de juegos. Sin embargo, George aún estaba en la ducha porque acababa de volver del entrenamiento, y Caro se estaba maquillando. Henry ya se había ido porque había sido el primero en ducharse y se había cansado de esperar. Lily estaba en la planta de abajo, viendo una peli de terror surcoreana muy loca que su hermano le había recomendado. No es que a ella le gustara mucho el cine de terror surcoreano, pero echaba de menos a su familia.

–¿Te gusta? –le preguntó Travis desde la puerta.

–No, ¿por? –le contestó ella sin alzar la mirada.

Él se rio por la nariz; no tenía muy claro si el tono neutro con el que le había hablado quería decir que iba en broma o no. Lily sabía que ninguno de sus compañeros la consideraba interesante, pero que no fueran capaces de verlo no significaba que no lo fuera.

Travis se sentó en el reposabrazos del sofá como si su intención fuera ver la peli solo durante un par de minutos, pero luego, cuando vio algo que le hizo reír, se acomodó. Lily se tensó al notarlo tan cerca; sintió que no iba lo bastante bien vestida solo con los pantalones del pijama y la sudadera de la universidad.

–¿Te importa? –le preguntó Travis, que se había sacado un porro y se lo había encendido.

–Pues sí –contestó Lily–. Tengo asma crónica.

Él pareció avergonzarse durante un instante, algo que ella no había esperado de alguien como Travis.

–Mierda, lo siento –le dijo–. Ahora lo apago.

–Es broma –dijo Lily entonces–. Vivo en el cuarto de al lado. ¿No crees que, si me molestara el humo, ya te habría dicho algo al respecto?

–Ah –contestó Travis entre risas y dio una calada. Tenía el pelo levantado porque acababa de despertarse y los párpados pesados por el cansancio–. ¿Quieres?

Lily negó con la cabeza.

La peli empezó a ser cada vez más rara y asquerosa. Lily sintió que Travis la estaba mirando.

–¿Qué pasa? –le preguntó.

–Se te mueve la cara mientras ves la peli. Es gracioso.

–Ya me lo dicen mis hermanos.

–¿Cuántos tienes?

–Cuatro.

–Hala.

–Y que lo digas...

Travis se acomodó y apoyó los pies en la mesita auxiliar, luego estiró los brazos y bostezó. Lily, en cambio, remetió los pies bajo el culo porque era incapaz de relajarse con él al lado.

–¿Te importa que la vea contigo? –le preguntó él entonces, como si estuviera percibiendo la incomodidad de Lily.

–No.

Al segundo se levantó. Llevaba los pantalones del chándal por debajo de la cintura y la camisa desabrochada, salvo por los dos botones del medio.

–Voy a por una Coca-Cola. ¿Quieres una? –le preguntó Travis.

–Pero si acabas de decirme que ibas a ver la peli –contestó Lily.

Lo oyó reírse mientras salía de la habitación. Cuando volvió, traía consigo una segunda lata y se la arrojó. Lily sintió un leve escalofrío de placer por que el chico hubiera pensado en ella, pero le dijo:

–¿Cómo sabías que la Coca-Cola me gusta agitada?

–Tenía una intuición –contestó él, abriendo la suya.

Sonó el timbre.

Oyeron que Caro bajaba la escalera y abría.

–Por el amor de Dios. –Cerró de un portazo y gritó–: Travis, hay uno de tus idiotas en la puerta.

Travis se levantó del sofá.

–¿Quién es? –le preguntó a Caro mientras iba hacia la entrada.

–¡Y yo qué sé! Pero vete a trapichear a otra parte, joder. Estoy harta de que haya inútiles llamando a la puerta día y noche.

–No vienen día y noche. No seas tan dramática.

–Que te den –le replicó Caro, que subió los escalones hecha una furia.

Travis le dio al chico de la puerta lo que fuera que hubiera ido a comprar y volvió al salón.

–Madre mía, Caro, menuda estirada.

Lily se rio y se le salió la Coca-Cola por la nariz.

–¡Hala! –exclamó Travis, riéndose con disimulo, mientras volvía a ponerse a su lado.

Lily se limpió la cara con la manga y luego estiró la mano hacia la caja de galletas que le había enviado su madre junto al DVD.

–¿Quieres una Hobnob?

–No sé qué tienen para que a todo el mundo le gusten tanto –comentó Travis con una mueca–. A mí me parece que están sobrevaloradas.

–¿Eso es que no?

–No, es que sí, pero con una queja.

–Vale –le dijo ella, enarcando una ceja–. Dime, ¿cuáles son tus galletas preferidas?

–Lily, no estamos en la semana de bienvenida del curso.

Lily se sonrojó.

–Perdona –le dijo él, dándole con el codo–. Vale, para la peli. A ver..., mi galleta preferida... –Inspiró mientras pensaba. Se acababa de cortar el pelo, pero no se lo habían dejado muy bien y uno de los laterales estaba más largo que el otro–. Hay unas en Japón que no sé cómo se llaman, pero yo las llamo «tarta colchón» porque son muy blanditas, como si fueran de espuma...

–A mí eso me suena a tarta, no a galleta.

–Señor, dame fuerzas –dijo él, poniendo los ojos en blanco. Luego le dio un mordisco a la galleta de chocolate–. Oye, pues no están tan mal.

Lily sonrió y volvió a poner la peli. De repente, aquel salón poco amueblado, con la moqueta azul barata y el papel de pared que se estaba despegando, le pareció la mejor estancia de toda la casa.

Vieron otras dos pelis enteras que le había mandado su hermano, hasta que se empezaron a oír pájaros en la calle. Se habían pasado la noche con los pies en la mesa, bebiendo Coca-Cola y riéndose del *New Wave* coreano.

El padre de Travis, un banquero muy desagradable que se llamaba Bernard Lawrence-Dixon, lo había obligado a asistir a la velada del padre de George porque eran amigos y pensaba que su hijo también debía aparecer por allí si él iba a asistir. Travis no había ido a ver la regata. «La vida es demasiado corta», había dicho, y luego se había ido en metro a Brixton para encontrarse con un proveedor. Cuando apareció en la fiesta apenas podía mantenerse erguido, y a Lily no le quedó otra que llevárselo a dar un paseo por la manzana mientras él se tomaba un expreso triple del Starbucks; luego vomitó detrás del Harrods y se quedó como nuevo.

Dentro, George y Henry estaban ligando con Caro, intentando superarse el uno al otro con comentarios ingeniosos. Cada vez que alguien los interrumpía para felicitar a los chicos, Caro se escaqueaba e iba con Lily y Travis, que estaban junto a la barra que habían colocado en uno de los extremos del salón.

—Es que no sé con cuál de los dos quedarme —cavilaba mientras le daba sorbos a una copa de champán con la que acababa de hacerse.

Caro no solía prestarle mucha atención a Lily a menos que quisiera algo de ella, pero Lily sí que se fijaba en Caro. La había visto holgazaneando cuando no había nadie delante a quien quisiera impresionar. Tenía unas cuantas costumbres bastante asquerosas y su habitación era un vertedero. La madre de Lily se habría horrorizado. En la granja nunca se dejaba de trabajar y, a veces, incluso tenían que poner a los corderos prematuros junto a la cocina para mantenerlos calentitos, pero siempre estaba todo limpísimo. Caro se apretaba los puntos negros en el baño y luego llamaba a Lily para que viera el pus que había salido disparado contra el espejo. Sin embargo, de cara a la galería, era indiscutible que Caro era muy guapa. La chica era imponente, con esa nariz larga y recta, los pómulos altos y los párpados entrecerrados. Su pelo era la joya de la corona; una abundante melena roja brillante que Caro no dejaba de apartarse, como un caballo descontento, cada vez que se enfadaba. A veces Lily reflexionaba sobre lo injusto que era que Caro tuviera unos rasgos tan llamativos; era como si se hubiera abierto paso a codazos hasta llegar al primer puesto y se hubiera llevado más de lo que le correspondía. Aquella noche, con el vestido de lentejuelas, Caro parecía una diosa egipcia pintada de dorado. Estaba impresionante.

Travis se había apoderado de una bandeja entera de gambas y se las estaba comiendo sin pelarlas. Les quitaba la cabeza y ya. Lily no comía marisco. No le gustaba que la comida tuviera ojos.

–Son exactamente iguales –le contestó Travis a Caro–. Yo no dejaría que me quitara el sueño.

–¡No son iguales! –protestó Caro, fulminándolo con su mirada altiva.

Los tres dirigieron la mirada hacia George y Henry, que llevaban unas chaquetas idénticas. George tenía el pelo castaño y corto, era fuerte y parecía capaz de levantar un coche si lo retabas; su cara estaba dominada por una nariz aguileña, torcida después de que se la rompiera de pequeño en un partido de *rugby*, una boca ladeada y unas cejas inclinadas, como si siempre estuviera disculpándose por algo. Había días en que aquella combinación lo volvía apuesto y otros en que recordaba a un cuadro malo de Picasso. Henry, en cambio, era rubio, alto, musculoso, tenía unos dientes blancos enormes, una sonrisa de león y unos ojos que se le achinaban en el rabillo, por lo que daba la impresión de que siempre estaba riéndose. También era el dominante de aquella pareja; George era su fiel compinche. Donde iba uno, el otro siempre iba detrás.

—Henry es muchísimo más guapo —comentó Caro—. Pero George es más bueno, y puede que incluso sea más inteligente...

—Estudia Geografía —se burló Travis—. Nadie que sea inteligente estudia Geografía. Es la típica carrera que está para que los que son como ellos —añadió, señalando a los del equipo de remo— puedan entrar en Oxford.

—No es verdad —protestó Caro—. A mí Geografía me costaba un montón en el colegio.

Travis enarcó una ceja, y Lily miró hacia otro lado para ocultar una sonrisa.

—Pues a mí me parece que es bastante inteligente —lo defendió Caro, que había decidido pasar de ellos—. Y es el mejor del equipo de remo, pero no es tan gracioso ni tan encantador.

Travis hizo como que se ahorcaba y se alejó de allí con una gamba en la mano, en dirección a Henry y George. Caro no pareció percatarse de ello.

—¿Tú qué piensas? —le preguntó a Lily.

—No sé —contestó Lily.

No lo dijo porque no supiera qué decir (Henry, no tenía ni que pensárselo. Era el chico más guapo de la facultad), sino porque se le hacía extraño moverse en la misma órbita que gente como Caro, Henry y George. Quizá la hubieran invitado a la fiesta porque vivía con ellos, pero el hecho de que fuera amiga de Travis era lo que le había garantizado la invitación. Aunque no lo soportaran, todos querían ser amigos de Travis porque tenía cierto prestigio.

—Ya, yo tampoco sé —coincidió Caro, que agitó los rizos rojos como el fuego.

Se acercaron a los chicos, que estaban riéndose con disimulo porque uno de los miembros del equipo, J. B. Watson, estaba hablando con una invitada, Qiyana, que debía de tener sesenta y muchos, sencillamente porque la peculiaridad de la letra con la que comenzaba su nombre lo catapultaría hacia los primeros puestos de su estúpida lista.

—Sois patéticos —les dijo Caro con malicia.

—Pero si te encanta –la pinchó Henry.

Las risas se interrumpieron de golpe cuando el padre de George, Douglas Kingsley, se acercó a ellos, luciendo su corbata azul de Oxford. Les estrechó a ambos las manos, les dio unas palmaditas en el hombro y les dijo:

—Nada mal, chicos, pero el año que viene tenéis que meteros en el equipo principal, ¿vale?

—Dales una oportunidad, Douglas –dijo otro hombre, más alto y con más pelo. Ambos debían de tener la misma edad. Se trataba de sir Charles Bellinger, que había optado por un conjunto más discreto, con unos pantalones chinos y una camisa de lino rosa. Lily no sabía mucho de deportes, pero todo el mundo conocía al padre de Henry, un antiguo Oxford Blue que había ganado cinco medallas de oro olímpicas–. No hay que meterles prisa con estas cosas.

—Con todos mis respetos, Charles, lamento tener que mostrarme en desacuerdo –respondió Douglas Kingsley, evidentemente molesto por que lo hubieran menospreciado–. Si quieren hacerse con una chaqueta azul, van a tener que ponerse las pilas. –Charles inclinó la cabeza, tranquilo ante el rostro enrojecido de Douglas. Lily se descubrió a sí misma encogiéndose, como se suele hacer cuando unos perros comienzan a aullar–. Yo tengo fe en ellos. Hay que ir pasito a pasito. Poco a poco.

—Que no son tortugas, joder –respondió Douglas, riéndose a carcajadas.

—Cierto –acordó sir Charles con el rostro tenso–, pero tampoco creo que ganen por azotarlos con un látigo de tres colas. Hay que comer bien, entrenar y tener disciplina. Es la única forma de lograrlo.

Henry y George se quedaron inmóviles, incómodos, sin saber muy bien a quién apoyar mientras sus padres discutían tan sutilmente como les era posible en un lugar público.

Travis le robó unos cuantos canapés a un camarero que pasó por allí y se dedicó a comérselos y a beber tinto, observando la escena como quien ve una película.

De repente, una tercera voz se introdujo en la conversación.

–Al menos vuestros hijos están haciendo algo de lo que podéis estar orgullosos.

Todos se giraron para observar a un hombre bajo, tan ancho como un autobús, que tenía el pelo cano recogido en una coleta y un traje confeccionado a medida, y a la mujer veinte años más joven que él que llevaba del brazo.

–¡Bernard! –exclamó Douglas Kingsley, dándole una palmada en la espalda.

–Me alegro de verte, Douglas –rugió el hombre de pelo cano. Estaba sudando y no soltaba la carne desnuda de la cintura de la mujer–. Menuda fiesta has organizado. Muy buena carrera, chicos, pero, como bien dice mi amigo, en el mundo de los adultos, quedar segundo no sirve de nada. Bueno, ¿dónde está el inútil de mi hijo?

–Hola, papá –oyó Lily que decía Travis con un suspiro.

Bernard Lawrence-Dixon le dedicó una mirada cargada de desagrado a su hijo.

–Estás hecho mierda.

–Yo también me alegro de verte –respondió Travis.

Al instante, Lily comprendió mejor por qué Travis era como era.

Sir Charles se excusó; era evidente que no estaba cómodo con el tono que había adquirido la conversación. Douglas Kingsley le mencionó al padre de Travis algo sobre el precio de unas acciones, y este se puso a hablar sin parar mientras su novia estaba allí plantada con los ojos vidriosos, muerta de aburrimiento. Los chicos se dispersaron en cuanto se les presentó la ocasión y se confundieron entre la multitud. Lily se quedó atrapada entre la novia aburrida y el piano, arrinconada por un grupo de invitados que pasó por allí.

Al final logró escapar y encontró a George y a Travis en el cuarto de baño de la planta superior. Travis estaba esnifando coca en el lavabo, George se estaba tomando una cerveza y ambos discutían sobre quién tenía un peor padre.

George parecía apenado; no solía beber y le sentaba fatal.

—Ojalá me dijera que está orgulloso de mí, aunque solo fuera una vez.

—No me seas —le contestó Travis con un mohín—. Jamás estará orgulloso. No son más que un par de viejos reprimidos incapaces de expresar ninguna emoción. Lo único que saben hacer es quejarse. —Travis volvió a esnifar y le dio un puñetazo a George en el hombro—. Así es como te demuestran su cariño.

—¿De verdad lo piensas? —le preguntó George, que había alzado la mirada y lo observaba con ojos de cachorrito.

Lily jamás había visto a George tan abatido.

—Pues claro que no —le dijo Travis con una sonrisa—. Son unos psicópatas narcisistas que odian a todo el mundo, menos a sí mismos.

George se despatarró en el suelo.

—Venga, tío —le dijo Travis, levantándolo por el brazo—. Solo te dejan emborracharte una vez al año, así que hay que aprovecharlo. He oído por ahí que hay una camarera que se llama Xenia.

George dejó escapar un suspiro, como si la presión de la lista lo agotara. Travis le guiñó un ojo a Lily cuando fue tras ellos, desesperada por no volver a perderse, ya que se había pasado los últimos diez minutos sirviendo canapés porque la señora Kingsley la había confundido con una camarera.

George fue a ahogar sus penas en chupitos de vodka con el resto del equipo de remo. Más tarde, Lily lo vio susurrándole palabras vacías al oído de una camarera que imaginó que era Xenia.

Como George estaba ocupado, Henry Bellinger, que no tenía ningún disgusto con su padre que tuviera que superar con alcohol o drogas, aprovechó la ocasión para acercarse a Caro. Le apoyó la mano en la cintura y le apartó el flequillo con los dedos. Caro fingió una sorpresa tímida bajo su roce. Lily se quedó mirándolos, intrigada ante aquel espectáculo; era como ver a dos loros acicalándose en el zoo. Henry entrelazó los dedos con los de Caro y se la llevó al balcón con vistas de los edificios de Londres. Cuando se besaron, fue como el tráiler de una película, en el que ambos eran conscientes de que eran los protagonistas.

Travis le dio una palmadita en el hombro a Lily y le dijo:

—¿Quieres que nos demos el piro?

—Más que nada en el mundo —le contestó, metiéndose un huevo de codorniz en la boca.

Volvieron juntos a Oxford en tren, comiendo hamburguesas del McDonald's. Lily le preguntó a Travis por aquel estuche tan chulo de Harry Potter que tenía en su cuarto porque a ella le encantaba Harry Potter.

—Es una edición para coleccionistas —respondió él, masticando el Big Mac.

—Lo sé. ¡Tengo el mismo en casa!

—Vaya —respondió él con sequedad, mirándola.

—Perdona que me haya entusiasmado tanto —se disculpó Lily, que se había sonrojado.

—No pidas perdón —le dijo él, pasándole una patata frita—. Me parece muy cuco.

Lily lo miró como si supiera que aquello era mentira.

Travis esbozó una sonrisa.

Tras un instante de silencio, Travis le dio un golpecito en el hombro y le dijo:

—Yo soy Hufflepuff.

—¡No puede ser! —contestó Lily, sorprendida, con la boca llena de *nuggets* de pollo—. ¡Yo también!

Travis extendió las manos como si aquello fuera obra del destino.

—He vuelto a emocionarme demasiado, ¿no?

Travis se detuvo un momento antes de darle otro bocado a la hamburguesa, y luego le dijo:

—Los Hufflepuffs nos emocionamos con cualquier cosa.

—Creo que nuestras cualidades son que somos justos, leales y pacientes. Y que sabemos apreciar la buena comida.

—Acabas de describirme a la perfección —respondió Travis, a quien casi no se le entendía porque tenía la boca llena.

Lily se rio. Fue el momento en que mejor se lo pasó de toda la noche.

7

ELLE

Entrantes: endibias y roquefort
(opción vegana: ensalada de manzana e hinojo),
nueces y vinagreta de mostaza.

Elle estaba hecha un manojo de nervios mientras esperaba a que se abriera la puerta que imitaba el estilo Tudor. De modo que Caro había ido a parar a aquella mansión junto a la ribera de un río... Era una monstruosidad intimidante que debía de haberle costado millones.

Al oír que se abría el cerrojo, se recolocó el pelo, se llevó la chaqueta al hombro y apretó los labios rojos.

Y ahí estaba Caro, cubierta de terciopelo de pies a cabeza y con el pelo de un rojo intenso, como si se lo hubiera teñido esa misma mañana, la raya del ojo casi perfecta y una profunda arruga en el entrecejo al ver a Elle.

−¿Qué haces tú aquí?

−Vaya forma de saludar a una vieja amiga −le contestó Elle, dedicándole una amplia sonrisa de alegría. Dio un paso al frente y le rozó la mejilla a Caro al tiempo que olisqueaba el aura de un perfume caro−. Hola, Caroline.

Caro contuvo sus emociones y le sonrió como buenamente pudo. Elle veía los engranajes de su mente moviéndose. Sin embargo, en vez de montar un numerito, Caro exclamó:

−¡Menuda sorpresa más agradable!

−Me imaginaba que te lo parecería.

Elle le dedicó una sonrisa pícara y pasó junto a ella para afirmar su presencia en el interior de la casa.

—Están todos en el salón —le dijo Caro, cautelosa, mientras cerraba la puerta.

—Estupendo —contestó Elle, a quien, al percibir el recelo de Caro, la sonrisa se le ensanchó aún más.

La primera en verla cuando asomó la cabeza en la habitación de paredes de pizarra gris, donde había una lámpara de araña resplandeciente, fue Lily, que se puso muy tiesa a causa de la sorpresa. La chica iba vestida como una secretaria, pero tenía la sonrisa de una niña en Navidad.

—¡Esperaba que vinieras!

—¡Y aquí estoy! —contestó Elle, observando a los demás. Era un grupo más pequeño de lo que se esperaba. Pero ahí estaba George Kingsley, que se levantó de la silla con el rostro paralizado debido a la conmoción que le supuso verla. Sintió un cosquilleo de satisfacción. Fingió no haber reparado en él—. Madre mía, Travis, menudo cambio —dijo, estirando la mano por encima de la mesa para pasársela por el pelo corto.

—No sabía que ibas a venir —le dijo Travis con una sonrisa tímida.

—Caro tampoco —contestó ella, guiñándole un ojo.

—¿Quieres algo de beber, Elle? —le preguntó Caro, que estaba hecha una furia ante aquella invitada inesperada—. ¿Una copita de champán?

—Me encantaría —ronroneó Elle, consciente de que George estaba inquieto y no dejaba de moverse. Decidió mostrarse compasiva y, sin dejar de sonreír, se giró hacia él—. ¡Georgie!

A George se le tiñeron las mejillas de carmesí y, claramente alterado, extendió la mano para saludarla.

—¿Es que solo me vas a dar la mano? —le dijo Elle, acercándose hacia él, como si desfilara, para pasarle las manos alrededor del cuello y plantarle un gran beso rojo en la mejilla—. Hace siglos que no nos vemos —le susurró al oído con voz ronca.

George tardó un instante en rozarla, en apoyarle la mano con delicadeza en la espalda y responderle como si fuera una clienta en una sala de juntas.

–Qué alegría volver a verte. Es estupendo.

Elle sonrió. George volvió a sentarse a toda prisa y se chocó contra la mesa, con lo que derramó el vino.

–Ay, madre –farfulló mientras intentaba secarlo con una servilleta.

–No te preocupes, George –le dijo Caro, que había aparecido con el champán de Elle–. Déjalo, voy a por una bayeta.

Cuando se hubo encargado de la mancha, Caro se dispuso a colocar a Elle en la silla que quedaba libre en el extremo de la mesa.

Elle observó a Caro mientras esta se afanaba con las servilletas y los manteles individuales a juego y pensó que la veía muy mayor. Estaba demasiado delgada. Además, los párpados caídos llamaban aún más la atención debido a la sombra de ojos. La veía frágil, de un modo que le resultaba casi satisfactorio.

Cuando su sitio estuvo preparado, Caro apartó la silla y, claramente enfadada, le dijo a Elle que se sentara con un gesto brusco del brazo que hizo que su pulsera casi saliera disparada.

Elle ocultó la sonrisa dándole un sorbo al champán frío. Debía de reconocer que la cara que había puesto Caro al verla era prácticamente todo lo que necesitaba.

Aquello hizo que recordara el día en que se habían conocido. Aquel día, Caro bajó las escaleras hecha una furia, sin dejar de gritar.

–¡Alguien ha sacado todas mis cosas de la habitación de Henry y las ha puesto en mi cama!

Elle abrió la puerta principal en ese mismo instante.

–Ay, perdona, he sido yo –le contestó, aunque no lo sentía en absoluto, mientras alzaba la mirada para observar a aquella pelirroja deslumbrante con inocencia fingida.

A Elle le habían dado las llaves del piso aquella misma tarde y había ido hasta allí para echarle un ojo al sitio y para averiguar todo lo que pudiera sobre sus compañeros a partir de las pertenencias que hubieran dejado allí durante el verano. El chico que había ocupado la habitación que le habían dado a ella (Henry nosequé) ya la había dejado, pero todas las superficies del cuarto estaban cubiertas por un desorden de maquillaje, zapatos y abrigos. Elle recogió las pertenencias una a una. Olisqueó el perfume, probó el pintalabios y metió el brazo en una de las mangas de un abrigo. No estaban mal, eran de buena calidad, pero no de la mejor. No tenía nada que ver con las pertenencias de la habitación de abajo: la chaqueta de un esmoquin confeccionada a medida que estaba en el armario, la lámpara de escritorio cara pero funcional, la botella de Bollinger que reposaba en una estantería junto a un montón de medallas. No, las cosas de aquella chica no eran lo mejor de lo mejor, pero no estaban mal. Elle se lo había llevado todo con cierto regocijo y lo había arrojado sobre la manta rosa que adornaba la cama del cuarto de al lado.

—¿Y tú quién eres?

—Tu nueva compañera de piso.

Caro la observó con desconfianza, evaluando si podía convertirse en una rival; era evidente que no sabía muy bien qué pensar del pelo rubio de bote, las botas altas y el vestidito de verano cutre. Aquello era aversión a primera vista, y Caro se giró y subió por las escaleras de vuelta a su dormitorio.

George salió al rellano para averiguar a qué se debía aquel alboroto y bajó rápido las escaleras para darle la bienvenida a Elle.

—Hola, hola. Encantado de conocerte. Me llamo George. George Kingsley. ¿Cómo te llamas?

—Elle —contestó ella, deteniéndose para observar su rostro sincero, los calcetines blancos, los pantalones cortos y la camiseta del equipo de remo, y evaluarlo.

—¿Y tu apellido?

—No te a va a sonar de nada —le dijo, inclinando la cabeza.

George se puso rojo; estaba adorable.

—Encantada de conocerte, George Kingsley —le dijo ella, extendiendo unos dedos finos—. ¿Debería saber quiénes son los Kingsley?

—No necesariamente —contestó él, avergonzado—. Mi padre se dedica al petróleo y mi madre organiza muchos actos benéficos. Los de por aquí conocemos a las familias de los demás.

—A la mía no —dijo Elle.

—No, no. Obviamente. Bueno, no es una obviedad. Ay, madre, la estoy liando, perdona. —George se rio como si le sorprendiera haber metido la pata de semejante manera—. Sabía que íbamos a tener una compañera nueva, pero no me esperaba a una tan guapa.

—Tú tampoco estás nada mal —contestó Elle, reprimiendo una sonrisa.

—Déjame que te enseñe la casa —le dijo él, con una sonrisilla vanidosa.

Elle fue tras él; se mostró escéptica ante aquellos halagos, pero, en secreto, estaba encantada.

La relación con Caro jamás mejoró; de hecho, empeoró. Caro aún no se había recuperado de que Henry Bellinger hubiera solicitado un cambio de residencia en el último momento para el último curso para que Caro y él no se convirtieran en un «matrimonio de viejos», tal y como lo había llamado él. Nadie tenía muy claro cómo había conseguido agenciarse una de las habitaciones más codiciadas de la última planta de lo que quedaba de la residencia de estudiantes, una con unos ventanales inmensos y unas vistas impresionantes. Él decía que era gracias a la flor en el culo con la que había nacido, pero la gente sospechaba que había conseguido la habitación gracias a una cuantiosa donación. Caro lo había oído referirse a su nuevo cuarto como un picadero en un ático y se había puesto hecha un basilisco. Tampoco ayudó mucho que, cuando Henry apareció por la casa y conoció a Elle, le dijera con tono apreciativo: «Vaya, vaya, vaya... Así que tú eres la famosa Elle, ¿no? ¡Qué ganas tengo de que nos conozcamos mejor!» mientras Caro era testigo del encuentro y echaba humo por las orejas.

Sin embargo, Elle debía reconocer que, cuando se relajaba, Caro podía llegar a ser bastante graciosa. De tanto en tanto se pintaba las uñas en la cama mientras escuchaba las típicas canciones de pop insustanciales que lograban poner a Travis de los nervios, lo cual desencadenaba un toma y daca que hacía reír a Elle desde el escritorio de su cuarto. En ocasiones Elle hasta había salido de su habitación para formar un tríptico en el que Caro estaba en su cuarto, Elle en el descansillo y Travis al pie de las escaleras, y las conversaciones pasaban de la mordacidad ingeniosa a auténticas sandeces. Aquellos momentos, sin embargo, no eran demasiado frecuentes porque Caro casi siempre estaba con Henry Bellinger y, por tanto, no solía relajarse.

Ahora, Elle observaba con detenimiento los detalles de la vida de Caro —su salón de revista con su mesa de madera resplandeciente cubierta de velas alargadas; la lámpara de mármol verde en el aparador, con su gran pantalla de lino; y el arte abstracto y refinado que colgaba de las paredes— mientras Caro la miraba como si lo hubiera estropeado todo.

—Servíos las endibias —les dijo con brusquedad—. Esas llevan nueces y queso azul —añadió, señalando una bandeja grande que había sobre la mesa—. Y esas son veganas. Elle, ¿eres vegana? —le preguntó con tono un poco acusatorio.

—No, no. Yo me como lo que sea.

A Elle le resultaba imposible no comparar todo lo que había en la casa glamurosa y misteriosa de Caro con el piso sórdido de su hermana.

Nadie parecía saber muy bien qué decir desde que había llegado Elle. La incomodidad era espesa como el esmog. Lo único que se oía era el tictac de un antiguo reloj de estación de tren que iba marcando los segundos.

—Bueno, ¿por dónde íbamos? —preguntó Caro al fin—. George, nos estabas enseñando fotos de tu peque.

–Ay, no –contestó George, que de repente parecía muerto de vergüenza–. No quiero seguir aburriéndoos –se excusó y, dicho esto, agitó la servilleta y se la colocó sobre el regazo, con movimientos rígidos y nerviosos.

Elle se lo estaba pasando pipa viendo lo nervioso que lograba ponerlo. Le dio un sorbo al vino y prosiguió contemplando la escena con actitud imperturbable.

–Tengo algo que puede que os interese –dijo Travis entonces. Apartó la silla de la mesa y fue hacia el recibidor.

–¿Qué es? –preguntó Caro.

–¡Esperad y veréis! –gritó Travis. Pasados unos segundos, reapareció en el salón con una pila de papeles doblados en los brazos–. Tuve que hacer una paradita en casa de mi padre de camino aquí, porque está de limpieza, y me encontré esto en una caja en el recibidor –les explicó, y dejó la pila sobre la mesa.

Lily se puso las gafas y se inclinó hacia delante para echar un vistazo.

–¡Madre mía, son las cartas que escribimos sobre los demás!

–¡Me había olvidado por completo de ellas! –dijo Caro, que dio unas palmaditas, como si aquello hubiera salvado la velada.

George parecía aliviado ante aquella distracción. Elle apenas recordaba haber escrito las cartas y no le interesaba lo más mínimo averiguar el futuro que otros habían imaginado para ella. De modo que dejó caer la servilleta al suelo y, cuando se agachó a recogerla, le rozó sin querer la pierna a George, que pegó un bote.

–Lo siento –le susurró Elle.

Caro cogió la primera carta de la pila.

–¡Ay, es la mía! –Alzó la mirada y le brillaban los ojos–. Qué divertido. No me creo que las guardaras, Travis. –Los folios tamaño A4 estaban doblados en tres y cerrados con cinta adhesiva. Caro lo rompió con un cuchillo–. Venga: «Caroline Fitzgerald –leyó– será famosa. Quizá sea presentadora de un programa de la tele o de las noticias». –Caro se pegó la hoja contra el pecho y miró a todos los presentes con una actitud de reprimenda alegre–. ¿Quién lo escribió?

Nadie admitió haberlo escrito. Elle jamás habría dicho que sería «presentadora de noticias»; antes habría optado por «una trepa a la que solo le interesa el dinero».

—«Si no se hace famosa —prosiguió Caro—, entonces será rica. Será periodista o escritora número uno en ventas». —La sonrisa de Caro se volvió más forzada—. Bueno, eso lo has acabado siendo tú, Lily. Yo no tengo tiempo para escribir un libro. Es lo que pasa cuando tienes cinco hijos. —Caro le apoyó una mano en el hombro a George, en señal de unión mediante la paternidad. Luego prosiguió con el papel—: «Caro vivirá en una mansión enorme en el campo, con rosales alrededor de la puerta, perros y caballos. Organizará unas fiestas maravillosas. Será un sitio al que todo el mundo querrá ir los fines de semana, donde se celebrará todo». —Caro asintió—. Qué bonito. Qué buenos sois. Es muy agradable leer sobre uno mismo. —Observó el salón y centró la mirada en la mesa—. Pero, por favor, comed más endibias.

George pilló un par.

—«Se casará con Henry Bellinger, ¡evidentemente!». Ay...

Caro se llevó los dedos a los labios.

Todo el mundo alrededor de la mesa guardó silencio. George se acercó corriendo a Caro, le puso una mano en el hombro y le dio un apretoncito.

—Ay, madre. Lo siento, Caro...

Elle masticó su endibia.

Caro cerró los ojos durante un instante y tragó saliva.

—«Serán la pareja perfecta —prosiguió—, y engendrarán a una nueva generación de Henrys y Caros que dominarán el mundo. (¡Ojo! Eso si Caro logra arrebatarle a Henry a la señora Bellinger)». —Caro arrugó el papel—. ¡Por el amor de Dios!

—¿Estás bien, Caro? —le preguntó Lily en voz baja tras quitarse las gafas.

—Sí —respondió, enjugándose las lágrimas con los dedos—. Disculpadme un momento. Me he olvidado del vino blanco.

Y, dicho esto, apartó la silla de la mesa y fue a toda prisa a la cocina para recobrar la compostura.

George tenía cara de preocupación.

Elle puso los ojos en blanco.

—Voy un momento al aseo —les dijo, porque pasaba de los melodramas de Caro.

Había un lavabo al final del pasillo, pero Elle no tenía ninguna intención de usarlo. Lo que hizo en cambio fue subir las escaleras para husmear por la casa.

Cuando llegó a la planta superior, echó un vistazo por la primera puerta que encontró y halló el dormitorio de una niña con una cama con dosel rosa y lucecitas. La siguiente tenía los nombres de los mellizos de Caro —Tilda y Thomas— tallados en madera y pegados en la puerta.

Elle recordó el dormitorio de su infancia. Se pasaba las noches mirando una mancha de humedad que había en el techo mientras su hermano roncaba y su hermana se revolvía en la cama que compartían ambas. Elle dormía a menudo en el suelo, pero en esas ocasiones oía los ratones que se movían bajo los tablones de madera.

Al otro lado del rellano encontró el dormitorio de Caro. Tenía vistas al río. Los muebles eran caros. Justo en el centro había una cama trineo inmensa de madera. El mobiliario era oscuro y las cortinas pesadas tenían brocados. Había varias fotos en marcos dorados en lo alto de las cajoneras. Elle cogió la foto de la boda que estaba en el centro, en la que se veía a Brian Carmichael frotando la nariz contra el cuello de Caro. Estaban en una playa, en un país extranjero, envueltos en guirnaldas y flores de loto. Él llevaba un traje color crema espantoso. A Caro se la veía tan imperturbable como siempre. Sonreía a la cámara como una estatua. «¿Por qué te casaste con él?». Elle se quedó mirando aquella pareja que no pegaba ni con cola, luego se acercó a la cama y abrió los cajones de la mesita de noche. El lado de Caro estaba ordenadísimo, pero el de Brian era un caos. Elle rebuscó entre el batiburrillo de cosas de él y encontró un bote de diazepam. Ya, ella también lo necesitaría si se hubiera casado con Caro. Elle se fijó en que

Caro tan solo le había dejado un cajoncito a Brian para todas sus cosas.

En el piso de abajo se abrió y se cerró la puerta principal.

—¡Mamá, he venido a por el inhalador! —gritó una adolescente.

Las sillas se arrastraron por el suelo, y Elle oyó los zapatos de Caro sobre el parqué.

—Ay, Bethany, ¿cómo se te ha podido olvidar? Venga, corre.

—Ya voy, ya voy —contestó ella, y luego se oyeron sus pasos pesados por la escalera.

Elle dejó las pastillas y fue hasta la puerta del dormitorio para ver de reojo a uno de los hijos de Caro en carne y hueso. Una pelirroja guapísima con un vestido plateado muy corto pasó junto a ella. Elle aguardó para ver mejor el rostro de la niña cuando bajara de la segunda planta. Salvo por el inhalador azul que llevaba en la mano, fue como observar a una versión adolescente de Caro.

Desde el descansillo, Elle vio como Caro detenía a su hija en la puerta para darle un beso.

—Adiós, cielo. Pórtate bien, ¿vale?

—Ya vale, mamá —le soltó ella.

Elle subió hasta la segunda planta, donde encontró otros dos dormitorios con baño propio. Examinó la habitación de la hija. Pasó la mano por pilas de enseres de maquillaje, libros de texto, joyas olvidadas, la sudadera del balonred de la categoría de menores de quince años con el apodo de «Bee». Se preguntó si Bethany Bee Carmichael era consciente de lo afortunada que era por poseer aquella vida.

Cuando al fin bajó de nuevo las escaleras, se encontró a George en el recibidor, esperándola. Seguía siendo guapo de un modo juvenil, e intentaba parecer despreocupado, allí apoyado contra la pared, pero, en cuanto ella se acercó a él, George se incorporó y miró hacia atrás para asegurarse de que nadie los veía. Se pasó las manos por el pelo y luego se las guardó en los bolsillos, como si no supiera qué hacer con ellas. George siempre se ponía así cuando estaba nervioso.

–¿Estás bien? –le preguntó Elle.

–He dicho que yo también tenía que ir al lavabo, pero tú no estabas allí.

–He ido al de la planta de arriba –contestó ella.

George volvió a mirar hacia atrás. ¿Estaría borracho? Tenía la piel enrojecida y una mancha de tinto en la camisa.

–Solo quería..., ya sabes... –Se encogió de hombros, como si lo que estaba diciendo careciera de importancia–. Como Caro ha leído eso de Henry, solo quería asegurarme de que no vas a decir nada.

–¿Sobre qué? –preguntó ella con el ceño fruncido.

Aunque sabía de sobra a qué se refería.

–Sobre... –George guardó silencio. Tenía la frente perlada de sudor. Volvió a mirar hacia atrás y, entonces, como reacio a decirlo en voz alta, le susurró–: Sobre lo que hicimos.

Elle observó aquellos ojos marrones y caídos. Eran los de siempre y al mismo tiempo no lo eran. Estaba preocupado. No, aterrado. Había mucho más en juego que en el pasado. Elle se inclinó hacia él y le rozó la mejilla con la mano.

–No, Georgie. Jamás se me ocurriría decir nada al respecto.

La caricia lo desestabilizó. George pareció incapaz de no inhalar su perfume, y la respiración se le entrecortó. Al darse cuenta de lo que hacía se avergonzó.

–Deberíamos volver –dijo, y se dio la vuelta de golpe.

–Sí –coincidió ella, que fue tras él–. No se vayan a pensar que nos hemos quedado encerrados juntos en el baño.

–No –respondió él, recobrando la compostura–. Desde luego que no.

8

Primer trimestre de tercero

GEORGE

Tras la Real Regata de Henley de julio, George pasó el mejor verano de toda su vida con Henry Bellinger y J. B. Watson en las villas mediterráneas y las casas de campo inglesas de varios compañeros de Oxford. Caro pasó con ellos una semana en el superyate que pertenecía al sexto duque de Granstead y, mientras Henry y Caro hacían esnórquel en calas recónditas, George completó la lista del alfabeto con una marinera de cubierta que se llamaba Úrsula. No dejaron de entrenar. Alquilaron unas cuantas bicis y participaron en una agotadora vuelta de cinco horas por toda Ibiza a cuarenta grados. Cuando se detuvieron en lo alto de una montaña para contemplar las vistas, Henry les pasó los brazos por los hombros y, resollando, les dijo:

–Mirad. Somos los putos amos. –George y J. B., casi sin aliento, se limitaron a aullar–. Es nuestro momento, chicos. Jamás volveremos a estar tan en forma. –Luego le dio un puñetazo en el estómago a J. B., supuestamente a modo de broma, y este se dobló por la mitad. George se rio–. Nenaza.

Luego bajaron la montaña a toda velocidad.

Comenzaron a entrenar para un Ironman en la hacienda que tenía Henry en los Costwolds. El ama de llaves de mejillas coloradas los mantuvo bien alimentados e hidratados, como si fueran una manada de labradores nerviosos, y la madre de Henry, Francesca Bellinger, exeditora de moda con una reputación espantosa, tan alta que resultaba imponente y con el pelo corto y rubio, los invitaba a tomar algo en el salón a las cinco de la tarde. Recostada en los sofás de color crema, con ese cuerpo tonificado y su actitud aterradora, Francesca exigía que la entretuvieran con sus bromas juveniles. A George le encantaba hacerla reír; a ella y a su delgadísima hija, la hermosa Ophelia, de la alta sociedad neoyorquina, que intentaba labrarse un nombre en Broadway pero que estaba en casa de sus padres durante las vacaciones, pasándose los días estirada como un gato junto a la piscina y las noches colocada en la residencia de verano junto a sus amigas del internado al que había ido de joven. Sin embargo, el momento más fascinante de todos fue cuando sir Charles Bellinger se unió a ellos y obsequió a los chicos con anécdotas cargadas de modestia sobre sus proezas deportivas. A George, que se moría de envidia, le habría gustado que su padre se pareciera más a sir Charles; su vida habría sido muy distinta si lo hubiera criado un hombre con aquella magnanimidad serena y tantas palabras de ánimo.

Cuando George, Henry y J. B. llegaron al campamento de entrenamiento de pretemporada, estaban en mejor estado físico que nunca, con esos cuerpos nervudos y musculosos bronceados por el sol. No obstante, se llevaron un par de disgustos: Jim Marsden, un exjugador olímpico, se había inscrito en Oxford para hacer en un máster y ganar algo de gloria en las regatas antes de retirarse, por lo que ya tenía un puesto asegurado. Por otro lado, a uno de los novatos de último curso le estaba yendo muy bien desde el verano pasado. Sin embargo, aquel era su año. Tenía que serlo; después del fiasco del año anterior, era su última oportunidad. Además, eran los mejores.

No fue hasta que llegaron a la caseta donde guardaban las embarcaciones, cuando ya llevaban varias semanas de curso, que Klaus Schneider, un alemán de cuarto que había formado parte del Blue Boat el año anterior, atrajo la atención de todo el grupo y les dijo:

–Bueno, chicos, ha llegado el día que esperabais con tanta ansia.

Henry y George estaban descargando remos del camión. Todo el mundo dejó lo que estaba haciendo para escuchar.

El sol se ocultaba tras nubes moteadas, el sauce sumergía sus ramas en el agua cristalina y un par de cisnes eran testigos de todo desde la orilla opuesta.

–Ya tenemos la lista –anunció Klaus, extendiendo mucho los brazos.

Hubo varias sonrisas pícaras y miradas cómplices entre los chicos. J. B. Watson soltó un fuerte silbido.

Klaus mantuvo la expresión seria, enmarcado por las puertas azules del cobertizo de las embarcaciones, esperando a que el grupo guardara silencio.

–Nos ha costado lo nuestro compilar la lista para vuestro disfrute. Lo único que tenéis que hacer es seguirla e ir anotando las puntuaciones. Ah, y acostaros con las chicas, claro. –Todos rieron, y Klaus prosiguió–: Os aconsejo que también llevéis un registro de nombres, porque haremos comprobaciones aleatorias.

Toby Fitzgibbon, uno de los novatos que estaba sentado en un caballete para barcos, dejó escapar una risita nerviosa.

–Os lo advierto –dijo entonces Marco de Poligny, el timonel, tras aclararse la garganta–, la lista es confidencial. Si se la enseñáis o se la enviáis a alguien o la compartís con alguien de alguna manera, os expulsaremos y no formaréis parte del equipo de remo. ¿Queda claro?

Todos asintieron.

–Pues nada, chicos, ¡comprobad la bandeja de entrada! –aulló Klaus, cuyo amplio rostro quedó cubierto por una sonrisa maliciosa–. Que gane el mejor.

Las nubes se abrieron y el sol brilló con fuerza, como si hubieran estado esperando la señal.

–Qué guay –le comentó George a Henry.

Henry ya había sacado el teléfono; siempre quería ser el primero en enterarse de lo que ponía en la lista. Se le escapó la risa por la nariz cuando empezó a leer.

—Maravilloso —dijo, y luego comenzó a leer en alto—. «Virgen, zorra, de la realeza, casada, gorda, rica, pobre...». —Y continuó enumerando casi todos los adjetivos posibles que podían asociarse a una mujer y la puntuación que acompañaba a cada uno—. «Un trío y una orgía» —dijo con tono burlón al llegar al final de la lista—. Ya quisiera Klaus.

—Caro es una princesa —comentó George—. Debería contar como de la realeza.

Los chicos que estaban cerca se rieron al oírlo.

—En verdad creo que tengo bastantes posibilidades con esa chica nueva de tu casa —comentó Henry, que no estaba acostumbrado a ser el blanco de las bromas—. Elle, ¿no? Si me la follo, puedo tachar «pobre» de la lista —dijo, riéndose—. A lo mejor puedo tirármelas a ella y a Caro a la vez; dos pájaros de un tiro.

Cuando Henry hablaba así de Elle, a George le daban ganas de arrearle un puñetazo en la cara, lanzarlo al suelo y decirle con tono amenazante: «Ni se te ocurra tocarla, joder». Algo le había pasado a George desde que Elle se había mudado con ellos. Aquel vertedero de estilo georgiano había cobrado vida. El aire estaba cargado de electricidad. La chica, con esos chalecos de algodón acanalado con las costuras del encaje desgastadas, y con la raya del ojo que parecía que se había quedado dormida con ella puesta, no era para nada su tipo. Sin embargo, su risa era contagiosa. Cada vez que George volvía a casa del entrenamiento buscaba la mochila de Elle en el recibidor para comprobar si había vuelto a casa. Se había aprendido sus horarios; sabía cuándo estaba en el refugio de animales, donde trabajaba de recepcionista; sabía cuándo tenía clases, tutorías; cuándo iba al comedor. Durante el baile de la universidad había estado trabajando en la barra, y George la había ayudado a recoger los vasos. Había soportado mancharse la chaqueta del esmoquin con los posos de cerveza de otras personas por ella. Ya no pasaba tiempo en la sala común con Caro y Henry, ni los miraba con envidia cuando ella se recostaba en el brazo de Henry. Los celos de George aparecían por la mañana, muy temprano, cuando se adentraba en la oscuridad camino del entrenamiento y abandonaba a Elle, que había resultado ser sorprendentemente estudiosa y casi siempre estaba en la planta de abajo a las cinco de la mañana, preparándose un café y hablando con Travis, que siempre tenía los ojos rojos e hinchados después de haberse pasado toda la noche fumando en el salón. George había empezado a marcharse cada vez más tarde para aprovechar el tiempo y tomarse una taza de té con Elle y Travis. Normalmente se moría de ganas de ir al gimnasio, pero había comenzado a disfrutar de aquellos instantes tranquilos y somnolientos previos al amanecer. Sin embargo, el día en que publicaron la lista, cuando Henry dijo lo de montarse un trío con Elle y Caro, George no le arreó un puñetazo. No dijo nada. No solo porque fuera el mejor amigo de Henry, sino también porque sabía que jamás había que decirles a los chicos del equipo lo que uno sentía por una chica; sobre todo cuando se trataba de una chica como Elle, quien George dudaba que se hubiera fijado en él. Los sentimientos eran de débiles. Te volvían vulnerable, y mostrarse vulnerable era una sentencia de muerte en aquel ambiente de competición. Así que tan solo se rio de lo que había dicho Henry.

La situación de George cambió el día en que se le pasó la fecha de entrega de una asignatura y tuvo que asistir a una reunión con su tutor, Redders, un hombre que intentaba mostrarse cercano con los alumnos –con esa bufanda a rayas y unos calcetines morados muy chulos– y que fue muy comprensivo cuando George le explicó que estaba muy estresado porque quedaba poco para las pruebas de la regata contra Cambridge. Redders le dijo que lo comprendía, que sabía que la presión afectaba a todo el mundo y que el cuerpo y la mente no estaban preparados para sufrir tanta presión, pero que, aun así, necesitaba que le entregara el trabajo.

Esa noche, George estaba frenético, intentando acabar el traba-jo que no había entregado a tiempo para dormir un poco antes de que sonara la alarma y tuviera que ir al entrenamiento, cuando de repente oyó a Elle subiendo las escaleras, de vuelta de dondequiera que hubiera estado, vestida con un abrigo inmenso y peludo que recordaba a un tigre y unas botas de ante moradas.

—¿Estás bien? —le preguntó ella, sorprendida al encontrárselo despierto.

—Sí —contestó, dándole las gracias a Dios en silencio por haberse gestionado el tiempo tan mal mientras Elle entraba en su cuarto y se sentaba en su cama.

George apenas podía moverse al notarla tan cerca de él; sus sentidos habían despertado ante el olor a tabaco y Chanel.

—Sabes que es malo para la salud, ¿no? —le preguntó ella, hojeando los libros de texto.

—¿El qué?

—No divertirse —le respondió con una sonrisa que reveló las palas torcidas.

—Pues claro que me divierto —respondió George, sacudiendo la cabeza.

—Si tú lo dices...

George estaba como hipnotizado; era incapaz de concentrarse en nada que no fuera en el hecho de que Elle se había quitado las botas y que se estaba quitando los calcetines largos y con hilos brillantes. Cuando Elle se sentó contra el cabecero y cruzó las piernas, a George le resultó imposible apartar la mirada de los pies descalzos y de las uñas pintadas de un naranja muy claro.

Elle observó la habitación: las medallas, las fotos del equipo, el horario que estaba colgado en la pared de al lado... Se inclinó para examinarlo.

—Bueno, ¿y qué pasa si entras en este equipo? —le preguntó, soltándose el pelo y peinándose las ondas rubias con los dedos.

George tragó saliva; quería tocarle el pelo.

—Pues que soy un Blue Boat.

—¿Y luego...?

—¿Y luego qué?

—¿Y ya está? –contestó Elle con tono confundido y burlón.

George estuvo a punto de burlarse de ella; normalmente aquello no era algo que hiciera falta explicarle a la gente.

—Pues sí, y ya está. Es un logro muy importante.

Elle asintió sin demasiada convicción, y al mismo tiempo parecía estar riéndose de él con cierto brillo en la mirada.

—Es algo de lo que estar muy orgulloso –prosiguió George para que lo entendiera y para justificar unas decisiones que Elle parecía despreciar con tan solo el brillo de los ojos–. Lo recordaré toda la vida, y se lo contaré a mis hijos.

Elle se acercó hacia el borde de la cama y se abrazó las piernas. Su perfume impregnaba toda la habitación.

—Sí que suena muy importante, sí...

George se sintió estúpido.

Quería besarla, colocarse encima de ella sobre la cama.

—Mira, da igual –le contestó, intentando quitarle importancia al tema, como si Elle fuera incapaz de comprenderlo–. Es solo una tradición familiar.

Elle acercó los pies a los dedos de George hasta que los rozó.

—Claro, lo que pasa es que no quieres decepcionar a tu papi, ¿no? –le dijo, apoyando la barbilla en las rodillas, de modo que el pelo le caía sobre los hombros, y le sonrío lenta y burlonamente.

George no respondió. Jamás había conversado con una chica que pudiera parecer tan inocente y, al mismo tiempo, tan astuta. El modo coqueto en que inclinaba la cabeza, la boca pequeña y la tela resplandeciente del vestido bajo el abrigo lo tenían cautivado. Fuera comenzó a llover. No fue una suave llovizna otoñal, sino el tipo de chaparrón de aguanieve repentino que inundaba las aceras y atascaba las alcantarillas.

—¿Quieres que te cuente un secreto? –le preguntó Elle.

George tragó saliva.

El ruido de la peli que Travis y Lily estaban viendo en la planta de abajo se colaba a través de los tablones del suelo, y el aire frío y húmedo se filtraba por las ventanas de guillotina podridas.

George no podía apartar la mirada de la blancura de la piel de Elle ni de la suavidad de su cuerpo.

Entonces, ella le lanzó una mirada bajo aquellas pestañas largas y oscuras y le susurró:

—No he venido aquí a charlar, Georgie.

Y, dicho esto, Elle se acercó al borde de la cama, le pasó una mano alrededor del cuello y le dio un beso que sabía a tabaco, a cacao de cereza y a semanas de pura lujuria sin adulterar.

George le metió las manos por debajo del abrigo, empujó la piel falsa a la altura de los hombros y recorrió el vestido brillante. Se pegó a ella, pasándole el brazo por la espalda, acercándola mucho a él. Seguía sin estar lo bastante cerca; quería consumirla entera. Le agarró los tirantes del vestido y se los bajó con brusquedad, luego hizo lo mismo con los del sujetador y amasó la carne blanca del pecho. Apartó la boca de la suya y la besó y le lamió la piel del cuello, del pecho, todo mientras trataba de abrirse paso a través del encaje de sus bragas.

—¡George! —oyó que lo llamaba, que gritaba, en mitad de aquella bruma furiosa—. ¡Georgie! —le dijo de repente, con un tono aún más severo.

Y entonces George se detuvo.

—¿Qué pasa?

Elle apartó la cabeza y lo sujetó por los hombros.

—Relájate un poco —le dijo ella con voz serena.

—Ah —respondió él, echándose hacia atrás, con el orgullo herido por haber supuesto que ella estaba sumida en el mismo éxtasis que él—. Vale.

Ninguna otra chica se había quejado antes, y se había tirado al abecedario entero.

—No te pongas a la defensiva —le dijo ella con una media sonrisa que lo sacaba de sus casillas.

—No me pongo a la defensiva —contestó George, que de repente se moría de ganas de largarse de la cama, irse al gimnasio y ponerse a levantar pesas para alcanzar la victoria.

—No hace falta ir tan deprisa —le dijo Elle, acariciándole el pelo de la nuca.

—Ya lo sé, ya...

Pero Elle lo interrumpió con un beso y se acercó a él para quitarle la camiseta.

—Tenemos toda la noche por delante —le dijo luego.

«En realidad tengo entrenamiento por la mañana», pensó George, pero no dijo nada. Sin embargo, no tardó en olvidarse del entrenamiento cuando, tumbado de espaldas, Elle se colocó a horcajadas sobre él y se tomó su tiempo para ir descendiendo por su cuerpo. Cuando se unieron, con una excitación mucho mayor de lo que George jamás había sentido, los cristales empañados a causa de la lluvia, los dedos fríos de Elle aferrados a su espalda y su boca cálida contra la de él, saboreándola, sintiéndola, no fue capaz de creer lo que había estado haciendo durante todos aquellos años. Quiso que aquel momento durara toda la eternidad; perderse para siempre en el éxtasis de Elle.

A la mañana siguiente George pedaleó a toda velocidad hacia el gimnasio. Se saltó varios semáforos en rojo y llegó sin aliento, agotado; se había quedado dormido y se había perdido la mayor parte del entrenamiento.

—Pero ¿a ti qué coño te pasa? —le gritó el entrenador con la cara roja de ira—. ¡No hay excusa que valga!

Nadie se saltaba los entrenamientos, sobre todo cuando quedaba poco para las pruebas. George no sabía dónde tenía la cabeza.

—Míralos a los ojos y explícales por qué no has venido —le ordenó el entrenador, señalando a los compañeros del equipo—. ¡A mí no, a ellos! ¡Venga!

Pero no podía. Porque, en vez de postrarse de rodillas y suplicar perdón, lo único en lo que podía pensar era en Elle.

—¿Crees que quieren que formes parte de su embarcación? ¿A alguien que no quiere esforzarse? ¿A alguien en quien no pueden confiar? ¿Tú querrías?

El resto del equipo tenía la mirada fija en el suelo.

George aún se olía el perfume de Elle en la piel.

—¡Responde! —le gritó el entrenador, proyectando el aliento caliente contra su rostro.

Pero George estaba viendo la melena de Elle sobre su almohada.

—No, señor.

Lo había poseído.

Por eso, cuando volvió a casa en bici, y Henry y J. B. le preguntaron una y otra vez dónde había estado, George cometió el error de alardear de haber estado echando el mejor polvo de toda su vida. Había roto su norma más importante, la de no admitir cómo se sentía en realidad; pero no había sido capaz de contenerse.

—Ha sido... No tengo palabras. Alucinante.

Se sentía exultante, como si hubiera ganado un premio y tuviera que presumir de ello. A los chicos les encantó su respuesta. Se burlaron y le picaron durante todo el trayecto de vuelta; luego pararon para comprarse un par de sándwiches para cada uno y siguieron burlándose al retomar el camino.

George se juró a sí mismo que no volvería a distraerse. Tenía que concentrarse. No obstante, volvió al dormitorio de Elle esa misma tarde.

9

CARO

Caro estaba en la cocina, cargando el lavavajillas, envuelta en el estruendo del entrechocar de los platos.

–¿Por qué he accedido? –se murmuró a sí misma.

La nota con la predicción del futuro la había descolocado por completo. De repente tenía la sensación de que todo le quedaba demasiado grande bajo el escrutinio de la sonrisa condescendiente de la puta de Elle Andrews.

–¿Estás bien, Caro? –le preguntó Lily. Caro se asustó porque no la había oído entrar–. Debe de haber sido muy duro leer esa carta.

–Estoy bien –contestó Caro, restándole importancia a sus preocupaciones–. Lily, ¿avisaste a Elle de que íbamos a cenar juntos?

–No –contestó Lily, que parecía sorprendida ante aquella pregunta–. ¿Por? ¿Pasa algo?

Caro no sabía si creerla. Le resultaba imposible saber qué pensaba Lily, que siempre estaba mordisqueándose el labio inferior con expresión de no haber roto un plato en su vida, u observándola con la mirada perdida, como una vaca en mitad del campo. Caro recompuso la expresión, cerró de un portazo el lavavajillas y fue a comprobar cómo iba el tayín. Pues claro que pasaba algo. Elle, que estaba hablando en susurros con George en el recibidor, con esa chaqueta vaquera cubierta de plumas con lentejuelas y ese vestido corto rojo con pliegues, la hacía sentirse peripuesta, excesivamente formal, en su propio hogar.

La recordaba paseando por la casa de Oxford, toda bohemia y guay, sin tener que esforzarse. A los chicos se les caía la baba a su paso, incluso a Travis. Capullos. Caro los había tenido comiendo de la palma de su mano antes de que llegara Elle.

—Dime, Lily, ¿cómo te va? —Caro adoptó su papel de anfitriona mientras hervía agua para el cuscús—. ¿Qué más has hecho aparte de lo del libro? ¿Sigues soltera?

—Sigo soltera —contestó Lily, acompañando sus palabras de una ligera sacudida de hombros de resignación—. Adopté una gata. Se llama Patty. Es tan grande como un hipopótamo y solo tiene un ojo. —Se puso a examinar el frutero de la isla de la cocina y cogió un limón con moho que a Caro se le había olvidado tirar mientras limpiaba—. Me preocupa un poco que en mi carta ponga: «Vive sola con un gato». Menudo bajón si predijeran eso, ¿no?

Pero Caro no le estaba prestando atención. Se acercó, cogió el limón y lo tiró a la basura. Pues claro que Lily tenía que encontrar la pieza de fruta mohosa que se había quedado al fondo del frutero. A continuación volvió a centrarse en el cuscús mientras le daba vueltas a su nota. Varias imágenes de Henry y ella le cruzaron la mente. La pareja perfecta. Los reyes de Oxford. Intentó no pensar demasiado en esa otra vida que podría haber vivido con él. Recordó lo orgullosa que se sentía al entrar en cualquier habitación del brazo de Henry, consciente de la envidia que despertaba en las demás. «Los chicos buenos no suelen ser los guapos, Caroline —le había dicho su madre—. Es lo que pasa con los hombres, que la belleza se esfuma. Pero ¿un buen cerebro? Eso sí que sale a cuenta, te lo aseguro. Tú ve a por los abogados y los banqueros; da igual que sean feos, se pasan la vida en sus despacho y no les ves el pelo. Escoge con el cerebro, no con el corazón».

Caro recordó la Navidad de tercero de carrera. Su madre y su nuevo marido, Lionel —un banquero de inversión feo al que había conocido en internet y al que había escogido precisamente por aquellas dos características–, habían ido a recogerla en coche a Oxford. Caro había obligado a Henry a esperarlos con ella en la calle –a Lionel no le gustaba tener que llamar al timbre y esperar a que le abrieran– solo para que su madre pudiera verlo. Se aseguró de estar mirando hacia el coche, uno al lado del otro, cuando llegaron; Caro se aferraba a la mano de Henry para presentárselo a su madre, con sus hoyuelos, su pelo rubio y su cuerpo musculoso. Sabía que solo podría darle un beso casto en la mejilla a Henry si quería ahorrarse la chapa de Lionel. Era uno de los defectos de Lionel: aunque tenía muchísimo dinero, pertenecía a una de esas iglesias que se hacían llamar cristianas y que luego se inventaban sus propias normas. «El dinero siempre viene con condiciones, Caro», le había advertido su madre después de convertirse a la religión de Lionel. Y, aunque su madre era capaz de aguantar y asentir durante las peroratas de su marido sobre el pecado mientras veía *Coronation Street* sin prestar atención, a Caro le resultaban insoportables y siempre acababa largándose.

Cuando se acomodó en el asiento trasero del coche mientras Henry se despedía de ella con la mano, Caro se encontró con los ojos de su madre en el espejo retrovisor y le dedicó una mirada con la que quería decirle: «¿Ves, mami? Rico, cuerdo y encima guapo. El lote completo». Su madre fingió indiferencia, pero Caro la vio poner una mueca cuando Lionel se quejó, resollando, de lo que pesaba la maleta de Caro. Cuando Henry se la quitó de las manos y la guardó sin esfuerzo en el maletero, ambas tuvieron muy claro con quién preferirían meterse en la cama todas las noches.

Caro dejó escapar un suspiro y pensó en su marido, Brian; su propio Lionel. A ese hombre solo le gustaba gastarse el dinero en amueblar la casa para que se convirtiera en «su casa para toda la vida». Caro prácticamente veía los pensamientos de Brian: «Que Caro la deje bonita y así no quiera irse nunca».

–¿Caro? –la llamó Lily.

—¡Ay, perdona! —respondió ella, sacudiendo la cabeza—. ¿Qué decías? Algo de unos gatos gordos... —Aunque no se le ocurría ninguna buena excusa para explicarle por qué no tenía ni idea de lo que le había dicho. Pero, bueno, a fin de cuentas, se trataba de Lily—. No te estaba escuchando.

George entró en la cocina con las mejillas encendidas; parecía fuera de sí tras encontrarse con Elle en el recibidor.

—¿Quieres que lleve más vino a la mesa, Caro?

Caro se acordó del momento en que todos descubrieron que Elle y George habían estado acostándose. Joder, hasta Henry se había puesto celoso. Recordaba que Henry siempre aguzaba el oído cuando se cerraba la puerta de la habitación que estaba al lado de la de Caro, y que luego enarcaba las cejas al oír los ruidos que provenían desde el otro lado de la pared: unas risas salvajes y exóticas, y unos gemidos entrecortados. Caro no era una mojigata, pero intentaba no hacer ruido cuando follaban; era de las que estaban demasiado tensas, de las que se esforzaban demasiado por complacer. Sin embargo, al percatarse de que a él parecían atraerle los ruidos de la habitación de al lado, Caro comenzó a echarle más ganas. George le contó a Henry que Elle se había depilado ahí abajo, de modo que Caro fue a hacerse la cera. Por lo visto, Elle hacía las mejores mamadas en la ducha, de modo que Caro comenzó a ponerse de rodillas en el baño. Elle esto, Elle lo otro. ¿Por qué había tenido que acabar viviendo con ellos? Como era evidente, no podía culpar a Elle de que su vida se hubiera ido a la mierda, pero sí podía culparla por estresarla. Siempre azuzándolos a todos. Impidiendo que Caro se concentrara. Sin Elle, Caro habría sido la reina indiscutible. Habría mantenido los ojos abiertos y la seguridad en sí misma. Cuando, por ejemplo, Henry la invitó a la fiesta de cumpleaños que habían organizado para la zorra de su madre, Francesca Bellinger, aquella mujer fría e intimidante vestida de pies a cabeza con ropa de Dior ajustada a su figura por un sastre, la había apartado a un lado y le había murmurado con tono despreocupado mientras se bebía una copa de Veuve Clicquot: «Siempre he pensado que las mujeres se parecen mucho a los caballos. Se ve a la legua cuáles son sus orígenes. No te emociones demasiado, querida. ¡Sé muy bien lo que te traes entre manos!». Caro podría haberse echado la melena roja sobre los hombros y haberle dicho: «No tengo ni idea de qué es lo que insinúa». En cambio, no había logrado disimular la sorpresa al oír aquello, mientras tragaba saliva sintiéndose culpable, como dándole la razón, como si la hubieran pillado.

Lady Bellinger puso los ojos en blanco y le dedicó la sonrisa carente de emoción, como si se estuviera dirigiendo a una sala de juntas.

Buscando una respuesta que no la hiciera parecer una cazafortunas, que era de lo que acababan de acusarla, Caro respondió:

–Henry y yo nos queremos.

Aún se estremecía cada vez que lo recordaba.

–Ay, ¡que os queréis! –se burló la madre de Henry–. Confía en mí, jovencita, no vais a durar. No te molestes en intentarlo siquiera. –Luego le dedicó una mirada despectiva a Caro, con la que pareció averiguar por instinto que, aunque llevara un vestido de lujo, lo había comprado a mitad de precio en las rebajas–. Mi Henry está destinado a cosas más importantes que tú.

Y, dicho esto, Francesca se había ido con su marido, Charles Bellinger, a quien había agarrado de forma posesiva de la cintura mientras este entretenía con batallitas sobre sus proezas olímpicas a Henry y a George, que se bebían hasta la última palabra que les dedicaba aquel gigante heroico y simpático.

Caro tuvo que ir al lavabo a echarse agua para recobrar la compostura antes de ir con ellos. Cuando volvió, se agarró al brazo de Henry, que llevaba un esmoquin, y se rio de los chistes que contaba su padre, quizá con un tono demasiado alto y estridente, mientras esquivaba la mirada de autosuficiencia todopoderosa de lady Bellinger. La madre de Caro habría refunfuñado. ¿Acaso no le había enseñado nada?

En la cocina de su casa, Caro se quemó la mano con el horno al comprobar cómo iban las almendras que estaba tostando para la ensalada.

—¡Ay!

—¿Te has hecho daño? —le preguntó Lily, que se levantó de un bote del taburete.

—Estoy bien —respondió Caro con brusquedad; Lily retrocedió.

—Vale, vale. Te espero en salón.

Al otro lado de la encimera, George le quitó el tapón a la botella de burdeos mientras Caro se chupaba la quemadura del pulgar.

—¿Estás bien, Caro?

—Perfectamente. De maravilla. ¿Y tú?

—Sí —contestó él—. Bien, genial, estupendamente.

10

Primer trimestre de tercero

LILY

–En la vida te he visto tan emocionada.

Travis se había acomodado en el sillón del salón en el que pasaba casi todo el tiempo, tanto que ya había desgastado parte de la tela (que ya estaba muy dada de sí) con la cabeza y se escapaba el relleno.

–En Navidad me permito liberar todo el entusiasmo que tengo bien escondido –contestó Lily, inclinándose adelante para coger la taza de chocolate caliente–. Vamos, es Navidad. ¿Cómo puede no gustarte? Hay regalos, árboles de Navidad, *Solo en casa*...

–Odio la puta Navidad –bufó Travis. Se reajustó en el sillón para sacar la tabaquera del bolsillo de los vaqueros–. Y odio esa puta película.

–Nadie odia *Solo en casa*.

Lily miró por la ventana. Se veía todo blanco; las barandillas llevaban semanas cubiertas de escarcha. Travis no dejaba de quejarse del frío; se había adueñado del calefactor pijo de George y se sentaba lo más cerca posible de él, pero a Lily le gustaba ponerse un jersey enorme. Lo que fuera para mantener la magia de la época. De momento los días previos a la Navidad en sí no la habían decepcionado. Habían cantado villancicos a la luz de las velas en la capilla y comido pasteles, y habían organizado un baile de máscaras al que, como era de esperar, Travis había pasado de asistir, por lo que a Lily le había tocado tener que ir con Eliza Hattersley-Brown, lo cual había confirmado su teoría de que Caro y George solo la invitaban a sitios cuando Travis se apuntaba al plan. Lo único a lo que había conseguido arrastrar a Travis era a la inauguración del gigantesco árbol en el patio, adornado con lucecitas resplandecientes y bolas rojas brillantes; después habían servido sidras en la sala común. Travis tan solo había accedido porque el camarero de la sala común le debía pasta.

La mayoría de los estudiantes se había ido a casa para pasar las vacaciones. Elle se había quedado porque trabajaba en el centro de rescate; Travis, porque no tenía ningún lugar mejor en el que quedarse. Caro se iba a marchar porque George y Henry se iban a Putney, a las pruebas denominadas Trial VIIIs, que, a juzgar por la tensión que se respiraba en casa, eran importantísimas para determinar quién acabaría formando parte de la tripulación del Blue Boat. El padre de Lily se había retrasado porque las cañerías de la granja se habían congelado e iba a ir a recogerla esa misma tarde. Hacía días que tenía las maletas preparadas y llenas de regalos.

—¡Ay, mira, ha empezado a nevar! —exclamó entonces, pegando la cara contra el cristal.

Caro estaba fuera con Henry, esperando a que fueran a recogerla, pegada a él como si estuvieran exhibiéndose para que todo el mundo los viera.

—Vale, a lo mejor no odio *Solo en casa* —comentó Travis, aplanando el papel de liar—, pero sí que odio la nieve.

Elle entró en la estancia, le quitó el cigarrillo a Travis y se lo encendió.

—A mí me encanta la nieve —comentó mientras se dejaba caer sobre el sofá. Llevaba puesto un jersey turquesa extragrande y unas mallas negras viejas. Lily pensó con envidia que incluso así tenía aspecto de chica guay—. A lo mejor salgo a hacer un muñeco de nieve.

Travis había empezado a liarse otro cigarrillo sin quejarse.

—Me cuesta imaginarte haciendo muñecos de nieve –le dijo, mirándola de reojo.

Elle, que llevaba el pelo rubio recogido en un moño, se encogió de hombros y dio una calada.

—Y a mí, la verdad. No sé lo que estoy diciendo –respondió, y entonces dejó escapar una carcajada profunda y ronca, y se recostó en el sofá con la cabeza hacia el techo mientras echaba anillos de humo que iban encajando los unos dentro de los otros.

—¿A qué hora te vas, Elle? –le preguntó Lily, envidiosa porque, al no fumar, no podía formar parte de aquel ritual.

—Ay, no lo sé –contestó ella–. Tengo que mirar los trenes.

—¿A dónde vas? –inquirió Travis.

Lily sabía dónde iban a pasar todos las Navidades porque había prestado atención mientras sus compañeros le relataban las distintas tradiciones de sus familias. Quiénes tomaban pavo, quiénes ganso. Quiénes seguían poniendo los calcetines en la chimenea (solo ella). Elle iba a pasar el día de Navidad con el nuevo novio de su madre.

—La verdad es que el tío no está mal. No van a durar, pero de momento les va bien –comentó Elle, que estiró las piernas y apoyó los calcetines peludos en la mesita auxiliar–. Vive en la costa, por Dover, Hastings o algo así.

—Bueno, averígualo antes de montarte en el tren –le contestó Travis con tono seco.

—Gracias –respondió ella, enarcando una ceja.

—Yo me quedo aquí –soltó Travis después de revolverse el pelo y echarse hacia atrás en el sillón.

—¿Cómo? –Lily apartó la mirada de la nieve–. Pero ¿no te ibas a casa de tus padres?

—Ya. Paso. –Travis expulsó una voluta de humo–. Me quedo. Mi padre me llamó anoche para decirme que se iba de crucero con Cristobel.

—¿Y tu madre? –preguntó Elle, agitando una lata de Coca-Cola que había en la mesa para comprobar si quedaba algo antes de echar la ceniza dentro–. ¿No puedes irte con ella?

—No —contestó Travis, negando con la cabeza–. Mi madre vive en Mallorca. Se pasará el día jugando al tenis, y a mí se me da como el culo —añadió con tono irónico.

—Mi madre me obligó a apuntarme a tenis porque decía que era bueno para la timidez —comentó Lily–. No sirvió de nada, pero al menos tengo un buen revés.

Elle soltó una carcajada.

—A mi madre le gusta más su profe de veinticinco años, André, que el deporte en sí –les dijo Travis.

—¿Vas a verla alguna vez? —le preguntó Elle, que se había cogido un mechón de pelo para mirarse las puntas abiertas.

—No si puedo evitarlo. Además, tampoco creo que tenga muchas ganas de verme. A mi lado se siente vieja. «No hay nada como tener un hijo adolescente para recordar cuántos años tienes» —dijo entonces con voz de señora pija–. Le dije que con el bótox le iba bastante bien, pero no se lo creyó.

Al oírlo, Lily se sintió muy triste. La Navidad era la época perfecta para dejar de ser un cínico.

—¿Y qué vas a hacer tú solo el día de Navidad?

—Colocarme —contestó Travis con una sonrisa, escondiendo las manos en los puños de su jersey–. Va a ser una Navidad perfecta.

Lily se imaginó sirviendo las galletitas saladas en la mesa de la granja; a sus dos hermanos dando voces, hablando sobre Papá Noel; a su madre preparando los pasteles; a sus hermanos teniendo que dejar la Xbox para echar un cable. ¿Cómo iba a disfrutar de todo aquello cuando Travis estaría solo? Era consciente de que, en cualquier otra época del año, bajo cualquier otra circunstancia, jamás se habría atrevido a proponérselo, pero la Navidad le hizo decirle:

—Ven a pasarla a casa de mis padres.

En cuanto las palabras escaparon de su boca, se puso roja como un tomate.

Elle sonreía desde el sofá, como si estuviera viendo una peli cutre de Navidad. Lily se sonrojó aún más.

—Nah, no pasa nada, pero gracias.

—Qué feo, Travis —exclamó Elle con un grito ahogado—. ¿Cómo te atreves a negarte a pasar las Navidades en familia más bonitas que he oído en toda mi vida? ¿Es que no has escuchado todo lo que nos ha contado Lily? Parecen sacadas de un cuento; las de los demás no son así. Yo iría.

Lily se estremeció. ¿Tanto había dado la brasa con el tema? Se sentía como una niña en una habitación llena de adultos, sin terminar de comprender el tono de sus palabras. ¿Se estaban burlando de ella? Jamás se había arrepentido tanto de invitar a alguien a nada.

—No, en serio, no hace falta que vengas. Ha sido una tontería proponértelo —le dijo, tratando de desdecirse, y volvió a girarse hacia la nieve y apoyó la cara contra el cristal para que se le enfriaran las mejillas ardientes.

A su espalda no se oía nada. Se imaginó a Travis fulminando con la mirada a Elle por haberlo presionado. Lily se obligó a fingir despreocupación. Vio a Caro dándole un beso en la mejilla a Henry mientras un anciano de aspecto desdichado con bigote gris levantaba su maleta desde la entrada de la casa. Luego oyó que Elle se levantó y salió de la estancia.

—Perdona —dijo entonces, dándose la vuelta hacia Travis—. No quería incomodarte.

Travis sacudió la cabeza. Llevaba el pelo desgreñado y tan largo que le cubría los ojos. Necesitaba cortárselo.

—No estaba incómodo. Es que... no se me da muy bien tratar con las familias de los demás.

—A nadie se le da bien.

—Me apuesto lo que quieras a que a George sí —contestó él.

Lily puso una mueca al imaginarse a George en la granja.

—Pues, mira, en mi familia somos tantos que podrías pasar desapercibido —le dijo ella entonces—. Es lo que hago yo siempre. Seguro que incluso podrías lograr que nadie se fijara en que estás allí. —Pero se calló al ver la risa tensa de su rostro—. Perdón. Ya paro. Es que no quiero que te quedes solo. Quizá esté siendo una egoísta, pero no quiero pasar un mal día preocupada por ti.

Fue corriendo a por el chocolate caliente porque, de repente, había sonado como si se preocupara en exceso por él.

Travis observó la tabaquera, la agarró con la mano y le dio la vuelta.

—Creo que es lo más bonito que me han dicho nunca —comentó él.

—Pues creo que eso dice más de la gente con la que te juntas que de mí —respondió ella.

A Travis se le escapó una risa por la nariz. Luego la miró a través de la pelambrera y le dijo:

—Venga, me apunto. Gracias.

Fue la Navidad más mágica que había vivido Lily en toda su vida. Su madre preparó un pavo y un ganso porque los vecinos fueron a visitarlos. Travis y ella ayudaron a su padre a bajar a las ovejas de la ladera en mitad de una nevada mientras conducían el *quad* por los montículos de nieve y el perro, Barney, no dejaba de temblar. Lily jamás había visto a Travis en plena naturaleza, con las mejillas quemadas a causa de la nieve y abrigado para protegerse del frío.

—No entiendo que los esquimales tengan cientos de palabras para decir «nieve» —comentó Travis cuando entraron en la casa con las pestañas congeladas—. La nieve es nieve y ya.

—Yo lo que no entiendo es eso de que no existen dos copos de nieve iguales —respondió Lily con las manos bien juntas para entrar en calor—. ¿Cómo es posible que existan tantas formas?

—Cuántas mentiras nos cuentan sobre la nieve —dijo Travis.

—Es bonito, ¿eh? —le preguntó Lily, señalando las colinas blancas que se alzaban ante ellos y el bosque que se hallaba en uno de los límites de la granja, donde solía perderse durante horas de pequeña hasta que alguien la llamaba a gritos para que fuera a echar una mano.

—Imagino que fue muy bonito criarse aquí —le dijo Travis, quitándose la nieve que le caía sobre los ojos con los guantes.

Lily asintió.

—Qué envidia —dijo él—. De pequeño me habría encantado.

—¿Cómo fue tu infancia? —le preguntó Lily.

—Ya estamos con las preguntas de la semana de bienvenida —respondió Travis.

—No es lo mismo preguntarte cuál es tu galleta favorita que por tu infancia. Eso ya se considera una pregunta de tercer curso —contestó Lily.

—Vale... —Travis se detuvo y cogió un poco de nieve recién caída para formar una bola con ella—. Diría que el propósito principal de mi infancia fue convertirme en un activo valioso durante el divorcio de mis padres. —Arrojó la bola contra la pared del establo—. Aparte de eso, me obligaron a convertirme en adulto cuando me mandaron a un internado a los seis años.

—Travis —le dijo Lily—, qué historia tan triste.

—Lo sé —le contestó, girándose hacia ella y dedicándole una sonrisa.

Luego se agachó para coger un poco más de nieve, retrocedió unos cuantos pasos y le lanzó la bola. Lily gritó a causa de la sorpresa antes de imitarlo. Cuando sus hermanos salieron, aquello se convirtió en una guerra en toda regla. Lily jamás había visto a Travis comportándose de ese modo, como un niño. Sin fanfarronadas ni nada. Incluso permitió que los hermanos pequeños de Lily lo secuestraran bajo una manta en el sofá para ver anime japonés mientras se tomaban un chocolate caliente.

Durante las comidas, Lily pillaba a su madre observándolos, encantada pero intentando disimular una sonrisa. Lily la fulminaba con la mirada para que parara. Cuando Travis las veía, se reía y bajaba la vista hacia su plato. Era doloroso y maravilloso al mismo tiempo.

Pero entonces Travis recibió un mensaje:

Han acortado el crucero por el mal tiempo. Te espero en casa para Año Nuevo.

Lily fue testigo de la transformación de Travis. Era como si la luz que se había encendido en su interior por estar en la granja se hubiera extinguido. Palideció. Guardó silencio.

—Voy a tener que irme —anunció.

—Lo entiendo —contestó Lily.

Se quedaron el uno frente al otro; Lily sentía el calor de las llamas rugiendo a su espalda.

El resto de la familia estaba en la cocina.

Travis bajó la mirada. El pelo le caía sobre los ojos.

—Gracias por invitarme —le dijo, alzando la vista de nuevo—. Me lo he pasado bien.

Se quedaron mirándose. Lily se sintió tontísima al creer que iba a besarla. Hasta se inclinó hacia él durante un instante. Pero Travis no se movió del sitio. Lily retrocedió lo bastante rápido, pero supo que Travis lo había visto.

—Voy a decírselo a tu madre —dijo entonces—. Gracias por la invitación.

Se dirigió hacia la cocina, y Lily fue tras él, maldiciéndose a sí misma. Su madre reaccionó como era de esperar.

—Ay, pues es una pena —le dijo—. Ha sido maravilloso tenerte aquí. ¿Te vas con él, Lily?

—No —respondió ella a toda prisa, avergonzada de que su madre lo hubiera propuesto siquiera.

—Puedes venir, ¿eh? —contestó Travis, a quien habían pillado con la guardia baja—. Bueno, si quieres.

—No, debería quedarme.

Toda la familia de Lily estaba escuchándolos desde la cocina; vio a sus hermanos dándose empujones.

—Ay, Lily, por nosotros no te preocupes. Vete, vete, no pasa nada —la animó su madre.

—Déjala que haga lo que quiera —le dijo su padre.

—De todos modos, no te gustaría venir con mi familia —dijo Travis.

—¡Pues claro que le gustaría!

Lily se moría de ganas de matar a su madre.

–Pues ven si quieres –le dijo Travis–. Así será menos horrible.

Cuando abandonaron la comodidad de la granja cubierta de nieve, la madre de Lily le dio un abrazo fortísimo a su hija y un beso en la mejilla a Travis.

–Cuida de ella –le dijo.

–No se preocupe, señora Enfield.

En el tren se sentaron muy juntos. A veces sus piernas se rozaban, pero Lily no sabía si era sin querer o a propósito. Travis fue poniéndose cada vez más nervioso a medida que se aproximaban a Londres.

Cuando llegaron a Paddington, Travis recibió un mensaje de George:

¿Estás por aquí para Año Nuevo? Henry ha organizado una fiesta en su casa si te animas.

–Lo único que quiere es coca para sus amigos –comentó Travis, y no respondió al mensaje.

Lily se preguntó si Travis habría respondido lo mismo si hubiera recibido el mensaje cuando aún estaban en casa de sus padres. En cambio, Lily sintió aquellas palabras como si el chico se estuviera colocando una armadura y protegiéndose con un escudo de sarcasmo. Conocía muy bien aquel sentimiento; ella hacía lo mismo cada vez que volvía a Oxford.

El taxi los dejó ante las puertas de una de las casas de estilo georgiano con columnas blancas en una calle curva del barrio de Belgravia, de esas que solo se veían en las películas, con un jardín privado. Aquella era una riqueza con la que ella tan solo podía soñar.

El padre de Travis les abrió la puerta.

–Tienes que ir a cortarte el pelo –le soltó; ni un «hola» ni un abrazo de bienvenida.

–Anda, papá, ¿has abierto tú la puerta? –le respondió Travis al momento–. No es propio de ti.

–He tenido que darle la noche libre a Williams. Putas leyes de los trabajadores. ¿Y esta quién es? –preguntó, mirándola de pies a cabeza, con una expresión que revelaba, sin lugar a dudas, que la encontraba atractiva.

–Una bailarina de estriptis a la que conocí anoche.

Lily apartó la mirada. El padre de Travis la observó con el rostro sudado y una mueca de maldad en los labios. Travis y su padre parecían a punto de llegar a las manos en aquel recibidor desprovisto de estilo. Lo único en lo que podía pensar Lily era en la pedazo de cena de Nochevieja que estaría preparando su madre, en el ron especiado y en los vecinos que se pasarían por la casa para cantar el *Auld Lang Syne*.

Tras los mejores días de toda su vida llegaron los peores. El padre de Travis aprovechaba la menor oportunidad para menospreciar a su hijo con burlas hirientes. Para ser un hombre con tanto dinero, tenía muy poco gusto. Lily no encontró ni un solo detalle de la casa original. Los muebles eran angulosos e incómodos; los cuadros, cutres; la iluminación, intensa y poco acogedora. La cena de Nochevieja fue un desastre. En un momento dado, Lily intentó hacer una broma y, al ver la sonrisa de engreído con la que respondió Bernard, se sintió como un caracol recluyéndose en su concha. Cuando el perrito de Cristobel, la novia de Bernard, se puso a ladrar a los pies de Lily, Bernard dio un manotazo sobre la mesa y gritó: «¡Voy a estrangular a esa puta rata!». Cristobel se largó de allí entre lágrimas. Acabaron sentados en silencio en un comedor inmenso, bajo las luces abrasadoras del techo, acompañados únicamente por el sonido de los cubiertos sobre el *gravlax*.

–Travis, te he preparado trabajo en el banco para que te encargues de él en Pascua –le dijo Bernard a su hijo mientras se servía vino blanco.

–Paso, gracias –contestó Travis.

–¿Perdona? –exclamó Bernard, que no había llegado a pegarse la copa a los labios carnosos.

Lily se tensó; no llevaba bien los conflictos.

–He dicho que paso, gracias. –Travis no alzó la mirada del salmón curado–. No quiero trabajar en un banco.

–Pues claro que vas a trabajar allí –respondió su padre, que volvió a centrarse en su plato como si aquello fuera el fin de la conversación.

–No, me niego.

–Vas a hacer lo que te diga, joder. –Bernard dejó los cubiertos con fuerza–. Así aprenderás a ser responsable. –Travis miró a su padre de reojo–. Eres un vago de mierda, ¿lo sabes?

Lily se encogió en la silla.

–Bueno, papá, me vale con ser cualquier cosa menos lo que eres tú.

Se produjo un silencio.

–¡Largo de aquí! –exclamó Bernard, rojo de ira.

Travis se levantó y salió del salón, pero antes le dio una palmadita en el brazo a Lily para que fuera tras él. Dudó durante un instante, pero luego lo siguió. En cuanto salió de la casa sintió que al fin podía volver a respirar.

Cruzaron la calle y se plantaron frente a la verja del jardín privado.

–Te diría de entrar, pero no tengo la llave. –Travis se apoyó contra la verja y se giró para contemplar el magnífico arco de casas blancas–. ¿Qué, te alegras de haber venido?

Lily se estremeció bajo el aguanieve.

–Ha sido la mejor noche de toda mi vida.

Travis se rio; era la primera vez que se le relajaba el rostro en toda la tarde.

–Ya te lo advertí.

–Lo sé, lo sé –contestó ella–. Creía que solo lo decías para librarte de mí. –Entonces se detuvo–. O sea, para que no vinieras. No iba con segundas –añadió demasiado rápido.

–No te encariñes de mí, Lily –le dijo Travis, cubriéndose las manos con las mangas.

El aguanieve se estaba convirtiendo en nieve. Los copos inmensos caían del cielo, se posaban en sus pestañas y le emborronaban la vista.

–¿Por qué no? –le preguntó ella.

Travis dio un pisotón sobre un charco helado y el hielo se resquebrajó.

—Porque nunca mostraré el interés suficiente. Es como si hubiera un vacío en mi interior, Lily; soy incapaz de sentir nada.

—No es verdad. —Lily también dio un pisotón sobre el charco y las esquirlas de hielo se rompieron en trozos más pequeños—. Nadie tiene un vacío en su interior.

—Cuando vienes de ahí, sí —contestó él, señalando la casa—. No puedes querer a nadie si nunca te han querido. Tan solo me han enseñado a ser despiadado y a destruirlo todo —dijo con una sonrisa de autodesprecio.

Lily continuó rompiendo el hielo con el pie. Se le anegaban los ojos por el frío.

—No te creo.

—No busques el bien en mi interior —dijo él, dando un paso hacia ella.

—No puedo evitarlo —le contestó ella, mirándolo a través de los mechones de pelo empapados. Luego estiró el dedo y le quitó un copo de nieve que se le había quedado enganchado a Travis en el jersey—. Mira. No hay otro copo de nieve igual a este.

Travis se acercó el dedo de Lily al rostro para examinarlo.

—¿No habíamos quedado en que todo eso no eran más que chorradas?

—No hay dos personas iguales, Travis —insistió Lily—. No eres como tu padre.

La nieve les estaba cubriendo las mejillas y se posaba entre sus dedos unidos. Lily tuvo que reunir todo el valor que poseía, pero se inclinó hacia delante y rozó con delicadeza los labios de Travis con los suyos. Sintió que Travis cedía. Durante un instante, sintió ese cosquilleo y esa chispa con los que había soñado. Pero entonces Travis se apartó.

—No —le dijo—. No acabará bien.

11

LILY

Plato principal: tayín de cordero asado al estilo Ottolenghi con albaricoques, harissa y aceitunas servido sobre una capa de cuscús con col y ensalada de brotes y col rizada. (Opción vegana: tayín de garbanzos con champiñones y calabaza cacahuete).

Caro irrumpió en el salón alzando el tayín como si llevara al niño Jesús en brazos.

–Lo compramos en Marruecos –explicó, colocando con orgullo el plato con forma cónica en el centro de la mesa–. Nos lo mandamos por correo junto con un par de alfombras. Se encargan ellos de todo; es increíble. Demasiado turístico, pero al final encontramos unos cuantos lugares menos típicos.

Empezó a servir el cuscús en los platos de los invitados, sin dejar de hablar, manteniéndose ocupada, intentando, por lo visto, que la fiesta no decayera. No quería que nadie tuviera la oportunidad de estropear la velada.

Sin embargo, Lily no había asistido a la cena para parlotear sobre tonterías. Su objetivo era averiguar cómo la hacían sentir los demás. Había querido ahondar y regresar al instante en el que todo había comenzado. Incluso había logrado con éxito hacerle un hueco a Elle en la mesa. Pero ¿qué se suponía que debía hacer a continuación? ¿Podría escaparse un momento al baño para llamar a su psicóloga?

La primera vez que Lily fue a terapia, se marchó de la sala de espera antes de que la sesión comenzara siquiera. La psicóloga la llamó para preguntarle por qué se había ido. Lily se reprendió a sí misma por haber respondido al teléfono.

–Cuéntame, Lily. Estás en tu casa, a salvo. Dame cinco minutos y cuéntame por qué has acudido a mi consulta.

Lily observó las macetas, a la gata que dormía sobre la silla y la taza que había dejado sobre la mesa.

–En realidad quería ir a la consulta del dentista –le contestó.

–Qué gracia, Lily –respondió la psicóloga tras una pausa.

–No intentaba ser graciosa. Lo decía en serio. Necesito que me quiten la muela del juicio.

–Dime, Lily, ¿sueles usar el humor como mecanismo de defensa?

–Desde siempre –contestó, sorprendida de que alguien la hubiera calado tan rápido hablando solo por teléfono.

La psicóloga dejó que el silencio se alargara durante tanto tiempo que Lily se preguntó si habría colgado. Cuando ya no pudo soportarlo más, le dijo:

–He empezado a tener ataques de pánico.

Lily apenas se atrevía a recordar el festival literario de Zúrich, donde se había quedado paralizada sobre el escenario, con las diapositivas para el libro listas en la pantalla grande, incapaz de decir nada mientras su mente se movía a un millón de kilómetros por hora, convencida de que se iba a morir. Al final, el presentador había dicho: «Vamos a tomarnos cinco minutitos de descanso». Cuando su publicista le recomendó que acudiera a un profesional, Lily se burló para sus adentros de la sugerencia. Estaba agotada. Nada más. Pero luego llegaron las pesadillas. Lily se despertaba sin poder pronunciar palabra, jadeando, con las sábanas empapadas de sudor y el sabor del miedo en la boca.

En el comedor de Caro, Travis levantó la tapa de una cacerola de la marca Le Creuset en la que se encontraban sus garbanzos y su calabaza y preguntó:

–¿Cuánto tiempo estuviste en Marruecos, Caro? Yo estuve tres meses en un áshram de Marrakech y fue increíble.

–La verdad es que solo una tarde –contestó Caro mientras se servía ensalada–. Nos acercamos en barco desde el sur de España, pero nos empapamos del lugar. Me encantaría volver.

–Es el mejor cuscús que he probado en toda mi vida –comentó George después de la primera cucharada.

–Pues deberías probar el que preparan en Marrakech –le dijo Travis.

Era evidente que a Caro no le gustaba que compararan su cuscús con el de los marroquís, así que cambió de tema.

–¿Queréis que leamos otra carta? –preguntó y, antes de que a nadie le diera tiempo a protestar, estiró la mano hacia la pila de sobres y rompió la cinta adhesiva–. ¡Esta es la tuya, Lily!

Lily inspiró hondo. Había estado temiendo ese instante desde el momento en que Travis había aparecido con las cartas. No quería saber cómo se habían imaginado su futuro los demás. Suponía que, quienquiera que hubiera escrito aquella carta, se habría quedado en blanco mirando el papel pensando: «¿Y esta quién es?».

–Vale. –Caro le dio un trago al vino y se secó los labios con una servilleta. Luego comenzó a leer–. «Lily será arqueóloga. Estudiando mucho y sin montar ningún numerito, llegará a lo más alto de su carrera». –Caro la miró por encima del folio–. Pues mira, más o menos. –Lily quiso esconder la cara tras la servilleta–. «Cuando no esté por ahí buscando fósiles, Lily volverá a la granja y vivirá rodeada de gallinas y vacas... –Lily tenía cada vez más calor. Las puntas de los dedos le hormigueaban–. Tendrá un montón de niños. Una panda de patanes que se parecerán a Lily...». ¡Anda, qué feo! –Caro fingió reprobar aquellos comentarios–. «Y al típico marido granjero que se reirá de sus chistes malos y aguantará su pésimo gusto para las películas». –Caro le dio la vuelta al papel para ver si había algo detrás–. Fin. No es que sea la predicción más original del universo, pero al menos no hay gatos, ¿eh, Lily?

Lily era demasiado consciente de su respiración como para responder con una sonrisa a la pulla de Caro. No quería que la gente la mirara. Estaba parpadeando demasiado; era un tic molesto que le daba cada vez que empezaba a entrar en pánico. Trató de coger el vaso de agua, pero le temblaba tanto la mano que la dejó sobre el regazo. Intentó recordar los consejos de su psicóloga: «No es más que ansiedad, Lily. Habla con ella, reconócela, dile que sabes que está ahí».

Al otro lado de la mesa, George no dejaba de hablar sobre los albaricoques y el tayín de cordero. El instante de Lily ya había llegado a su fin. Aun así, seguía oyendo las palabras y notando las miradas clavadas en ella.

—Servíos un poco más —dijo Caro entonces—. Sobre todo tú, Travis. Mis hijos jamás se comerían un garbanzo.

Elle, que estaba jugueteando con la comida y sacudiendo la rodilla bajo la mesa, le preguntó:

—¿Cuántos años tienen tus niños, Caro?

—A saber —contestó ella, riendo por la nariz—. Ya he perdido la cuenta.

Lily observó de reojo el folio que Caro acababa de leer, ese en el que habían trazado el futuro idealizado de Lily en la granja. Ahí estaban otra vez las palabras de su psicóloga: «No hay caminos alternativos, Lily. Es lo que hay». Su consulta siempre olía igual. Lily había buscado un ambientador enchufado a la pared, pero no había encontrado nada. Pasaba mucho tiempo observando cosas en aquella consulta, llenando los silencios que la psicóloga alargaba hasta que Lily se derrumbaba y comenzaba a hablar. Como aquella vez en que le había pedido:

—Háblame de tu infancia, Lily.

—Estuvo bien —contestó—. Fui feliz. Tengo un montón de hermanos. Creo que soy la típica hija mediana. Mis padres fueron buenos. Sí. Buenos. Ahora todos tienen hijos: siete niñas y dos niños. Hay mayoría de chicas.

—¿Y qué sientes al respecto de tus sobrinos y sobrinas?

—Los adoro. Me los comería con patatas.

Silencio. Nada. Ni una sonrisa educada. Solo esa mirada alentadora hasta que Lily se vio obligada a reconocer:

—Estoy celosa. A veces tengo celos de mis hermanos, de que hayan sentado la cabeza y de que tengan hijos; pero yo tengo el trabajo, y mi libro, que ha sido un éxito. Y también tengo a mi gata. No es que sea muy exitosa, pero la adoro. Así que, en verdad, estoy bien, contenta.

Aquella fue la primera vez que la psicóloga le dijo:

—Lily, está bien que sientas cosas, ¿sabes? Incluso envidia.

En ese instante, Lily necesitaba tomarse un descanso y alejarse de aquella mesa. Quería hacer una bola con esa hoja de papel y arrojarla al otro extremo de la sala. La situación la superaba. La *harissa* del cordero era demasiado fuerte. Sentía la presencia de Travis a su lado, aún más marcada que antes; su olor, su proximidad. Se moría de ganas de observarlo, de contemplar la forma de la mandíbula, el pelo, el lóbulo de la oreja. Logró dar un sorbo de agua, pero no consiguió disimular los temblores cuando dejó el vaso. Se le cayó la servilleta al suelo. Se agachó para recogerla y la sangre se le subió a la cabeza. No quería estar allí; le daba igual averiguar cómo se sentía cuando estaba con toda aquella gente. De hecho, no quería sentir nada en absoluto. Haber asistido a la cena había sido una idea espantosa. Se incorporó, mareada, y se tambaleó en la silla.

—¿Vas a desmayarte? —le preguntó Travis, estirando el brazo hacia ella.

Lily le tomó la mano para no perder el equilibrio.

—No. Creo que no.

—¿Estás bien, Lily? —le preguntó Caro—. ¿Es por la comida?

—No, es que necesito tomar el aire.

Tanto Elle como George se levantaron para ayudarla. Lily les indicó con la mano que volvieran a sentarse; no quería montar un numerito. Notaba la tela de la camisa demasiado tensa.

—Enseguida se me pasa.

—Voy contigo —se ofreció Travis.

–¿Necesitas algo? –le preguntó Caro–. ¿Te estás tomando alguna pastilla?

–No –contesto Lily riéndose–. Solo necesito un poco de aire.

Los demás se quedaron mirando mientras Travis la sacaba del comedor. La sujetó con fuerza mientras entraban en la cocina, en dirección a las puertas plegables. Seguramente podría haber llegado sola, pero sentir el brazo de Travis alrededor de la cintura la excitaba.

–Menudo drama –le dijo Travis en cuanto salieron.

Lily se sentó en una de las sillas de jardín de Caro y tomó una bocanada de aire fresco.

–Justo lo que quería –respondió ella–. Pensaba que un poco de drama le podría venir bien a la velada.

–Por mí genial, ¿eh? –comentó Travis, recostándose cómodamente–. Ha sido una buena excusa para largarse de allí. Me pasa como a sus hijos, no soporto los garbanzos. Ni las endibias, ya puestos.

–Pues menudo vegano estás hecho –le dijo, y las líneas de pánico de su visión fueron calmándose.

–Ya, ya –respondió él, pasándose la mano por el pelo rapado–. Pero el Whooper vegetal me encanta.

Lily se rio. Ese era el Travis que ella conocía.

–Echaba de menos hacerte reír –le dijo él.

–Venga ya.

–Lo digo en serio.

Lily se recostó, se desabrochó los puños de la camisa azul con flores que llevaba y se remangó.

–No me creo que me haya pasado esto. Qué vergüenza. Solo necesito recobrar el aire.

–Mira, respira conmigo. –Travis comenzó a respirar hondo por la nariz, con la vista clavada en Lily–. Me dedico a esto profesionalmente.

Lily sabía cómo respirar como es debido; lo había aprendido con una *app*. Había hecho todo lo que había estado en su mano para lidiar sola con los ataques de pánico.

–Travis, no puedo quedarme aquí respirando contigo. Es demasiado raro.

–Venga, inténtalo –la animó Travis.

Lily fingió que trataba de acompasar su respiración a la de Travis, pero en realidad se dedicó a examinar hasta el último detalle de él. La barba de tres días cuidada, las venas de los músculos de los brazos, los distintos tatuajes que le cubrían la piel. Era Travis, pero, al mismo tiempo, no lo era. Lily le reconoció las manos y las uñas romas que había apoyado sobre la mesa, pero la mitad de las cosas que decía no parecía salir del Travis que Lily conocía. A Lily le dieron ganas de arrancarle la piel para que la auténtica versión de aquel chico saliera a la luz.

Travis giró los hombros, soltó una exhalación y le preguntó:

–Dime, ¿estás saliendo con alguien?

–¿Eso también forma parte de los ejercicios de respiración?

En el césped se encendieron los aspersores. Aquel sonido repentino hizo que dieran un brinco.

–Madre mía –dijo Travis riéndose–. Solo a Caro se le ocurriría instalar aspersores programables.

Lily vio las boquillas moviéndose de un lado a otro sin parar. Se preguntó si era buena idea mencionarle a Peter, un chico de una librería con el que había quedado para tomar café en una ocasión y con el que después había tenido unas cuantas citas, para fingir que su vida era más interesante o para poner celoso a Travis. Sin embargo, sintió que al hablar de Peter de la librería mancillaría algo que, en realidad, había disfrutado. Además, no serviría de nada porque Travis no era de los que se ponían celosos.

–No estoy saliendo con nadie –le dijo–. ¿Y tú?

–Nadie importante –respondió Travis. Una polilla fue directa a la llama de una vela y luego se quedó inmóvil en la cera–. He pensado mogollón en ti.

–No es verdad.

–Sí lo es.

Lily sintió un calorcito trepándole desde los pies.

–¿En serio?

Travis asintió.

–Vaya, ha pasado mucho tiempo como para que sigas pensando en mí –dijo Lily.

Volvió a acordarse de su psicóloga, de esos silencios que no dejaban de estirarse.

«¿Quieres que hablemos de relaciones, Lily?».

«¡No!».

Lo único que quería en ese instante era plantarse en la consulta de color blanco roto y decirle: «Estoy sentada con él, me he reído de sus bromas. ¿Qué hago ahora? No sé lo que significa...».

Travis inclinó la cabeza y la examinó. ¿Qué era lo que veía con ese ojo sanador espiritual suyo?

–¿Cómo está tu familia? –le preguntó.

–Ah, bueno, como siempre, liadísimos. ¿Y la tuya?

–Tan disfuncional como siempre. Mi padre se burla sin disimulo de mi profesión. Cuando vio el tatuaje me prohibió entrar en su casa.

–A ver, seguramente yo habría hecho lo mismo...

–Venga, si te encanta –respondió él, riéndose.

Lily se asomó para echarle un vistazo.

–La verdad es que es muy atrevido.

Travis se recostó en la silla y estiró las piernas; no llevaba calcetines y tenía los tobillos morenos.

–En realidad creo que mi padre aún está esperando una disculpa por la supuesta vergüenza que le hice pasar cuando me arrestaron.

Lily se preguntó si Travis sacaba a colación su arresto siempre que podía o si solo lo había hecho porque estaba con ella. Se lo imaginaba dando charlas motivacionales, explicando que había tocado fondo y que se había salvado de pudrirse en la cárcel gracias a los poderes curativos de la respiración, sin mencionar que el juez le había suspendido la sentencia de dos años por posesión de drogas con intención de distribuirlas y que el juez lo había llamado un niñato mimado, egoísta y extremadamente ingenuo.

Los aspersores se detuvieron. Lily observó la hierba golpeada por los torrentes de agua.

—¿Averiguaste quién llamó a la policía?

—No —respondió él, observándola tras las gruesas pestañas. Recordó aquella vez que Lily le había preguntado si tenía miedo de que lo pillaran traficando y Travis se había reído. «A la policía les damos igual los tipos como yo. Quieren a los jefazos, los que controlan las redes». Lily jamás había visto tanto miedo en el rostro de alguien como en el de Travis el día que la policía echó la puerta abajo.

—Pero me da igual —dijo Travis, estirándose y pasando los brazos por detrás de la cabeza—. Aquello me cambió la vida. Hice el servicio a la comunidad, cien putas horas perdiendo el tiempo, limpiando un descampado con el que creo que no han hecho nada, y me largué. Fue lo mejor que me podía pasar. Me sacó de aquella espiral de negatividad.

Lily alzó la mirada para comprobar si Travis estaba empleando las palabras «espiral de negatividad» en serio y si mentía cuando decía que el arresto había sido algo bueno. Lo único que veía en su rostro era una neutralidad serena. Los aspersores se pusieron en marcha de nuevo, incesantes, como si fueran metralletas de fondo.

—Fuera quien fuera, me hizo un favor —dijo Travis—. Me convirtió en la persona que soy ahora.

12

Trimestre de invierno de tercero

GEORGE

George vivía como Jekyll y Hyde. Pasaba con Elle cada minuto que tenía libre cuando no estaba remando. Cada vez veía menos a sus amigos. Elle lo llevaba a sitios en los que jamás había puesto un pie: al Picturehouse, donde veían películas con subtítulos sobre bandas de *rock* armenias; al teatro inmersivo, donde a George le daba la risa floja, y Elle se negaba a contestarle porque estaba muy metida en el papel. Lo hizo bañarse desnudo en el río. «Si hubieras visto lo que yo en ese río, no te meterías», le dijo él, señalando el agua turbia y helada. Elle no le hizo ni caso y se tiró al agua, y George no fue capaz de resistirse a su desnudez. Hasta se descubrió disfrutando de la carrera; abría el libro de geografía solo para poder sentarse junto a Elle y estudiar en la calma relativa de su cuarto poco amueblado (los vestidos colgaban de los rieles, las bufandas cubrían los espejos y había un par de pósteres de películas en blanco y negro pegados a la pared). Elle, con las gafas enganchadas a la nariz, le chistaba para que se callara cada vez que George se aburría. George se reía cuando ella lo regañaba para que volviera a centrarse en los libros. Por primera vez, se dio cuenta de que aquella sensación desconocida que estaba experimentando era felicidad pura, sin ansias de más. No era una mala vida.

Cuando regresaron después de las vacaciones de Navidad,

George se plantó ante Elle con una cajita que había envuelto lo mejor que había podido con sus torpes dedos.

–Te he comprado una cosa.

Elle estaba deshaciendo la maleta. Aquello pareció tomarla por sorpresa y se rio ante el gesto, pero luego paró al ver lo serio que se había puesto George.

–Ay, Georgie, yo no te he comprado nada –le dijo mientras le quitaba la cajita.

A él le temblaban las manos; estaba nerviosísimo. Dentro de la caja había un collar. No era nada del otro mundo porque sabía que Elle no querría nada muy caro. La dependienta había intentado encasquetarle un colgante enorme y brillante, pero George había escogido una cadena de oro con un medallón del mismo material.

–¡Me encanta, Georgie! –Elle sonrió, sacó el colgante de la caja y se lo puso–. Es el mejor regalo que me han hecho nunca.

George asintió; se había quedado sin palabras. Sentía una mezcla de amor y estupidez.

–¡Gracias! –le dijo Elle, y luego lo besó.

–Te he echado de menos –le dijo él.

En realidad, se estaba quedando corto. Se había pasado todas las noches en el campamento de entrenamiento de Navidad pensando en ella: en la suavidad de su piel, en sus rizos, en el modo en que tenía las dos palas un poco torcidas hacia dentro, en la manera en que las arrugas alrededor de la boca se le acentuaban cada vez que se reía. Estar lejos de ella había sido un infierno.

Elle le dio un apretón en el muslo. Luego se apartó un poco, lo miró a los ojos, frunció levemente el ceño y le dijo:

–Yo también te he echado de menos, ¿sabes? –Luego se rio–. Y yo no echo de menos nunca a nadie.

Las palabras de Elle volaron como una flecha dorada y se clavaron en el corazón de George.

Elle se alejó y siguió deshaciendo las maletas, como si necesitara un poco de tiempo para pensar en lo que acababa de decir.

George se tumbó en la cama, con el pulso acelerado porque a Elle le había gustado su regalo.

–¿Han ido bien las Navidades? –le preguntó tratando de camuflar su emoción infantil por haberla hecho feliz.

Elle se detuvo al oír la pregunta. George la observó mientras ella se llevaba la mano al medallón que le colgaba del cuello. Entonces se acercó y se tumbó en la cama, a su lado, de costado, con la mano bajo la almohada.

–Mi vida no es como la tuya, George –le dijo–. No tengo un árbol gigantesco ni canto villancicos alrededor de un piano.

George quiso decirle que él y su familia no cantaban villancicos alrededor del piano desde que tenía diez años, pero el instinto le dijo que guardara silencio.

–Mi madre me da muchísimo trabajo, y he tenido un montón de padrastros. Algunos han sido majos; otros, no tanto... El de ahora pertenece a la segunda clase, así que no me quedé mucho tiempo en casa. Me fui al piso de mi madre con mi hermana y mi hermano, y los dejé a su aire.

–Pues me da hasta envidia –le dijo George, que pensó en sus Navidades y en la esterilidad formal que las impregnaba.

–No hay nada que envidiar.

George no podía evitarlo; su imaginación colocaba todo lo que hacía Elle en lo alto de un pedestal.

–Seguro que tu vida es mucho más interesante que la mía –le dijo él.

–Georgie, mi vida es completamente distinta a la tuya –le respondió, jugando con el medallón–. No se parecen en nada.

–No creo que sea del todo cierto –contestó él, frunciendo el ceño.

–Georgie –le dijo, incorporándose, casi como compadeciéndose de su ingenuidad–, a ti la vida siempre te ha sonreído. Yo he tenido que luchar para obtener todo lo que tengo.

Él fue a protestar, pero se lo pensó dos veces y metió aún más hondo en el bolsillo la mano con el reloj suizo nuevo.

–Por eso me enfado tanto cuando no haces los deberes –le dijo Elle, incorporándose, con el pelo caído sobre un ojo, exaltada–. Porque yo he tenido que esforzarme mucho para llegar aquí. No tengo un padre con pasta que haga donaciones al club de remo.

George se sonrojó. Por un lado, se sentía vergonzosamente privilegiado, y también era consciente de que la vida no se había ensañado con él; al mismo tiempo, estaba obsesionado con la yuxtaposición exótica que representaba Elle. Era como si hubiera atrapado una mariposa.

–Pero –prosiguió Elle–, si algo bueno tiene mi madre, es que jamás le ha restado valor a la educación. Ella renunció a su oportunidad por mi padre, y siempre lo lamentó. Me decía: «Escapa de aquí, no cometas los mismos errores que yo». Además, cuando estaba sobria, nos hacía trabajar duro. Así que supongo que eso tengo que agradecérselo. En cuanto a los novios que ha escogido, ya...

George estiró la mano para rozar el colgante, que caía entre sus pechos. Resultaba embriagador verlo puesto en ella; era como una marca que indicaba que le pertenecía.

–Es la primera vez que me cuentas algo sobre tu vida –le dijo.

Elle guardó silencio y se dio cuenta de que tenía razón. De repente se puso tímida y a la defensiva.

–Bueno, no se lo cuentes a nadie –le dijo, dándole un puñetazo en el hombro.

George la abrazó e inhaló el aroma de su cabello.

–Me parece el mejor regalo de Navidad que me han hecho nunca.

El padre de George tenía una frase favorita que no había dejado de repetir durante toda su infancia: «La comodidad nos vuelve débiles». La decía cuando caminaban agotados entre la naturaleza, con las mochilas a la espalda y los talones llenos de ampollas, y también cuando montaban las tiendas bajo la lluvia. «Venga, chicos, jamás veréis a un león descansando en un hotel de cinco estrellas». Les decía la frase cuando se quejaban de las habitaciones que les habían tocado en el internado, de los colchones duros y de los abusones. Hasta la empleaba como excusa para justificar su modo de educarlos; cada uno de los golpes del cinturón iba acompañado de alguna clase de discurso motivacional. «La autodisciplina, el empeño y la fuerza de voluntad te conseguirán un hueco en el mundo».

Seguro que lo habría criticado si hubiera visto a George posponiendo la alarma por las mañanas para disfrutar de cinco minutos más en la maravillosa cama de Elle. Puede que incluso hubiera tenido razón.

Aquel día el sol brillaba con fuerza, pero las hojas estaban cubiertas por una buena capa de escarcha y el hielo se quebraba en la ribera del río.

–Hoy no está Henry –comentó el entrenador.

–¿Por qué? –preguntó George–. ¿Dónde está?

–Le han llegado noticias de su familia.

George frunció el ceño y recordó las llamadas perdidas de Henry, a las que no había respondido porque estaba con Elle.

–Su padre tiene cáncer –le susurró J. B. Watson, inclinándose hacia él.

–No jodas.

George se acordó del padre de Henry, aquel hombre alto e imponente que había ganado varias medallas de oro. Era el héroe de Henry. Era el héroe de todos ellos.

–Como Henry no está aquí –prosiguió el entrenador–, Boris lo sustituirá.

Boris Fazal era un tío que en primero había trabajado en la cafetería y al que habían reclutado para el equipo por la longitud de sus brazos. Era grandullón y fuerte, pero George opinaba que su técnica era una mierda.

En aquel momento, casi habían seleccionado ya a todos los miembros del Blue Boat. Nombrar oficialmente a la tripulación solo era un formalismo. George se había hecho con el puesto número cuatro –el que más fuerza hacía, tal y como le gustaba decirles su padre a sus amigos por teléfono–, y Henry con el número dos, el que apoyaba al *stroke*. El padre de George estaba contento sobre todo de que fuera Henry y no su hijo quien había acabado en lo que comúnmente se conocía como el asiento eyectable. De haberse dado el caso contrario, no habría podido fardar tanto de hijo.

Por desgracia, mientras George había ido languideciendo junto a Elle, Boris le había dedicado horas extra a entrenar porque, durante aquel entrenamiento normal y corriente, la embarcación se movió a toda velocidad con Boris en ella. La diferencia fue tan sorprendente que resultó imposible ignorarla. De vuelta en tierra firme, los entrenadores se apiñaron junto a las lanchas para protegerse del viento helado mientras los remeros los observaban resguardados en el interior del cobertizo de los botes.

George deseó poder estar con Elle en la cama; no era capaz de afrontar la humillación ni la confusión de lo que estaba por llegar. Klaus estaba dándole palmadas a Boris en la espalda y lo felicitaba por lo bien que lo había hecho; George sintió que se le tensaba todo el cuerpo. Henry y George estaban muy igualados. Si vencías a uno, vencías al otro. Puede que George estuviera en el puesto cuatro, pero no era idiota, y sabía que su puesto en la barca era tan vulnerable como el de Henry. Sabía muy bien lo que estaba a punto de decirle el entrenador con el rostro serio:

—Volved a casa y descansad un poco. Preparaos para las pruebas de este fin de semana.

A George le temblaban las manos. Se había relajado demasiado.

Al volver a casa fue directo al cuarto de Elle, donde el frío se colaba a través de las ventanas destartaladas. Ella estaba sentada frente a su escritorio con unos mitones y una boina con la que se tapaba los rizos. Cuando le contó lo que había ocurrido, Elle no lo abrazó ni lo consoló porque no era lo que solía hacer.

—No le des tantas vueltas, Georgie —se limitó a decirle—. Lo que tenga que ser será. Ahí está la gracia de la vida.

Pero George no podía dejar de darle vueltas.

–Tengo que ganar.

Elle se acercó a y lo obligó a girar la cara para que la mirara. Tenía los dedos congelados.

–No *tienes* que ganar; no es una necesidad.

Sintió que vacilaba; solo mirarla a los ojos ya era suficiente tentación. La oferta de una opción distinta. El recuerdo de aquella mañana en la cama: la calidez, la satisfacción, la llamada de una vida diferente. Una vida en que los puntos de vista lo sorprendían, lo desafiaban, lo obligaban a considerar una opción distinta a la anterior. Una vida en la que la persona que llegaría a ser no estaba determinada por su nacimiento.

Pero entonces se imaginó a sí mismo cargando con la embarcación de reserva hacia el agua el día de la regata contra Cambridge, y vio la expresión de decepción y asco de su padre; sintió la humillación. Y era insoportable. Alguien mejor que él quizá pudiera hacerlo, pero George no. No importaba cuánto trabajara ni cuántas pelis de bandas de *rock* armenias viera; para un Kingsley, ningún amor podía compararse con la sensación de haber ganado. Llevaba el éxito en los genes. No podía ser el que rompiera la cadena. George miró la sonrisa de dientes torcidos de Elle y le dijo:

–Tengo que estar en ese bote.

13

GEORGE

George había sido incapaz de concentrarse desde el momento en que Elle se había plantado en la cena sin invitación. Entonces se descubrió a sí mismo con ella en el salón. Caro se había marchado para arreglar la comida, que había empezado a enfriarse, mientras esperaban a que Travis y Lily regresaran.

–Dime, George, ¿te trata bien la vida de casado? –le preguntó Elle con esa sonrisa irónica y embriagadora.

Las velas de la mesa titilaron.

George estaba aterrado de lo cerca que estaba de él, del poder que ella tenía sobre él, allí sentada con ese aire de despreocupación y ese vestido corto rojo. Era como si hubiera una bomba de relojería en el extremo de la mesa.

–Sí, sí, muy bien –contestó él, y le dio un trago al vino–. El pequeñín de Raffy nos está dando guerra.

Las cosas que Elle sabía sobre él podían arruinarle la vida y todo lo que amaba; sin embargo, aquel hecho no solo lo asustaba, sino que también lo excitaba. Lo hacía sentirse como un adolescente cargado de adrenalina. Cuando la miraba, con esa ropa ajustada, los movimientos despreocupados, el pelo revuelto aunque irresistible, cada vez tenía más ganas de tocarla. Sentir sus pieles juntas. ¿Cómo era posible que, antaño, hubiera tenido el derecho de tocarla siempre que quería? Era tan suave, tan blandita. Notaba la mente acelerada. George adoraba a su mujer, pero no lograba recordar la última vez que de verdad había tenido ganas de acostarse con ella. No solo para aliviarse después de varios días sin correrse, sino porque le apeteciese de verdad. De algún modo, todo aquello se había perdido con toda la atención que necesitaba el bebé. Informes médicos, aplicaciones, vacunas en el hospital... George adoraba a Raffy. Habría dado la vida por él, pero a veces le daba la sensación de que ya lo había hecho. Hacía solo unos días, George había pasado junto a una puta que estaba esperando ante una puerta en el Soho y se planteó hacerle una visita. Por la emoción que suponía. Por la excitación. Sin embargo, cuando ella lo miró, George vio a la niñita que había sido antes de convertirse en aquella mujer joven. Ahora era padre, y aquel hecho lo había estropeado todo, hasta el sexo con una puta. Se había largado de allí como si no la hubiera visto, metido en su papel de hombre de negocios elegante.

Sentado allí con Elle –asustado y ensimismado a partes iguales–, estaba recibiendo aquella descarga que su cuerpo necesitaba.

–Tienes lo que todo el mundo ansía, Georgie –le dijo Elle, que pasó los dedos largos y finos por el tallo de la copa de vino. George no podía apartar la mirada de sus uñas rojas como la sangre–. Una esposa, una familia y dinero.

–Ya, ya, supongo... –George se preguntó si acaso le estaba leyendo la mente. Lo tenía hipnotizado. Sin saber muy bien cómo, se descubrió a sí mismo diciendo–: Siento muchísima presión. Puedo soportarla, claro, pero sigue siendo demasiada. –No podía apartar la mirada de ella–. Tú siempre has sido tan libre.

–¿Y cómo sabes que soy libre? –le preguntó.

–Lo sé y ya.

–Puede...

Elle no le llevó la contraria.

Le colocó la mano fría sobre los dedos. George apenas podía respirar. Giró la mano para que sus palmas se rozaran. Elle le repasó la línea de la vida con el dedo; nunca nada le había parecido tan erótico como aquel gesto.

Oyeron a Caro volviendo de la cocina.

Elle se inclinó hacia delante y el vestido se le bajó un poco, y George tuvo que hacer un esfuerzo para no mirarle las tetas.

—Si quieres nos escapamos al cuarto de baño para follar.

George se atragantó. Aquello no era lo que se esperaba. Caro se aproximaba por el pasillo. Travis y Lily también debían de estar volviendo porque Caro le estaba preguntando a Lily si se encontraba bien. Elle no le quitaba los ojos de encima. George no sabía dónde meterse. Quería cogerla y llevársela de allí, pero, al mismo tiempo, no podía dejar de pensar en su esposa.

—No puedo.

Elle se encogió de hombros y se separó de él.

—¿Lo decías en serio? —le preguntó George.

—Nunca lo sabrás —le contestó ella con una sonrisa.

Caro había calentado el tayín en el microondas.

—Comed un poquito más. ¡Está muy caliente! —dijo, señalando el plato, que había adquirido un aspecto gelatinoso.

Lily se sentó y rechazó el ofrecimiento negando con la cabeza. George removía la comida por el plato. Había perdido el apetito del todo. Solo podía pensar en Elle; en cogerla de la mano y llevársela al baño de la planta baja para levantarle ese vestido rojo elástico y sentir sus piernas alrededor del cuerpo mientras le hundía los dedos en aquella melena sedosa. Todo su cuerpo la ansiaba.

Un mensaje de Audrey apareció en la pantalla del teléfono.

Creo que Raffy tiene fiebre, pero el termómetro está roto! Se suponía que ibas a comprar pilas!!!

Aquella era la excusa perfecta para marcharse de allí. Solo tenía que levantarse de la mesa, darle las gracias a Caro por la velada y decirles que su hijo se había puesto malo.

Pero George no se fue. No quería. Sencillamente le dio la vuelta al teléfono sin llegar a abrir WhatsApp para que Audrey no supiera que había leído el mensaje.

–Dime, Caro –dijo entonces Elle mientras, por debajo de la mesa, le acariciaba el muslo a George–, ¿cómo es que acabaste con Brian Carmichael?

Caro no le hizo ni caso, levantó una cucharada de cuscús y preguntó:

–¿Quién quiere un poquito?

–Yo no puedo más –contestó George, que aún tenía medio plato lleno–, pero estaba riquísimo.

–No, en serio, ¿cómo fue? –insistió Elle, que por lo visto se negaba a que Caro pasara de ella–. Jamás os habría imaginado juntos.

Lily y Travis se miraron de reojo. George se dio cuenta de que Caro se estaba enfadando. Quiso intervenir para que no estallara una pelea, para que al menos Elle estuviera tranquila, que era lo que le convenía. Mientras tanto, la mano de Elle no dejaba de ascenderle por el muslo. Lo único que podía hacer era recordarse que debía respirar.

14

Trimestre de invierno de tercero

ELLE

La casa estaba desierta, tal y como a Elle le gustaba. Tenía turno en el refugio de animales más tarde y necesitaba terminar un trabajo. Se había dado un baño de agua caliente para quitarse el frío del cuerpo y se había puesto unas mallas y un jersey cómodo. Se había limpiado la cara, se había recogido el pelo y se había puesto las gafas. La calefacción estaba a tope y la condensación caía por las ventanas.

Estaba tan concentrada en la tarea que no oyó que entraba alguien en la casa hasta que le habló desde la puerta.

—No sabía que fueras tan estudiosa.

Elle alzó la mirada. Se trataba de Henry Bellinger.

—¿Qué haces aquí?

—Busco a Caro.

—¿Y cómo has entrado?

—Aún conservo la llave.

Si Elle no hubiera estado tan enfadada porque Henry Bellinger se hubiera quedado una llave y pudiera entrar con total libertad en la casa, se habría parado a admirar lo guapísimo que era. Quizá fuera demasiado perfecto para ella —a Elle le gustaban los hombres con algún rasgo peculiar—, pero era lo más parecido a la perfección que podía alcanzar un hombre: un rostro simétrico, la nariz recta, unos ojos tiernos. Parecía un modelo.

Entró en la habitación y se sentó en la cama de Elle. Ella quería que se largara. Tenía que acabar el trabajo.

—¿Te importa que me siente?

—Parece que ya lo has hecho...

—Lo siento —contestó él con una sonrisa que le marcaba los hoyuelos.

—No pasa nada.

Costaba enfadarse con él. A Elle siempre la sorprendía que los hombres atractivos casi siempre se salieran con la suya. «Debe de tener una vida tan fácil, con todas las chicas detrás de él». Se había dado cuenta de que hasta las mujeres que trabajaban en el comedor siempre le ponían un poquito más que a los demás.

«Sírveme una buena ración, Doris —decía Henry a modo de broma—. Por cierto, ¡hoy estás guapísima!».

«¡Menudo canalla estás hecho!».

Uno de los novios de la madre de Elle, Cyril —que se parecía a Richard Gere—, era capaz de estamparle la cabeza a su madre contra la mesa y, al momento, ponerse a bailar con ella en el salón. Y siempre se salía con la suya con su sonrisa encantadora.

—No hemos hablado nunca, ¿verdad? —le preguntó Henry.

Elle se dio cuenta de que no iba a terminar el trabajo. Dejó el bolígrafo y se dio la vuelta en la silla.

—¿Y de qué quieres hablar?

Henry soltó una carcajada grave, tranquila.

Elle sonrió. Henry tenía una risa contagiosa. ¿Qué era lo que veía en Caro, tan frágil y tan aburrida?

—He tenido un día de mierda. —Henry se tumbó en la cama con las piernas estiradas, pero tuvo la decencia de dejar las zapatillas colgando del borde—. Oye, qué cómodo. Está bien esta almohada.

—Gracias. —Giró el boli que tenía en la mano—. ¿Por qué ha sido una mierda?

—Mi padre se está muriendo —contestó, mirando hacia el techo y con tono casi despreocupado.

–Ay, no. –Elle se incorporó–. Lo siento mucho. –Volvió a sentarse. ¿En qué estaba pensando? No conocía tanto a Henry como para darle un abrazo–. Qué duro.

–Ya te digo. Y luego está todo el tema de la tripulación de la regata. Como no compita... Me gustaría que me viera.

¿Por qué aquellos chicos le daban tanta importancia a su destreza en el agua?

–Creo que deberías centrarte en tu padre –le dijo Elle.

–Y eso estoy haciendo –le dijo, incorporándose y apoyándose en los codos–. Verme competir en la carrera lo haría muy feliz. Lo único que quiero es que sea feliz. –Se le quebró la voz–. Mierda, perdona. Joder, pero si no lloro nunca, literalmente. –Se llevó las palmas de las manos a los ojos–. Perdona.

–No te disculpes –le dijo Elle.

Era rarísimo que Henry Bellinger estuviera en su cuarto, mostrándose vulnerable, cuando normalmente se comportaba como un líder en cualquier situación, con una actitud encantadora y bromeando con todo el mundo. Pensó que quizá le sentara bien llorar más a menudo.

Henry sacudió la cabeza, como si intentara apartar cualquier emoción, y se movió hasta quedarse sentado en el borde de la cama.

–Joder, es que es duro.

Elle asintió.

Henry se sentó con los codos apoyados en las rodillas.

–Me siento como un niño pequeño. –Tragó saliva–. Tengo miedo. La situación me supera.

–Yo también me he sentido así –le contestó ella, pero no le dijo cuándo había ocurrido: cuando el ex favorito de su madre, Eryk, se había marchado porque la situación le quedaba demasiado grande; cuando Elle lo había agarrado del abrigo para obligarlo a que se quedara en casa porque se negaba a soltarlo; cuando había llamado a Emergencias mientras intentaba detener la hemorragia de su madre, que se había abierto las muñecas en la bañera.

Henry cerró los ojos con fuerza.

–Perdona. –Se levantó y se acercó al escritorio–. ¿Con qué estás?

–Zoología.

–Joder. Qué lista.

–Aquí todo el mundo es listo.

Henry la estaba mirando.

–Estás distinta sin maquillaje. Pareces una niña.

–No creo que eso sea un cumplido –se burló ella.

Su instinto le decía que apartara la silla, que protegiera su espacio.

–Sí que lo es. –El chico era insistente–. Es algo bueno. Estás guapa con la cara limpia. Muy guapa.

–Resulto menos amenazante –respondió Elle, enarcando rápidamente una de las cejas.

–Relájate, tigresa. –Henry se comportaba como si hubiera respondido con más firmeza de la que había empleado y alzó las manos para defenderse–. Era un cumplido, te lo prometo. Estás encantadora.

Elle decidió dejarlo correr. Solo hacía un segundo el chico estaba llorando. No quería parecer demasiado seca.

De repente Henry se puso a masajearle los hombros. Lo extraño e inapropiado que le resultó aquel gesto hizo que estuviera a punto de escapársele la risa.

–Pero ¿qué haces? –le dijo, apartándose de golpe.

–Parecías un poco tensa –respondió Henry, confundido ante su reacción.

Volvió a intentarlo y apoyó las manos en sus hombros.

–No me toques –le dijo Elle y se apartó de nuevo.

–Oye, tranquila. Solo quería ser amable –le contestó con una sonrisa herida que le hizo sentir a Elle como si estuviera exagerando.

–No me hace falta un masaje –le dijo, intentando no darle más importancia y sonar despreocupada–. Bueno, tengo que terminar el trabajo.

Pero Henry no se movió del sitio. De repente, su olor y su tamaño se hicieron más notables.

–¿Qué?

–Nada.

Cuando se dio la vuelta de nuevo hacia el ordenador, sintió que Henry le acariciaba el cuello con un dedo.

–Joder. –Elle pegó un bote–. ¡Vete ya!

–Venga, Elle. –Parecía molesto, ofendido por que ella hubiera reaccionado de ese modo–. Dejemos de fingir.

–¡Que te vayas!

Le señaló la puerta y, al mismo tiempo, se dio cuenta de que no iba a poder escapar de él; el escritorio, la silla y el armario la tenían atrapada. Hacía solo un minuto, jamás se le habría pasado por la cabeza aquel pensamiento porque se trataba de Henry.

–Sabemos que te encanta, Elle –le dijo, acercándose aún más a ella, acorralándola como si fuera una oveja que se había fugado.

Elle hizo una finta hacia un lado, pero la mano de Henry salió disparada hacia ella.

–Quítame las putas manos de encima –le ordenó Elle, golpeándolo en la muñeca, pero los dedos de Henry la sujetaron aún más fuerte.

–Pues yo creo que te gusta este rollo –respondió Henry riéndose; sus hoyuelos ya no resultaban tan entrañables.

Elle intentó apartarle el brazo, pero Henry la sujetaba con muchísima fuerza; era mil veces más fuerte que ella, y ni siquiera se estaba esforzando.

–No va a pasar –le dijo.

Toda la situación aún le parecía una broma surrealista. En ese momento, Henry alzaba las manos y las echaba hacia atrás. Elle gritó el nombre de Caro.

–No hay nadie en casa –le recordó él–. Venga, George no deja de decir que contigo ha echado los mejores polvos de toda su vida. Pero te has equivocado de chico. George no puede enseñarte nada.

–¿Te quieres largar de mi puto cuarto?

Empujó a Henry por el pecho, pero nada. Intentó darle una patada, pero Henry echó las piernas atrás con una mueca de diversión.

–Así no se le habla a los invitados –la reprendió él con una sonrisa.

Elle no dejó de pelear, pero a él le encantaba; se le notaba en la mirada.

—Eres un cerdo. —Henry la empujó. No dejaba de moverse mientras ella se resistía. Le había inmovilizado los brazos con las manos. La empujaba hacia atrás con el pecho y la aplastaba con todas sus fuerzas. Se notaban todos los ejercicios de pesas. La tenía arrinconada contra el armario. Elle tenía espray de pimienta en la mochila, pero estaba lejos, junto a la puerta—. ¿Y qué pasa con Caro? —le preguntó entonces, sin dejar de inspeccionar los alrededores, en busca de algo con lo que pegarle.

—¿Y qué pasa con George? —respondió él, como si ambos quisieran lo mismo.

Recordó que su madre le había dicho en una ocasión: «No te resistas. Solo sirve para empeorar la situación. Deja que hagan lo que quieran».

—¡Apártate de mí! —exclamó, dándole patadas para intentar que le soltara los brazos, porque Elle no era como su madre.

Henry la sujetó aún más fuerte, como si sus manos fueran cepos. Las asas del armario se le clavaban en la espalda.

—Qué graciosa. —Henry le sonrió. El aliento le olía a café—. Venga. —Empezó a darle besos húmedos en el cuello y a succionarle la piel—. Necesito algo que me anime, algo que me ayude a olvidar.

Las asas del armario se le hundían en la piel por culpa del peso de Henry. Sintió el rastro de su saliva mientras él le metía la lengua en la oreja y ella forcejaba, se retorcía y pataleaba con los dientes apretados. Había escapado de situaciones más feas, y no pensaba dejar que ese cabrón engreído y consentido hiciera lo que quisiera con ella. Intentó tranquilizarse. Henry la tenía agarrada con una sola mano. Con la otra le sobaba las tetas con fuerza por debajo de la blusa. «Piensa quién es —se recordó a sí misma—. No te dejes llevar por el pánico».

Veía el ordenador. La marca de la almohada en la que se había apoyado. Henry se estaba desabrochando los pantalones. Luego comenzó a tirarle con fuerza de las mallas y notó sus dedos contra la tela de las bragas. Elle puso una mueca de dolor.

Henry echó la cabeza hacia atrás y la miró; quería ver las caras que ponía. Elle trató de respirar con calma, lo miró a los ojos y le dedicó una sonrisa de despreocupación.

—Te encanta —le dijo él, pegándose a su cuerpo.

Elle se quedó mirándolo con el rostro imperturbable y le dijo:

—Tienes algo entre los dientes.

—¿Qué? —En cuanto Henry aflojó su agarre, Elle le clavó los dedos en los ojos, justo como la diminuta profesora de defensa personal, la señora Lardy, les había enseñado en el instituto. Henry se echó hacia atrás de golpe—. ¿Qué coño haces? —exclamó, cubriéndose los ojos con las manos.

Elle agarró la silla y logró levantarla del suelo y arrojársela. Henry era muy fuerte y casi no le hizo nada, pero la fuerza del golpe bastó para que perdiera el equilibrio y se tambaleara hacia un lado.

—Eres una psicópata —le gritó Henry.

Intentó cogerla del brazo, pero no consiguió agarrarla de la tela del jersey porque Elle fue corriendo a la puerta, a por su mochila, donde tenía el espray de pimienta. Henry se lanzó sobre ella y la agarró con rabia, sin bromas de por medio. Pero Elle había logrado hacerse con el espray, así que se dio la vuelta, se lo plantó en la cara y le dijo:

—Apártate de mí, gilipollas, o te juro que te dejo ciego.

Henry la soltó. Dio un paso atrás y tragó saliva.

Elle respiraba con dificultad. Estaba preparada para que él volviera a abalanzarse sobre ella. Estaba preparada para lo que fuera.

Henry la fulminó con la mirada. Elle casi podía ver los engranajes de su mente girando.

Pero, entonces, Henry rompió a reír. Con frialdad y sorpresa, como si todo aquello se hubiera salido de madre.

—Vale, tranquila. —Se frotó los ojos y parpadeó—. Joder. —Luego los abrió mucho. Soltó aire—. Menuda locura. Creo que ya me has dejado ciego.

A Elle le martilleaba el corazón. Aún sentía sus manos sobre su cuerpo, el moratón palpitante de la espalda que habían provocado las asas del armario, la cinta elástica de las mallas bajo la cadera.

—Sal de mi puto cuarto.

—Estás loca —le dijo Henry mientras se subía la bragueta—. ¿Qué te pasa?

Pero Elle no respondió, tan solo preparó el espray de pimienta por si acaso de repente se lanzaba a por ella como un toro. Las manos le temblaban menos. Se negaba a darle el gusto de que supiera lo asustada que estaba.

Henry enderezó la silla que le había arrojado mientras se reía.

—Haberme dicho que no y ya —le dijo mientras se tomaba su tiempo para estirarse el jersey liso y de buen corte y se miraba los dientes en el espejo.

Elle había sabido que su vanidad era su punto débil.

—Tienes que irte de mi cuarto ahora mismo —le dijo con una autoridad robótica.

Notaba que el corazón se le iba calmando. Oía el tictac del reloj en la pared. La habitación parecía demasiado normal. Henry estaba demasiado tranquilo, como si allí no hubiera pasado nada. Le entraron ganas de apuñalarlo. Ojalá lo hubiera dejado ciego. Quería que gritara, que estuviera hecho una furia, no que adoptara una actitud condescendiente e hiciera como si todo lo que había ocurrido no fuera más que un malentendido. Quería que la policía irrumpiera en la casa y que lo esposaran y que le doliera. Pero las cosas no funcionaban así. Lo sabía muy bien. Se imaginaba el juicio:

«Dígame, señorita Andrews, ¿qué afirma que hizo mi cliente?».

«Me empujó contra un armario».

Era para partirse de risa. Los abogados caros que contrataría hurgarían en el pasado de su familia y emplearían frases como «extremadamente vulnerable», «zona desfavorecida» y «tres hijos con tres padres distintos», y compararían su vida con la de Henry Bellinger, hijo de un medallista olímpico que había ganado el oro cinco veces y al que le habían diagnosticado una enfermedad potencialmente mortal. El capullo de Henry se ganaría la aprobación del público cuando su apuesto rostro apareciera en la portada de *The Sun*.

Elle miró la habitación. Todo estaba en su sitio. Eran dos personas normales. Aquel era un día como cualquier otro.

–Dame la llave –le dijo.

Henry se giró hacia ella y la miró con esos ojos amables y redondeados.

–No te enfades. Solo estaba jugando un poco. Me gustas mucho.

Se acercó a ella, pero Elle levantó aún más el espray.

–No te acerques a mí.

–Vale, vale.

Su olor, su aspecto, su sonrisa... Todo le provocaba asco. Su desenfado. Elle tragó saliva y respiró hondo para deshacerse de aquella sensación. Ese gilipollas no iba a poder con ella.

–Dame la llave –repitió.

Henry arrojó la llave sobre la cama. Se pasó la mano por el pelo y, durante un instante, pareció herido por la situación. Luego se giró hacia ella y le dijo:

–Perdona si... he... malinterpretado las señales.

La puerta del piso inferior se abrió. Caro entró con George.

–Madre mía, no te preocupes –decía Caro mientras subían las escaleras–. Yo tengo a una chica de primero que me redacta los trabajos cuando voy mal de tiempo. Y la verdad es que no me cobra tanto... Henry, ¿qué haces aquí? –Caro se detuvo bruscamente al llegar al rellano y ver a Henry y a Elle en el dormitorio.

Henry se giró de golpe al oír su nombre, con una sonrisa enorme de dientes blancos.

–He venido a verte.

Salió del dormitorio de Elle como si nada, le agarró la cara a Caro con las manos y le estampó un beso. George se quedó mirando a Elle, que había bajado la mano y se había escondido el espray de pimienta en la manga del jersey.

–¿Elle?

–¿Sí?

–¿Qué pasa? –le preguntó él.

–Nada –respondió ella mientras volvía a recogerse el pelo.

Al lado de George, Caro estaba hecha una furia.

–¿Qué te pasa en los ojos? –le preguntó a Henry al mirarlo.

Henry negó con la cabeza.

–Estoy disgustado –le dijo, y luego se frotó los ojos–. Por lo de mi padre.

–Ay, cielo... –Caro le pasó los brazos alrededor del cuello.

Elle necesitaba un poco de aire. Estaba temblando por culpa de la adrenalina. Ya había rechazado antes las insinuaciones de los exnovios sobones de su madre, de modo que ¿por qué le había irritado tanto el intento de Henry? Cogió su mochila.

–Me voy a la biblioteca.

George parecía confundido.

–Pero ¿no tenías trabajo hoy?

Elle no respondió; los tres se convirtieron en un único ser ante sus ojos. Cuando se abrió paso entre ellos, Henry le dijo:

–Gracias por la charla. Te lo agradezco.

Elle lo miró con incredulidad. Por eso la enfadaba tanto, por culpa de esa actitud privilegiada despreocupada. La chulería y la arrogancia. La facilidad con la que se volvía encantador. El chico estaba en su territorio, y estaba cómodo en él. No había tenido que pelear con uñas y dientes para llegar hasta allí y hacerse un hueco; su pertenencia a ese mundo era indiscutible. Tomaba lo que quería de la vida y sabía exactamente cuándo podía salirse con la suya. Aquel poder lo acompañaría allá donde fuera. Bajó corriendo las escaleras, temblando a causa de la rabia. George fue tras ella.

–¿Qué haces, Elle? ¿Por qué te vas? –La agarró del brazo, pero Elle se liberó de un tirón–. ¡Perdona! –se disculpó.

Cuando lo miraba, tan solo era capaz de ver a Henry. Los mismos privilegios injustos. Todas aquellas tonterías del equipo de remo, sus listas humillantes, sus bromas cargadas de chulería. Se obligó a relajar la expresión; no podía permitir que aquel veneno infectara su relación con George. Sabía que debía alejarse de todos ellos porque eso era lo que siempre le decía a su madre, pero no podía hacerlo. Le gustaba estar allí. Se merecía estar allí. Se había esforzado muchísimo por llegar hasta allí. George se la había camelado con su ingenuidad, su adoración de perrito faldero, su asombro ante todo lo que ella podía enseñarle. Se había acostumbrado a que la quisiera. Se había vuelto adicta a cómo la veía él. Puede que incluso estuviera un poco enamorada de él.

—Voy a pasarme un momentito por la biblioteca —le dijo intentado que la voz le saliera normal—. No tardo nada.

Y, en aquellos breves segundos, recobró la compostura. Era lo bastante fuerte como para aguantar todo aquello. Había logrado salir de situaciones peores.

George no parecía convencido; fruncía el ceño. Quizá no confiara en que le estuviera contando toda la verdad.

—¿Quieres que vaya contigo? —se ofreció.

—No, no pasa nada. —Dio un trago de agua de la botella que llevaba en la mochila. Echó los hombros hacia atrás y le sonrió—. Nada de nada.

—Vale, pues nos vemos luego —le contestó George, y le dio un beso en la mejilla.

Elle tuvo que hacer un esfuerzo por no retroceder.

—Vale.

Y entonces, como George parecía que aún no estaba dispuesto a dejarla marchar, le dio un abrazo. Elle sintió que se le saltaban las lágrimas. No quería que la tocaran, pero, al mismo tiempo, una parte de ella estuvo a punto de deshacerse entre sus brazos. Cerró los ojos con fuerza durante un segundo y se planteó ceder, pero entonces los abrió y se vio en el espejo del recibidor. Odió el destello de miedo que vio en su rostro. Inspiró hondo. Se miró a los ojos y pensó que Henry Bellinger iba a lamentar aquel puto día.

—Tengo que irme —le dijo, apartándose de George.

George asintió; estaba más tranquilo, pero aún estaba confuso por lo que había ocurrido.

Fuera el aire gélido le aclaró la mente al momento. El miedo se convirtió en una rabia intensa mientras avanzaba dando pisotones. Cruzó sin mirar y una bici estuvo a punto de llevársela por delante.

—Perdón, perdón —se disculpó mientras retrocedía.

Se tomó un instante para apoyarse en las piedras del color de la miel de un edificio cercano y observar las chimeneas talladas, las gárgolas que lo veían todo, las vidrieras de la iglesia que había al final de una calle estrecha, y para centrarse. Su mente no dejaba de mostrarle distintos escenarios en los que había actuado de un modo diferente. Estaba furiosa por no haberlo cubierto de espray de pimienta, por no haberle reventado la cabeza con la lamparita de noche. Se reprendió a sí misma por no haberle hecho daño de verdad cuando se le había presentado la oportunidad. Pero también sabía que era imposible. Entre el miedo de ella y la fuerza de él, su reacción siempre habría sido huir en vez de luchar, y luego él habría normalizado la situación haciéndole creer que había sido una confusión. Elle se quedó mirando los ojos de piedra blanca de las gárgolas que tenía por encima y que estaban con la boca abierta, profiriendo un grito silencioso. Apretó los puños, se le endureció la expresión; Henry pagaría por lo que le había hecho. Jamás había odiado a nadie como odiaba en ese momento a Henry Bellinger.

Elle estaba a dos calles de casa cuando oyó unos tacones contra el asfalto tras ella.

—¡Elle! ¡Para! —Era Caro, sin aliento—. ¿Qué te pasa? ¿Qué ha pasado ahí arriba?

Elle se detuvo. ¿Era una preocupación sincera lo que veía bajo toda esa capa de maquillaje? Incluso le pareció verla asustada.

Pero entonces, sin esperar a que respondiera, Caro le soltó:

—No sé lo que has hecho, pero ni lo toques, ¿vale? ¡Henry es mío!

A Elle estuvo a punto de escapársele la risa. Pues claro, Caro solo se preocupaba por ella misma. Curvó los labios y le dijo:

—Todo tuyo, joder.

15

LILY

Lily sufría en silencio, sentada a la mesa del comedor. La estaba matando por dentro no poder intervenir en la conversación para cambiar de tema mientras Elle molestaba a Caro interrogándola sobre su matrimonio. Lo veía todo; lo sentía todo. Todos los egos que necesitaban apaciguarse. Los sentía sobre la piel como arañas. Pero tuvo que contentarse con quedarse sentada y ver cómo todo se desmoronaba a su alrededor. Tal y como le decía al público que prestaba atención durante los discursos que daba durante la gira del libro: «La verdad siempre se esconde tras las apariencias».

En el extremo de la mesa, Lily tuvo la sensación de que Elle estaba tramando algo. Sus ojos iban de un lado a otro, no dejaba de apartarse el pelo y tampoco paraba de dar golpecitos con los dedos sobre la mesa.

Caro parecía a punto de estallar por culpa del tayín gelatinoso; estaba tan molesta que prácticamente le daban espasmos. Lily no tenía del todo claro que Caro se hubiera recuperado de que ella se hubiera presentado con una tarta de limón del Sainsbury's. Su intención había sido prepararla ella misma, pero al final se había quedado en la cama en pijama porque su cerebro le impedía hacer nada mientras se imaginaba todos los posibles escenarios que podrían darse durante la velada.

Frente a ella, George estaba muy tenso. Era evidente. Estaba bebiendo demasiado. Hacía gestos nerviosos cada vez que Elle abría la boca. Caro estaba sirviéndole más cuscús en el plato, aunque George le había dicho que estaba lleno.

El único que estaba tranquilo era Travis. Ahí, sentado a su lado, ajeno a los demás. Era como un anuncio con patas del *mindfulness* que practicaba.

Lily le echó un vistazo al montón de cartas y al ver el nombre de Travis en lo alto, dijo:

—A lo mejor podríamos leer la próxima carta.

Pero nadie la oyó.

En una ocasión había oído que el estatus podía determinarse a partir de si la gente se detenía cuando hablabas.

Se aclaró la garganta.

—¿Queréis que leamos otra carta? —repitió más alto.

Desde el otro lado de la mesa, Caro la miró como diciéndole que la había oído.

—Venga, sí, vamos a leer otra. Venga, vamos—dijo, arrebatándole la idea y retorciéndola para que pareciera suya. Cogió la primera carta del montón—. ¡Travis! —exclamó con una gran sonrisa al leer el nombre, como si tuviera en su poder todos los secretos de su vida.

Travis se recostó con las manos en los bolsillos y la camiseta negra tensa sobre el pecho.

—Bueno, será interesante oír lo que pone —dijo con la barbilla alzada y arrogante de modo que el tatuaje del unalome del cuello quedaba completamente al descubierto.

—Venga, va. —Caro arrancó la cinta adhesiva—. «Travis no será capaz de resistirse al dinero de su familia. Cuando termine en Oxford, enderezará su vida y acabará trabajando para su papi...».

—¿Quién ha escrito eso? —preguntó Travis furioso, negando con la cabeza—. ¿Has sido tú, Elle?

Antes de que a Elle le diera tiempo a responder, Caro se metió de por medio.

—No se dice quién las escribió.

—Pues es una gilipollez.

—Venga, Travis, no seas tonto —le dijo Caro con el tono que emplearía con alguno de sus hijos—. Pero si es divertido.

—Sí, para partirse de risa —resopló, cruzándose de brazos y revelando unas flechas tatuadas en la piel morena de los antebrazos—. No puedo creerme que pensarais eso de mí.

Lily se fijó en que los músculos del cuello de Travis se estaban tensando. Sabía cuantísimo estaba odiando aquello. Estuvo a punto de acariciarle el brazo para tranquilizarlo, pero se frenó a tiempo y se puso a juguetear con el tenedor.

Sin embargo, aquel cambio en Travis captó la atención de Elle, que se inclinó hacia delante, se pasó un dedo por la mandíbula pálida y le preguntó:

—¿No has aceptado su dinero entonces, Trav?

—Ni un solo penique. Renuncié a todas mis posesiones en el Tíbet —respondió él, soso y distante—. No quiero nada, y nadie tiene poder sobre mí. Estoy en paz conmigo mismo.

—Joder, yo me volvería loco si tuviera que estar solo sin ninguna pertenencia —dijo George en seguida a modo de broma, desesperado por que el ambiente de la fiesta no se ensombreciera.

Pero entonces Elle posó su mirada de halcón en él, apoyó la barbilla en la mano y le dijo:

—¿No te gusta quedarte a solas con tus pensamientos, Georgie?

George tragó saliva.

—No... —Intentó reírse, pero le salió una risa débil y forzada—. Es que me encanta mi BMW.

Varias risas educadas sonaron alrededor de la mesa.

Elle esperó un instante para ver cómo se retorcía George y luego volvió a centrarse en Travis.

—¿Me estás diciendo que cuando tu viejo la palme no aceptarás nada de nada?

—Ni siquiera sé si me va a dejar algo —contestó Travis con los brazos aún cruzados sobre el pecho en actitud defensiva—. El muy capullo seguramente me haya sacado del testamento. Pero, como ya he dicho, las posesiones no significan nada para mí. El consumismo se basa en querer cosas, no en necesitarlas.

—Tú sigue diciéndote eso, Trav —le respondió Elle con tono burlón.

Caro dio un golpe en la mesa y Lily dio un brinco.

—¿Podemos dejar de interrumpir mientras leemos las cartas?

Elle se recostó lánguidamente, satisfecha por haber alterado la paz y, al mismo tiempo, lograr que Caro pareciera una estirada.

Lily se mordió el labio. Esperó. Las ganas que tenía de ver a Travis perder la calma la intrigaban.

Caro se alisó el jersey de terciopelo y continuó leyendo:

—«Travis vivirá con sus millones en un paraíso fiscal...».

—No me hace falta oír más —la interrumpió Travis—. Se acabó.

—Tengo que terminar, Travis —protestó Caro.

—No, no tienes que hacer nada —respondió él, incorporándose y estirándose hacia ella, por encima de Lily, para arrancarle la carta de las manos.

Lily se encogió en la silla. Olió el aroma a limones y sudor de Travis. Varios escalofríos le recorrieron la piel. En su interior sintió una inesperada excitación al verlo molesto, una descarga placentera al verlo cabreado, con las emociones a flor de piel. Quiso levantarse y gritarle: «¡Ajá! ¡Ahí está tu auténtico tú!».

—¡No es más que una sarta de gilipolleces! —exclamó Travis, y rompió la carta en pedazos y se la guardó en el bolsillo de los pantalones cargo.

—Qué zen todo, ¿no? —bromeó Elle, reincorporándose en la silla.

Lily guardó silencio, sumida en aquel subidón momentáneo, preguntándose si lo único que había querido todo el tiempo era desenmascararlo y demostrar que, en algún rincón, Travis aún tenía sentimientos.

16

Segundo trimestre de tercero

LILY

Lo único que quería Lily era no tener que volver a Oxford en tren con Travis después del desastre que había sido la Nochevieja. Había intentado besarlo. El recuerdo la hacía encogerse por dentro. Travis hacía como si nada. Parecía estar completamente centrado en alejarse de su padre. Cuando le anunció que iba a volver a Oxford antes, lo único que quiso Lily fue regresar a toda prisa a casa de sus padres. Pero entonces creerían que el viaje había sido un desastre, así que decidió acompañarlo.

—No hagas el vago este trimestre, ¿vale? —le dijo el padre de Travis a su hijo cuando llegó el taxi que los llevaría a Paddington.

—Cada vez que me dices que no haga algo, me entran ganas de hacer todo lo contrario —respondió Travis.

Para Lily, aquello era como ver a sus hermanos peleando. Cuando Travis se subió al taxi murmurando «menudo capullo», Lily le dijo:

—¿Te has parado a pensar que es posible que le estés siguiendo el juego a tu padre con estos rollos?

—¿Qué rollos? —le preguntó él con el rostro serio, como si no supiera de qué le estaba hablando, cuando en realidad Lily sabía muy bien que Travis la estaba entendiendo.

—Nada.

Estaba demasiado cansada y desanimada como para preocuparse. Lo que hizo en cambio fue decirle mentalmente que requería más valor ser una persona de éxito que un incordio constante; que sabía que, bajo aquella careta de tipo duro, había un chico asustado; que su mala actitud era la única manera que conocía de llamar la atención de su padre.

Pero Lily jamás le diría algo así a Travis a la cara. Sin embargo, allí sentados en silencio en el taxi, el uno al lado del otro, sabía que había otras formas de comunicarse. Estaba bastante segura de que estaba proyectando todos sus pensamientos desde su cuerpo rígido.

No hablaron durante el trayecto de vuelta a casa. Ni tampoco cuando el tren se detuvo en Oxford y lo vieron todo cubierto de una capa de nieve tan gruesa que parecía que toda la ciudad estaba cubierta de algodón; ni cuando atravesaron el centro, junto a los escaparates iluminados de las tiendas, con la nieve cubriendo las tallas intrincadas de los tejados góticos y los chapiteles delicados cubiertos de hielo, que brillaban por el sol del atardecer.

Cuando llegaron a la casa, Lily fue directa a su cuarto. No lloró. Jamás lloraba. Encendió el viejo calentador, se sentó frente al escritorio y se puso a trabajar. El trabajo le llenó la mente como si fuera un globo y apartó todo lo demás hasta las esquinas. Estaba convencida de que su madre le habría dicho: «Lily, seguro que te vendría bien soltar todas esas emociones», pero a ella le resultaba más fácil contenerlo todo en el interior. Se parecía más a su padre, que se pasaba desde el amanecer hasta el anochecer en el campo. La única vez que lo había visto mostrar alguna clase de emoción fue cuando hubo un brote de glosopeda y tuvo que sacrificar a todo el ganado. A sus animales no les pasaba nada, pero los de la granja de al lado se habían infectado. Se quedó toda la noche observando la hoguera, con el hedor de la muerte impregnando el aire. Por la mañana, Lily vio a su padre desde la ventana de su cuarto, con el cuerpo doblado por la mitad y con arcadas junto al granero. Se pasó una semana sin hablarle a nadie después de aquello. En ocasiones, cuando la situación la superaba, Lily también vomitaba, pero, normalmente, la solución a sus problemas era ponerse a trabajar.

Pasó una semana antes de que Travis llamara a su puerta. Lo había evitado como bien había podido, escondiéndose en la biblioteca o cerrando la puerta de su cuarto cada vez que estaba en casa. Lily oía todos los ruidos de la casa: cuando los demás volvieron de sus respectivas vacaciones, cuando Travis se levantó de la cama al oír el timbre, farfullando que hacía frío. George quejándose de su estúpida regata. Lily podía identificarlos únicamente por el sonido de sus pasos. Caro siempre se paraba en el descansillo para ver cómo llevaba el maquillaje. Elle la llamaba a veces para preguntarle si le apetecía una taza de té. Pero Lily supo que era Travis quien estaba al otro lado de la puerta. Sabía que acabaría yendo a buscarla. Era como los gatos callejeros de la granja. En cuanto fingías que te daba igual, al final acababa comiendo de tu mano.

—Soy yo —le dijo, como si no lo supiera ya, como si no llevara días esperando a que llamara a su puerta—. Me voy a un sitio que creo que puede gustarte.

Lily puso los ojos en blanco. Menuda disculpa, pero era lo único que iba a sacarle a Travis. Abrió un poco la puerta.

—¿A dónde vas? —le preguntó.

—Ya lo verás —respondió él.

Muy a su pesar, al verlo se mareó un poco. El pelo aún demasiado largo. La barba de tres días. El cigarrillo tras la oreja. Las ojeras. El jersey de lana verde con los puños desgastados. Todos los sentimientos sobre aquel beso en los que no se había permitido pensar llegaron de golpe a su mente como una ola. Bajó la mirada hacia el suelo para no quedarse mirándolo.

—¿Quieres venir? —le preguntó él.

—No —respondió ella.

—Porfa —insistió, riéndose.

—Si no queda más remedio —suspiró ella.

—Hará frío —le advirtió.

Que se preocupara por si pasaba frío le sacó una sonrisa por dentro. Cogió el abrigo de detrás de la puerta.

—Venga, vamos.

Lily tuvo que hacer un esfuerzo por mostrarse distante y no ir dando saltitos tras él.

Fuera hacía un frío que pelaba. El viento glacial le quemaba las mejillas; los ojos le lagrimeaban. Las bicicletas se habían quedado heladas en las barandillas. Una tubería que goteaba había formado un río de hielo en el suelo.

—Hace bueno, eh —bromeó Travis, subiéndose el cuello del abrigo y mirándola con los ojos entrecerrados a causa del frío—. ¿No vas a hablar conmigo?

—Solo en caso de emergencia.

Travis asintió con conformidad, creyó Lily.

Se dirigieron hacia los edificios de la universidad. Atravesaron el patio, que resplandecía por la escarcha, pasaron junto a los rosales sin hojas, las ventanas arqueadas del comedor y los tablones en los que se anunciaba un concierto de música barroca a la luz de las velas del que Travis no pudo evitar burlarse, hasta llegar a uno de los senderos que conducía a la residencia que se había derrumbado por culpa de un hundimiento cuando iban a empezar segundo. Lily se había puesto bastante contenta al ver que Henry era el único que había solicitado marcharse de la casa. Todos tenían motivos para quedarse: George no quería distraerse con la mudanza mientras lidiaba con el estrés de la regata; Travis se había quedado porque le daba pereza y por comodidad de sus clientes; Caro, porque tenía miedo de que la mandaran a alguna de las habitaciones que habían preparado a toda prisa en la parte más alejada de la ciudad para lidiar con la falta de alojamiento; Lily, porque se habían quedado todos, pero sobre todo por Travis.

Travis se detuvo junto a una valla de seguridad que rodeaba las ruinas del edificio, arrojó el cigarrillo sobre la hierba congelada y le dijo:

—Ya hemos llegado.

—Se supone que no podemos entrar —contestó ella.

—¿No ibas a hablarme solo en caso de emergencia? —le preguntó él con una sonrisa.

—«Prohibido el paso. Estructura peligrosa. Peligro de muerte» —leyó Lily en el letrero. Luego se giró hacia Travis—. Yo diría que esto cuenta como emergencia.

—No pasa nada —dijo Travis riéndose—. Te lo prometo. Lo he hecho un millón de veces. —Se abrió paso a través de un hueco que habían abierto en la valla y la chaqueta se le quedó enganchada. Luego le hizo un gesto para que fuera tras él—. El cartel solo es para disuadir a la gente.

Lily negó con la cabeza; no podía creerse que estuviera planteándoselo siquiera. No quería que la pillaran ni tampoco poner su carrera académica en peligro. Sin embargo, cuando le dedicó aquella sonrisa que transmitía confianza y un reto al mismo tiempo, lo siguió; porque era Travis, y porque no podía no hacerlo.

Se colaron entre los restos del edificio, las pilas de madera con hielo incrustado y las bolsas de arena inmensas. Se agacharon bajo los andamios e ignoraron varios carteles que prohibían trepar por el marco recién construido de la ventana de la planta inferior. En medio de la oscuridad y con el viento, se sentía como si estuviera en una casa encantada. Lily estaba aterrada, pero, al mismo tiempo, no dejaba de preguntarse si aquello era una cita.

En el interior, un laberinto de puntales de acero sostenía el techo. Travis se había llevado una linterna y el haz de luz se deslizaba sobre escaleras, cables y montañas de escombros.

—Mola, ¿eh?

—Me preocupa que se me caiga algo en la cabeza —contestó Lily.

Travis puso los ojos en blanco.

—Podemos subir hasta la última planta. Hay un agujero en el techo desde el que se ven las estrellas.

Lily contuvo una sonrisa mientras lo seguía por una escalera que estaba a medio construir. Era la frase más romántica que le había dicho nunca. Quizá aquello sí fuera una cita. Lily se preguntó si Travis también habría pensado en aquel casi beso. ¿Se habría dado cuenta de que ella era quien podía descongelarle el corazón?

—¿Travis? —dijo una voz cuando llegaron al descansillo.

Había vigas sostenidas por todas partes con andamios. Lily se tambaleó sobre unas tablas de madera que crujían bajo sus pasos.

–Ey.

Travis saludó con la cabeza a un par de chicos que merodeaban entre las sombras vestidos con trajes, listos para un evento formal. No pegaban nada allí, se les veía incómodos, pero intentaban que no se les notara. En contraste, Travis parecía un capo de la mafia.

A Lily se le cayó el alma a los pies. Se la había llevado a un trapicheo.

–Tardo un segundo –le dijo Travis, y la dejó plantada en lo alto de las escaleras mientras se iba con los chicos a una de las habitaciones del descansillo.

Lily se quedó contra una pared, temblando, deseando no estar allí; bueno, más bien deseando que aquellos chicos no hubieran aparecido por allí y que Travis tan solo la hubiera llevado para ver las estrellas. Era una tonta enamoradiza y patética. Se merecía quedarse ahí sola por ser tan idiota.

Tardaban siglos. Lily quería marcharse, pero, al mismo tiempo, no quería hacerlo. Intentó ignorar el frío mirando a su alrededor con la linterna del teléfono. Bajo una capa de polvo, en un rincón, encontró un viejo póster de un club de espeleología, un vestigio de los alumnos que habían vivido allí. Pensó que su padre diría al verlo: «¿Por qué no lo llaman "exploración de cuevas" y ya?», y que ella le contestaría: «Es cuestión de semántica, papá». «¿Qué es la semántica?», le preguntaría él. Lily miraría a su alrededor para asegurarse de que nadie lo había oído. Por eso nunca les dejaba ir a visitarla a Oxford; era curioso las cosas que una hacía por vergüenza. Se quedó en aquel descansillo por vergüenza, por haberse atrevido a creer que ella era el motivo principal por el que habían ido allí cuando, en realidad, su presencia no había sido más que una idea de última hora. Alguien como Elle ya se habría marchado.

Hacía muchísimo frío. Pasado un buen rato, los tres aparecieron en el hueco oscuro de la puerta. Los chicos se reían, intentando que no se les notara que estaban nerviosos, y, con las manos enguantadas, se subían los cuellos de los elegantes abrigos negros, que no encajaban entre tanto polvo. Travis tenía un cigarrillo en la boca y se metió un billete de veinte en el bolsillo de atrás mientras los veía irse.

—Gracias, Travis —le dijo uno de ellos.

Travis alzó la cabeza.

Lily mantuvo la vista clavada en el suelo todo el tiempo mientras se iban.

—Perdona —le dijo Travis.

«No está bien», quiso decirle, pero tenía tal decepción en el cuerpo que no creía que le salieran las palabras. Quería volver a su cuarto, al momento exacto antes de que Travis llamara a su puerta, cuando aún tenía expectativas.

—Bueno —le dijo ella—, tengo que irme. Acabo de acordarme de que tengo que terminar una redacción.

Travis parecía sorprendido, pero Lily no le dio la ocasión de decir nada. Se dio la vuelta y bajó las escaleras.

Cuando iba por el cuarto escalón, con las prisas por marcharse de allí, pisó mal, perdió el equilibrio y se echó hacia atrás para intentar agarrarse a la barandilla provisional de andamios, pero cayó escaleras abajo. Se golpeó la cabeza y el hombro contra los escalones. Oyó que Travis gritaba cuando aterrizó, magullada, maltrecha y dolorida, preguntándose si se había muerto.

Travis bajó en un segundo y se agachó a su lado.

—¡Joder, Lily! ¿Estás bien? ¿Llamo a la ambulancia?

Lily se echó el pelo hacia atrás, miró a su alrededor, sorprendida, y comprobó que aún sentía todas las extremidades. El tobillo le palpitaba, la cabeza le dolía y se había hecho unos cortes en las palmas que no dejaban de sangrar.

—Estoy bien —le dijo, nerviosa, avergonzada.

—Joder, creía que te habías matado —suspiró Travis.

Hizo una mueca cuando intentó mover el tobillo.

Travis se sentó en el suelo a su lado.

Lily intentó ignorar los distintos dolores que le recorrían el cuerpo. No quería que Travis le viera la sangre de las manos.

—Creía que te habías matado de verdad —repitió Travis, sacudiendo la cabeza—. Madre mía. No...

Lily lo miró, nerviosa, sin saber muy bien qué decirle. Lo único que quería era que dejara de prestarle atención.

—Bueno, al menos ahora puedo hablarte porque es una emergencia —le dijo, intentando sonreír a pesar del dolor.

Travis se apartó el pelo largo de la cara y le dijo:

—Lily, lo siento. —Y luego hizo lo último que Lily se habría esperado: le cogió la cara con las manos y la besó. Fue la clase de beso que había estado esperando desde que lo conocía. Cariñoso, apasionado, gentil. Si hubiera muerto en aquel instante, se habría ido al otro barrio contenta. Cuando se apartó de ella, aún sin soltarle la cara, Travis apoyó la frente en la suya—. Me alegro mucho de que no te hayas matado.

—Yo también —contestó ella.

—Supongo que ya no te apetece subir hasta el tejado, ¿no? —le dijo Travis.

Si se lo hubiera pedido, habría subido hasta la luna en ese momento; pero no estaba segura de poder caminar. Tuvo que enseñarle el tobillo, y Travis puso una mueca al ver lo hinchado que estaba.

—Te subo a caballito —le dijo, dándose la vuelta.

—¿En serio?

—Soy más fuerte de lo que parezco, Lily.

—No estoy muy segura de cómo tomarme ese comentario —contestó ella, que de repente se sintió bastante cohibida.

—Te estás cargando el momento. Venga, súbete.

Resultó que solo pudo cargar con ella hasta la planta siguiente. El resto lo tuvo que subir cojeando, agarrándose al brazo de Travis como si fuera una muleta. Sin embargo, Lily estaba más pendiente de que aquello le hubiera parecido un momento importante a Travis que del dolor.

—Ahí está la habitación con vistas —le dijo Travis, señalando el extremo más alejado del pasillo de la última planta.

La habitación era como una carrera de obstáculos con andamios. No obstante, si te colocabas en el armazón a medio construir de la ventana de la buhardilla y alzabas la vista, sobre las luces resplandecientes de la ciudad, los árboles sin hojas, los tejados cubiertos de nieve, los chapiteles y las cúpulas, lo único que se veía eran un millón de estrellas en el cielo oscuro azul marino, tal y como le había prometido Travis.

Travis desapareció por el pasillo y regresó cargado de paquetes viejos de las obras. Formó un montón en el suelo con ellos bajo la ventana y le dijo:

—Túmbate.

—Travis, no...

De repente, Lily se puso nerviosa por tumbarse junto a él en una cama improvisada.

—Solo es para mirar las estrellas —le dijo él con una sonrisa.

Lily se tumbó, pero estaba demasiado sobreexcitada como para relajarse. Travis se tumbó a su lado, le colocó el brazo bajo el cuello y la acurrucó contra él.

—Es para que no tengas frío —le dijo, y cuando Lily le permitió que la acercara, con la mejilla contra la lana del jersey, creyó que Travis la había besado en el pelo.

—Travis —le dijo Lily—, ¿qué estamos haciendo? ¿Qué significa todo esto?

—No lo sé —contestó él, sin apartar la vista del cielo—. Vamos a ver cómo va la cosa, ¿vale?

—Vale —le dijo ella—. Tomémonoslo con calma.

—Justo eso se me da genial, Lily.

Lily se rio y se permitió relajarse un poco más contra él.

A Travis se le tensó el brazo.

—Tenemos todo el tiempo del mundo.

Se quedaron allí siglos. Los dedos de los pies y de las manos se les durmieron, pero a Lily le dio igual porque su corazón cargado de esperanza la mantenía calentita. Ignoró el dolor del tobillo tras la caída. No quería marcharse de allí jamás. Quería quedarse en ese instante durante el resto de su vida, sin nadie más, sin expectativas ni decepciones. Solos Lily y Travis. Y las estrellas.

17

CARO

Caro quería despejar la mesa y seguir con la cena, pero George seguía picoteando con educación el cuscús extra que le había servido, por culpa del pánico que se había apoderado de ella, para esquivar la pregunta de Elle sobre cómo había conocido a Brian. Tampoco era que se estuviera muriendo de ganas de servir el postre. En circunstancias normales, habría salvado la velada con un buen pudin, pero Lily se lo había impedido comprando esa tarta barata del Sainsbury's que había traído. Al entregársela, Caro había tratado de recordar si le quedaban nidos de merengue de la barbacoa que había organizado en verano porque en ese caso podría pasar unas frambuesas congeladas por el pasapuré y batir un poco de nata y tendría un Eton Mess para acompañar. ¿A quién no le gustaba un Eton Mess? Sin embargo, ahora lo único que quería era que la velada llegara a su fin. Travis se había comportado como un niñato malhumorado y había roto su carta. Y Elle no dejaba de hacer preguntas sobre el puto Brian.

¿A quién le apetecía hablar de Brian? A Caro no, desde luego. Se pasaba casi toda la vida intentando no hacerle caso y centrándose en los niños. Si Caro se hubiera salido con la suya, habría tenido cien hijos más para dedicarles todas sus energías, pero su cuerpo no podía soportarlo, no después de que llegaran los mellizos. Pero es que no había nada más agradable que tener a un recién nacido en brazos, tan suave, con ese olor tan dulce, y consumiendo cada segundo de la vida de Caro.

—A Brian debe de irle muy bien —comentó Elle, observando la decoración. De algún modo, su escrutinio lo volvió todo ostentoso—. No trabajas, ¿no, Caro?

—No —contestó ella.

Solo el tono de voz que había empleado Elle ya bastaba para ponerla tensa. «No dejes que te saque de tus casillas». La última persona del mundo con la que le apetecía hablar sobre si trabajaba o no era con Elle, doña autosuficiente. Era demasiado complicado. Caro no podía explicar que, si trabajara, no podría ir a recoger a los niños al colegio, prepararles el almuerzo, ofrecerse voluntaria para sus clubes, ser la presidenta de la Asociación de Padres y Profesores, sentarse con los más pequeños a la mesa mientras estudiaban las tablas de multiplicar o intentar persuadir a Ed y a Bethany de que repasaran mientras subían las escaleras pegados a sus teléfonos. Sus niños eran la razón de su existencia.

—Conociste a Brian cuando estuviste en Zúrich, ¿no? —le preguntó Lily mientras enderezaba el tenedor y la cuchara de postre.

Le dieron ganas de gritar: «¿Podemos dejar de hablar de Brian?». Sin embargo, lo que hizo fue darle un trago al vino y contestar:

—Sí. Suiza es maravillosa. Muy cara, eso sí, pero cómo viven. Hay tanto que hacer: pasear, nadar... Además, literalmente a un par de horas están los mejores resorts de esquí. También hicimos un grupo de amigos muy bueno.

—A mí la vida de expatriado se me hace muy extraña —comentó Travis, negando con la cabeza a modo de reproche—. No entiendo a la gente que vive en un sitio y no se involucra política o culturalmente.

—¿No se supone que durante las cenas hay que evitar las conversaciones sobre política y religión? —bromeó Caro, que pretendía desviar el tema y pasar página.

—Pues sí, es mucho más divertido hablar sobre tu vida —contestó Elle, toda empalagosa e inaguantable–. ¿Por qué te fuiste allí? –Se inclinó hacia delante, como si le interesara mucho su respuesta–. ¿Cómo conociste a Brian?

«¡Cállate! ¡Cállate!».

–Me ofrecieron un empleo que no pude rechazar. Un puesto de *marketing* para unos grandes almacenes de lujo. Cosas de calidad. Ya sabes, lo mejor de lo mejor.

Caro era consciente de que, cuando se sentía amenazada, a veces se pasaba un poco.

–¿En serio? –le preguntó Elle, abriendo mucho los ojos con malicia, con varios mechones de pelo sobre la cara–. Suena alucinante.

Caro entrecerró los ojos. No sabía por dónde le iba a salir Elle.

–La verdad es que sí. Fue alucinante. Era el puesto perfecto para mí. Me lo ofrecieron y no pude rechazarlo.

Elle deslizó el dedo sobre el borde de la copa de vino y se detuvo justo cuando empezó a emitir sonido.

–Entonces, ¿no te fuiste porque te habías quedado preñada?

–¿Perdona? –preguntó Caro, que escupió el vino a causa de la sorpresa.

–A lo mejor este tema habría que meterlo en la lista con lo de la política y la religión –comentó Travis desde el otro extremo de la mesa.

–No, si preguntaba por curiosidad –respondió Elle, recostándose en la silla, sosteniendo la copa de vino entre los dedos–. Es que he subido a la planta de arriba y he visto a tu hija cuando se iba...

–¿Y qué hacías en la planta de arriba?

Caro notó que se le encendían las mejillas. No quería que Elle husmeara en su casa.

–Qué guapa es –prosiguió Elle, obviando la pregunta–. Es igualita que tú, Caro, pero es mayor de lo que me esperaba. Y en su cuarto he visto una sudadera de deporte de la categoría de menores de quince años. Tuviste que tenerla muy pronto después de marcharte de Oxford. Solo me lo preguntaba, nada más.

Travis se inclinó hacia delante, golpeándose el labio con un dedo moreno, fascinado por aquella acusación.

—¿Vas en serio? —Caro estaba indignadísima, embargada por la furia. Fulminó a Elle con la mirada—. ¿Cómo te atreves? ¿Qué clase de persona entra en casa de otra y la acusa de...? No sé. ¿De qué me estás acusando exactamente? ¿De tener una hija ilegítima de Henry? ¿También lo habrías hecho si Brian hubiera estado aquí? —Caro notaba que se le atragantaban las palabras por culpa de la rabia—. ¿Cómo te atreves?

—Eso ha sido... un golpe bajo, Elle —balbuceó George.

—Solo era una pregunta. —Elle se encogió de hombros con actitud despreocupada, y el tirante del vestido se le cayó—. Me parecía una explicación razonable.

En el otro extremo de la mesa, Lily miraba a todas partes menos al conflicto que había estallado. Tenía la vista fija en una lámina de caligrafía de letras negras y doradas que Bethany le había regalado a Caro por su cumpleaños en la que ponía: *We'll go dancing. Everything will be all right.* «Saldremos a bailar. Todo irá bien».

Caro hizo una bola con la servilleta. Ya estaba bien.

—El motivo por el que me casé con Brian ni te va ni te viene. Pero sí voy a decirte que estás hablando de uno de los momentos más difíciles de toda mi vida. Bethany, mi hija mayor, nació de forma prematura y con neumonía. Tenía menos del cincuenta por ciento de posibilidades de sobrevivir, y me pasé casi dos meses en el hospital con ella, viéndola conectada a toda clase de máquinas y tubos. Fue horrible. —A Caro le costaba tomar aire por la nariz mientas trataba de contener las lágrimas que brotaban cada vez que hablaba del trauma que había supuesto el nacimiento de Bethany—. Horrible. Fue la peor época de mi vida. —Al menos Elle tuvo la decencia de parecer un poco avergonzada—. Así que, la próxima vez que te apetezca lanzar una de tus pullas para llamar la atención, piensa en lo que puede que hayamos tenido que soportar los demás.

Caro arrojó la servilleta sobre la mesa, echó la silla hacia atrás y salió de allí hecha una furia.

18

Segundo trimestre de tercero

GEORGE

Ese día George Kingsley y Henry Bellinger se iban a disputar la última plaza en el Blue Boat de Oxford, que competiría en la regata contra Cambridge. Eran mejores amigos y archienemigos. Durante dos años consecutivos no habían logrado hacerse con una plaza en el bote más importante, pero ese día tenían otra oportunidad de conseguirlo, y ambos estaban muy igualados.

La lluvia caía sobre el agua como el martillo al golpear el hierro. George jamás había estado tan emocionado.

Henry estaba en el vestuario, cambiándose la camiseta por una que estuviera seca antes de salir al agua.

–Buena suerte, tío.

–Lo mismo te digo –respondió George, asintiendo con la cabeza, y se fue hacia la puerta con las piernas temblorosas a causa de la adrenalina.

–George –lo llamó Henry.

–Dime.

–Nada –contestó Henry, sacudiendo la cabeza

Pero George sabía que había algo que quería decirle.

–¿Qué pasa?

–No, en serio, no es nada.

Henry tenía los ojos rojos. Parecía que no había dormido o que estaba a punto de romper a llorar.

–¿Qué pasa? –le preguntó George, que volvió a adentrarse en la sala húmeda y cubierta de sudor.

–Nada, es que... –Henry inspiró hondo–. He hablado con mi madre esta mañana. Creen que a mi padre le quedan semanas. Solo era eso.

–Ay, tío, lo siento mucho –le contestó George, apoyando una mano en el hombro a Henry.

–No pasa nada –respondió Henry, pero le tembló la barbilla.

George era incapaz de imaginarse a Henry llorando.

–Joder –exclamó Henry, que se sentó y apoyó la cabeza en las manos–. No sé qué hacer. Soy un puto desastre.

–Se te pasará en cuanto estés en el agua.

–No –respondió, negando con la cabeza–. Sé que voy a perder.

Henry no estaba siendo melodramático; aquel era un miedo muy real. Aunque ambos estaban muy igualados, en los días de competición a George lo poseía un inconformismo con el que, si se encontraba en plena forma, podía derrotar a Henry.

George se moría de ganas de salir de allí. No quería mantener aquella conversación entre la ropa mojada, con el olor amargo del sudor aferrándosele a la garganta. El equipo estaba a punto de meter el bote en el agua.

–Tenemos que irnos, tío.

Henry asintió, pero no se movió. Una de las luces del techo parpadeó.

–Venga –le insistió George.

–¿Te importaría hacerme un favor? –le preguntó Henry.

–¿Cuál?

–¿Puedes dejar que te gane?

–¿Lo dices en serio? –le preguntó George, riéndose por instinto.

–Siento tener que pedírtelo –le dijo Henry, apretando muy fuerte los ojos–. Sé que no debería. Sé que no es justo, pero mi padre se está muriendo y lo único que ha querido durante toda su vida es verme a bordo de ese bote.

George sintió que se le tensaba todo el cuerpo.

–No puedo, Henry. Ya sabes cómo son estas cosas. Esto... –No encontraba las palabras adecuadas–. Esto lo es todo para mí.

–Lo sé, y en otras circunstancias jamás te lo pediría, pero se está muriendo, George. Se está muriendo, joder.

Las lágrimas le surcaban las mejillas. Normalmente Henry era un grandullón increíble, pero, al llorar, parecía un niño pequeño.

George no supo si indignarse y mantenerse firme o si colocarle una mano en el hombro a Henry con la esperanza de que se enjugara las lágrimas y le pidiera perdón. Sin embargo, para sorpresa de George, cuando Henry al fin alzó la vista, le dijo:

–Elle lo comprendió.

George se tensó. Elle. ¿Por qué la metía en todo aquello?

George estaba inseguro desde el día en que había pillado a Henry en el cuarto de Elle. Además, desde entonces, Elle se había comportado de un modo muy extraño. Estaba distante, ausente. Su mirada no encajaba con las cosas que decía. No prestaba la misma atención que antes, y normalmente se distraía cada vez que George le hablaba. Cuanto más se preocupaba él por la regata, más se enfadaba ella. Esa misma mañana le había dicho que la quería, aunque no sabía si lo había hecho para ponerla a prueba o por la desesperación que le provocaba la inseguridad. Llevaba mucho tiempo queriendo decírselo.

Elle se había quedado quieta. El sonido de la lluvia había ocupado el silencio. Luego ella se había girado hacia él, le había acariciado la mejilla y le había dicho:

–Buena suerte, George.

A George se le había caído el alma a los pies. La decepción había sido como una bofetada en la cara.

–Gracias –le había contestado, asintiendo.

Después había tomado aire y se había obligado a salir del dormitorio y no dejar que la decepción lo afectara.

Elle se había quedado mirándolo con el maquillaje corrido bajo los ojos y las mejillas pálidas. Después se había incorporado, agarrándose con fuerza al edredón para protegerse del frío.

–Nunca querré a nadie, Georgie.

–¿Por qué no? –le había preguntado él, negando con la cabeza, con voz lastimera e infantil.

–Porque es como soy –le había dicho.

–No. Lo haces para protegerte. Sé que te han hecho daño, pero yo no voy a hacértelo.

Elle se encendió un cigarrillo con movimientos lánguidos y el pelo recogido en un moño descuidado.

–George, al final todo el mundo te decepciona.

–No –le había dicho él con firmeza–. Yo no.

Elle se había dado la vuelta. La lluvia azotaba el cristal. George quería meterse de nuevo en la cama con ella y enterrar la cara contra su piel. Elle miró hacia atrás y le dio un beso en el hombro.

–Que vaya bien la carrera.

George no soportaba la idea de perder a Elle, y mucho menos a manos de Henry Bellinger. Sin embargo, ahí estaba Henry, sentado en un vestuario manchado de sudor, dejando caer que Elle apoyaba la idea de que George se dejara ganar. ¿Lo habría dicho porque había caído bajo el embrujo de Henry o porque era lo correcto y lo que debía hacer George?

¿O acaso estaba liándolo? A George no le habría extrañado en absoluto. Henry siempre sabía cómo manipular a las personas.

George se quedó mirando el suelo del vestuario, perplejo. No se veía capaz de perder la carrera a propósito. ¿Qué diría su padre? ¿Y su abuelo? ¿Qué era lo correcto? ¿Debía dejarle ganar a un amigo cuyo padre se estaba muriendo? ¿Olvidar sus ambiciones? Antes jamás se le habría pasado por la cabeza. Pero ¿qué es lo que diría Elle? ¿Creería que los sacrificios eran mejores que los intereses propios? ¿O acaso ella era la más interesada de todos?

Estaba tan perdido. Sentía el peso inmenso de la injusticia sobre los hombros. Quería gritar. Darles puñetazos a las paredes.

–Henry, no... No sé. Lo siento.

–No pasa nada –le dijo Henry, alzando una mano–. Lo siento. No debería habértelo pedido. –Se enjugó las lágrimas con la camiseta mojada que acababa de quitarse y luego se levantó y agarró a George del hombro–. No debería haber dicho nada. No debería haberle dado más importancia a la carrera que a nuestra amistad. Lo siento. Buenas suerte, tío. –Tomó aire–. Venga, vamos.

Ambos corrieron bajo la lluvia.

–¡Venga, George! –le gritó Klaus.

La mente de George iba de un lado a otro. El pelo se le pegaba a la cabeza como si fuera una rata ahogada. Su instinto asesino se había visto reemplazado por el deseo de meterse bajo el suave edredón blanco de Elle. Miró a Henry y se preguntó si él le habría pedido lo mismo si los papeles se hubieran invertido.

Las pruebas transcurrieron sin descanso. A George le ardían los músculos y el regusto a cobre de la sangre le llenaba la boca. Estaba resultando mucho más duro porque no se concentraba. Su mente no dejaba de molestarle recordándole lo muchísimo que le dolía todo. Al final, el entrenador les gritó:

–Ya está. A casa, chicos.

George estaba demasiado agotado como para alzar la vista desde el banco del vestuario cuando llegaron los resultados.

Henry Bellinger le había arrebatado la última plaza en el Blue Boat a George Kingsley solo por un segundo.

George no sabía si podía respirar. Vio chispas en el borde del campo de visión. Se sintió como si su mundo se hubiera venido abajo.

Henry se sentó a su lado y le dio una buena palmada en la espalda.

–Lo siento, tío. Buena carrera.

George se quedó mirando el suelo horrorizado.

–Perdona por pedirte que te dejaras ganar –añadió Henry, dándole una apretoncito en el hombro a George–. Me alegro de que al final haya sido una carrera de verdad. Así es todo más real.

George no respondió, tan solo agarró su mochila y se largó de allí. Le daba igual lo que pensaran los demás.

Aún llovía; caían unas cascadas infinitas de agua. Elle fumaba en la cama y George le dio una patada a la mesita de noche, con lo que volcó una taza que cayó al suelo y se rompió. Los fragmentos de cerámica barata cubrieron el suelo.

–¡Joder!

Darle la patada a la mesa no había conseguido aliviar la ira de George. De hecho, se sintió avergonzado durante un instante cuando Elle apagó el cigarrillo y, en silencio, se levantó de la cama para recoger los restos de la taza.

–Perdona –se disculpó George, agachándose para ayudarla.

Elle volvió a subirse a la cama y se sentó sobre sus piernas largas y blancas.

–¿Vas a romper algo más? –le preguntó, mirando la habitación–. Si es así, dímelo para que esconda las cosas caras.

George se sentía tonto. Se subió a la cama y se encogió sobre sí mismo.

Elle le puso una mano en la cabeza.

George se sentía como un niño pequeño, desnudo y desesperanzado.

–¿Qué voy a hacer ahora? –preguntó, cerrando los ojos con fuerza.

Elle jugueteó con su mechero, dándole vueltas una y otra vez sobre la mesita de noche.

–¿Sabías que los animales no suelen competir entre ellos? ¿Sobre todo cuando creen que van a perder? Les pasa hasta a los ciervos. No pelean porque lo consideran un desperdicio de energía...

George se levantó y comenzó a dar vueltas por la habitación.

–No entiendo qué tiene que ver eso con la regata.

Elle se quedó mirándolo, despeinada y hermosa, tranquila.

–Si me dejaras terminar...

George se tumbó de espaldas en la cama y se quedó mirando el techo.

–Venga, dime, ¿qué es lo que hacen los animales?

–¿Cuando no quieren pelear? –preguntó ella–. Pues se adaptan. Encuentran otros métodos. Hay un lagarto por ejemplo que desarrolló unas patas más pegajosas para poder subirse a lo más alto del árbol cada vez que un lagarto más grande invadía su territorio. También hay especies de murciélagos que se ponen de acuerdo para comer alimentos distintos y así no competir entre ellos. La verdad es que es increíble lo que hacen.

–Unos pies más pegajosos no me van a ayudar a conseguir una plaza en ese bote –contestó él, apretando los puños–. No me creo que Henry me pidiera que me dejara ganar y que luego se comportara como un capullo. Ahí creyéndose superior. –George no podía controlar la impotencia y la sensación de que todo aquello era injusto. Se sentía como si lo hubieran engañado, como si lo hubieran manipulado–. Lo odio, joder.

Elle desenrolló las piernas y las deslizó sobre la cama, de modo que quedaron tumbados el uno junto al otro.

–A lo mejor deberías matarlo –le sugirió.

–¡Elle! –le reprochó George–. No puedes decir esas cosas.

–Pero es lo que hacen los suricatos para librarse de sus competidores. Las hembras se comen a los bebés de otros suricatos.

–Bueno –respondió George con cara de asco–, menos mal que no soy un suricato.

Elle se rio, se puso una almohada bajo la cabeza y pasó el brazo por debajo para ponerse cómoda.

Estaban mirándose. George veía las motas azul oscuro de sus ojos, cada una de sus pestañas, las pequitas que parecían salpicaduras de pintura sobre la nariz.

–Estaba preocupado por que hubiera algo entre tú y Henry, ¿sabes? –le confesó George–. Como estuvo en tu cuarto el otro día... Antes de la carrera me dijo que creías que debía dejarme ganar.

Elle se quedó mirándolo. George la conocía lo suficientemente bien como para saber que estaba pensándose si le contaba algo o no.

–¿Qué pasa? –le preguntó, temiendo que le confirmara que, en efecto, estaba teniendo una aventura con Henry.

No quería que respondiera. Quería pegarla contra él, contra su pecho, para que no pudiera responder.

–Lo intentó –le dijo, lamiéndose el labio inferior–. La otra noche.

George contuvo el aliento.

–Pero no pasó nada, ¿no? –le preguntó él.

–Nada de nada –respondió Elle, negando con la cabeza.

George se hundió en las almohadas. Se quedó mirando el techo y soltó un suspiro con el que pareció que se quitaba un peso enorme de encima.

–Menos mal. –Suspiró de nuevo y comenzó a reformular sus ideas. El alivio se convirtió en rabia–. ¡Puto Henry! ¿Cómo se atreve? –Sin embargo, cuando miró a Elle, la vio tan tranquila e inescrutable como siempre, y entonces se preocupó por que estuviera mintiendo–. ¿Seguro que no pasó nada?

–Te lo prometo, Georgie. –Elle curvó los labios con actitud arisca, como una adolescente–. Te prometo que entre Henry Bellinger y yo no hay nada.

George sintió un escalofrío de placer ante la intensidad de su reacción y le acarició el pelo.

–No puedo creerme que lo intentara. Menudo gilipollas.

Al mismo tiempo, se lo creía. Henry no tenía ninguna clase de escrúpulos.

Elle le giró la mano y posó un beso en su palma. George quería que Henry lo viera; quería agarrarlo por el cuello, sostenerlo contra la pared y gritarle a la cara: «¡Elle es mía!». Sin embargo, se giró en la cama de modo que quedó junto a ella, le olió la piel y el perfume y dijo con un suspiro:

–Ahora sí que quiero matarlo.

Elle sonrió.

–Aunque sé que era broma. No vamos a matarlo.

Elle enarcó una de sus perfectas cejas.

–O sea, es ridículo –reiteró George, porque, ahora que la idea ya estaba en su cabeza, resultaba emocionante eliminar a aquel capullo de la faz de la tierra.

Y pensar que antes lo había adorado...

Elle volvió a sonreír. Estaba tan cerca de él que sus narices casi se rozaban.

–A mí no puedes engañarme, Georgie. Sé exactamente lo que estás pensando.

–No es verdad.

–Sí que lo sé –insistió ella, acariciándole la barbilla con la mandíbula.

Al día siguiente, durante el entrenamiento, George no fue capaz de mirar a Henry a los ojos y se sintió humillado cuando este le dijo:

–No puedo hablar contigo, Georgie. Klaus insiste en que tenemos que ser un grupo unido.

De repente George vio que los ocho mejores tripulantes y el timonel eran un frente unido, más fuertes en grupo; una élite arrogante. Quería arrancarse la piel de la rabia y la envidia que le daban.

George jamás había sentido algo con semejante intensidad; su adoración hacia Henry se había convertido de la noche a la mañana en un odio que lo consumía todo. En el bote con el equipo suplente, cada uno de los movimientos de George fue quisquilloso e irritable. Fuera del agua, mantuvo la cabeza gacha durante una conversación privada con el ayudante del entrenador. Ni siquiera podían hablar ya con el entrenador en sí:

–Te entiendo, George, sé lo que se siente al no llegar a lo más alto. Entiendo por lo que estás pasando.

George se quedó mirando al ayudante, horrorizado. Vio sus labios finos mientras hilaba un cliché tras otro. El pelo que le clareaba. La barriga que estiraba la tela del chubasquero de

Musto. No podía acabar igual que él. Su destino no era pasarse el resto de su vida con los segundones.

Aquella noche George se tumbó en las sábanas de franela de Elle, tan suaves como la mantita de un bebé. La ventana estaba abierta y el aire olía a lluvia fría. Elle estaba leyendo unos artículos bajo la luz de una lamparita, envuelta con una bufanda roja.

George se quedó mirándola. Elle movía los labios mientras leía. Cuando pareció percatarse de que la estaba observando, se giró hacia él.

—¿Estás bien? —le preguntó.

George asintió.

Elle frunció el ceño y dejó los papeles a un lado.

—¿Qué pasa, Georgie?

George centró la mirada en sus ojos azules; no tenía la menor idea de qué se escondía tras ellos. Lo único que sabía era que no conocía a nadie en el mundo que se pareciera a Elle, y que no había nada que pudiera sorprenderla.

—Necesito librarme de Henry —le dijo.

Elle inclinó la cabeza. Una sonrisa le cruzó el rostro mientras se acercaba y se sentaba junto a él.

—Imaginaba que dirías algo así, Georgie.

—¿En serio?

Elle asintió.

—Por eso he estado dándole alguna que otra vuelta al asunto. Por si acaso.

George frunció el ceño, temeroso de lo que pudiera habérsele ocurrido.

—¿Qué es a lo que le has dado vueltas exactamente?

—A cómo impedir que Henry participe en la regata —respondió ella, sacando un cigarrillo de la caja.

George se incorporó y se echó el pelo hacia atrás. Estaba muy intrigado.

—Cuéntame.

Elle arrojó la ceniza sobre un viejo cenicero con forma de concha de mar que había colocado sobre las sábanas.

–¿Sabes lo que es la xilacina?

–No.

–Es un sedante para animales. Se usa para el ganado y los caballos, pero también en gatos y perros antes de sacrificarlos. Puedo conseguirlo en el refugio de animales para el que trabajo.

–Ajá...

–No se puede emplear en humanos, pero la gente se lo toma mezclándolo con cocaína y heroína. Sola, hace que la gente se duerma. Por lo que he leído, los efectos pueden durar hasta setenta y dos horas, Georgie.

George sintió que el corazón le latía cada vez más rápido. A Elle se le habían dilatado las pupilas. ¿Le habría pasado lo mismo a las suyas?

–¿Es peligroso? –preguntó

Elle le dio una calada al cigarrillo, expulsó el humo y lo apartó con la mano.

–Si te equivocas con la dosis, sí. Pero no vamos a equivocarnos.

A George le temblaban las manos, así que cerró los puños. No podía creerse la suerte que tenía de que una chica tan astuta y enigmática como Elle fuera su novia.

–¿Y si se despierta?

–Estará hecho mierda –contestó ella–. Mira, tanto si se queda dormido durante horas como si no, cuando se despierte estará hecho polvo. No podrá participar en la regata. La xilacina provoca desmayos y pérdida del conocimiento. La llaman la droga zombi, Georgie. Quienes la toman se quedan completamente idos.

–Pero entonces se enterarán de que se lo hemos dado.

De repente, a George la idea ya no lo entusiasmaba tanto.

Elle negó con la cabeza.

–Georgie, no hacen pruebas para esa droga. Podemos mezclársela con algo. ¿Sabes si Henry toma algo?

–A veces se toma un diazepam para dormir.

Casi todos tomaban algo cuando estaban demasiado nerviosos. George prefería tomar melatonina; su padre siempre le compraba cuando iba a trabajar a Estados Unidos. J. B. Watson le eral fiel al Nytol.

—¡Estupendo! Será su palabra contra la de los demás cuando la gente diga que no solo quería dormir bien la noche antes de la carrera.

Los ruidos de la ciudad se colaban en el cuarto: los frenos de las bicis, un coche moviéndose contra el viento, varios pasos que resonaban sobre la acera. La luna se asomaba entre las nubes oscuras que anunciaban lluvia.

—¿Cómo haremos para que la gente no piense que yo he tenido algo que ver? ¿No creerán que me es de lo más conveniente?

—¿Qué más da? Que piensen lo que les dé gana. No podrán demostrarlo. Además, técnicamente, ¿por qué ibas a querer drogar a tu amigo? –preguntó Elle, estirándose y bostezando–. ¿Por qué no ibas a ir a por otro del equipo?

George guardó silencio. «¿Por qué no iba a ir a por otro del equipo?». Aunque quería vengarse de Henry, resultaría mucho menos obvio quitarse de encima a Boris o incluso a Klaus.

—Yo creo que con Henry tienes una coartada mejor –dijo Elle, recogiéndose el pelo con un coletero que llevaba en la muñeca–. Sería de muy mal amigo hacerle algo así.

Le parecía de risa que se hubiera preocupado por que a Elle le gustara demasiado Henry.

—Sí –asintió él. También le resultaba increíble pensar que, hasta hacía nada, habría afirmado que Henry era su mejor amigo–. Tienes razón. Es menos obvio. Pero ¿qué pasará cuando no se despierte por la mañana?

Elle espiró un anillo de humo, y luego otro.

—Se sentirá fatal y todo el mundo creerá que se ha puesto malo.

—¿Y si le hacen pruebas?

—¿Quién va hacérselas? –preguntó Elle, que apagó el cigarrillo y bostezó de nuevo.

—Las autoridades.

—¿Qué autoridades? –dijo ella riéndose–. Solo se va a despertar hecho mierda. En el peor de los casos, Georgie, si le hacen un análisis, encontrarán diazepam. Henry no podrá demostrar que no se lo tomó él, y para entonces la carrera ya habrá terminado. —Se encendió otro cigarrillo y se relajó contra el cabecero de la cama—. Si intenta echarte la culpa, siempre puedes decir que está tratando de responsabilizarte de sus errores. No volveríais a ser amigos. No creo que llegue a esos extremos. Parecerá que se ha puesto malo y ya.

Elle se había convertido en la resolución personificada, con el pelo recogido y sin maquillaje, mientras que George se notaba tan atolondrado como un niño pequeño.

—¿Y cuándo se lo administraríamos?

—Eso es más complicado —contestó ella, arrugando el rostro—. Idealmente habría que inyectárselo, pero creo que tendremos que echárselo a la bebida, y tendremos que hacerlo lo más tarde posible para asegurarnos de que se queda KO.

—Ya se nos ocurrirá algo. —George tuvo que contener una gran sonrisa—. Eres un genio, Elle.

—Aún no hemos hecho nada —le dijo ella, encogiéndose de hombros.

—Sí —se inclinó hacia delante, le agarró el rostro con las manos y le dio un beso en los labios—, pero lo haremos y será increíble. —George inclinó la cabeza hacia el techo y sonrió—. Eres listísima. Voy a participar en la carrera.

—Si el plan funciona, sí —le advirtió ella.

—Si el plan funciona... —George se quedó pensando durante un instante—. Ahora que lo pienso, los dos tenemos la misma botella de agua. La regalaban con un lote de seis botellas de Heineken. Son nuestras botellas de la suerte. Sé que suena ridículo, pero... Bueno, creo que podría ir a verle a su cuarto, cambiar las botellas y luego volver a cambiarlas, o algo por el estilo.

—No —le dijo Elle con el ceño fruncido—, porque entonces la gente sabrá que estuviste en su cuarto la noche anterior. Es una idea espantosa.

—Ah...

—Yo me encargo de los detalles, Georgie.

—Vale, vale —asintió él.

Elle puso los ojos en blanco.

George sonrió y le dieron ganas de alzar un puño al aire, pero le daba cosa hacerlo delante de Elle. No podía creérselo. De no ser por ella, él jamás se habría atrevido a hacer algo así. Ahora, sin embargo, le parecía la opción evidente. Un juego. La forma de devolvérsela a Henry.

Se tumbó en la cama con las manos detrás de la cabeza; las ganas de vivir habían vuelto a su cuerpo.

—Te quiero más que a nada en el mundo, Elle Andrews.

La mirada tímida que le dedicó Elle cuando se levantó y le dijo que tenía que volver a ponerse con la redacción le hizo creer a George que la estaba conquistando. El plan los había unido; eran ellos dos contra el mundo. Estaba emocionadísimo.

Justo antes de sentarse de nuevo, le preguntó:

—Y no lo matará ni nada por el estilo, ¿no?

—No —respondió Elle desde el escritorio.

—Estupendo. Maravilloso. Eres un genio.

19

CARO

Caro quería que Elle se largara de su casa. Se tomó un minuto para armarse de valor frente al espejo del recibidor; enderezó los botones del jersey de terciopelo, se subió las pulseras y alzó la barbilla con actitud arrogante para convencerse de que estaba por encima de todo aquello.

George asomó la cabeza desde el salón y se acercó a ella.

–¿Estás bien, Caro?

Caro se giró hacia él, cruzada de brazos.

–George, me casé con Brian por seguridad. No lo niego. Tenemos una especie de acuerdo. –Soltó una risa amarga–. Bueno, lo tengo yo, no creo que él esté al tanto.

George asintió enérgicamente, como si lo entendiera a la perfección.

–No me debes ninguna explicación, Caro.

–Claro que sí –le dijo, porque quería sacarlo del bando de Elle y arrastrarlo hasta el suyo–. Me casé con Brian para no tener que enfrentarme nunca a la falta de seguridad que tuve de pequeña. Mi madre soportó a Lionel para que yo pudiera irme al puto norte de Gales de vacaciones, no me faltara de nada y viviera en un adosado de los años treinta. –Caro puso los ojos en blanco al recordarlo todo–. ¿Sabes que yo no quería ir a Oxford? Quise ser actriz, pero mi madre se negó en redondo. «Vas a ser la primera de la familia que vaya a la universidad, Caroline». Contrató a un profesor particular espantoso que prácticamente venía todas las noches a mi casa para asegurarse de que no solo entrara en la universidad, George, sino que entrara en Oxford. —Entonces se detuvo, preocupada por haber revelado demasiado por la compasión que transmitía el rostro de George—. Cuando nos graduamos, me quedé sin nada. Mi madre y Lionel tenían su vida y no querían que volviera a casa. Mi tío vive en Suiza y me consiguió un trabajo. Lionel me pagó el billete de avión. Resultó que Brian tenía un puesto muy bueno en un banco de allí, y me topé con él de casualidad. Siempre me ha... ¿Cómo decirlo...? Siempre me ha admirado muchísimo. Y ya está, esa es la verdad. —Alzó la vista hacia el techo y luego volvió a fulminar a George con la mirada—. Y me niego a que Elle me ataque en mi propio hogar.

—No, no. Lo entiendo perfectamente. Solo es que...

Caro lo cortó; no quería que defendiera a Elle con murmullos.

—Mira, George, ¿podrías pedirle que se fuera?

George no pareció contento ante aquella sugerencia.

—Pasa de ella, Caro. Tú ni caso —le dijo—. No caigas tan bajo. Sabes que no merece la pena.

«Uf. Menudo pusilánime».

—Vale —suspiró Caro.

Se había quedado sola, como siempre. Se recolocó el pelo, comprobó el maquillaje en un momento y regresó con todos.

En el salón, Lily estaba apilando los platos de la cena. Elle daba vueltas por la habitación, cogiendo y dejando los distintos objetos del aparador, y Travis estaba diciendo:

—En cuanto se menciona que la niña es de Henry, de repente se pone a contar todo ese rollo de que nació enferma. Yo solo digo que eso no da buen karma...

—¿Perdona?

Caro se detuvo en seco.

Travis se quedó helado, con la boca entreabierta y cara de culpable.

—Nada, solo decía que...

—He oído muy bien lo que has dicho —le dijo Caro con los dientes apretados. En el otro extremo de la mesa, Lily seguía apilando los platos sin hacer ruido, intentando no verse arrastrada a la conversación–. ¡No tienes ni idea de lo que tuve que soportar!

Caro sintió que se le erizaban los pelos ante los juicios kármicos de mierda de Travis mientras que él estaba allí con actitud distante, cubierto de tatuajes, moreno y sin una sola preocupación.

–Todos hemos pasado por muchas cosas, Caro –le dijo él con un tono condescendiente e irritante–. Pero lo que nos diferencia de los demás es cómo decidimos tomárnoslas.

En el otro extremo de la sala, Elle sostenía fascinada uno de los delicados candelabros de cristal de Caro.

–No me digas que la gente te paga para que les sueltes esos comentarios de engreído –respondió Caro, riéndose por la nariz.

Travis cerró los ojos, como si quisiera ignorar aquella rencilla mezquina de patio de colegio repitiéndose un mantra para sus adentros.

–Vale –dijo, alzando las manos en el aire y revelando el tatuaje de la flecha que le bajaba por el antebrazo desde el codo hasta la muñeca–. Creo que hay demasiadas emociones en la sala. Vamos a tomarnos un descanso.

–¿Que hay demasiadas emociones? –se burló Caro. Sintió que los demás la estaban mirando. No iba a permitir que nadie le dijera que tenía demasiadas emociones; no iba a dejar que le colgaran el sambenito de no saber controlarse–. Yo te daré a ti emociones. ¿Sabes por qué mi hija no podía respirar cuando nació, Travis? Porque tuve clamidia, que puede provocarles neumonía a los bebés cuando están en el útero. ¿Y sabes de quién la pillé? ¡De ti! Es culpa tuya que mi hija estuviera a punto de morirse.

Travis retrocedió.

Elle dejó el candelabro con sumo cuidado.

Lily paró de apilar los platos. Las mejillas se le pusieron rojas como frambuesas.

Caro sintió una satisfacción instantánea tras haber infligido aquella herida. «Aquí todos tenemos munición, Travis», pensó.

En el otro lado de la mesa, Travis se tomó un instante para recobrar la compostura en silencio; aquello lo había desconcertado. Caro podía ver los engranajes de su mente girando. Y lo mismo con Lily. Ambos estaban repasando la cronología mentalmente. Caro se cruzó de brazos y apretó los labios. Le dieron ganas de mirar a Elle, toda rubia ella, presumida y guay, y enarcarle una ceja como diciéndole: «¿A que no te esperabas que hiciera algo así?».

Travis apoyó las manos en la mesa, con los músculos de los brazos tensos, y le dijo:

—Yo no tenía clamidia. No fui yo.

—Ah, ¿no? —Pregunto Caro, entrecerrando los ojos—. ¿Seguro?

—Espera un momento —intervino Elle con la voz cargada de incredulidad—. A ver si lo he entendido. ¿Travis y tú estabais liados?

—No estábamos liados como tal —contestó Caro, recolocándose la melena—, pero de vez en cuando follábamos, sí. Y tampoco es que Henry fuera ningún santo —añadió, fulminando con la mirada a Elle.

—¿Por qué me miras a mí? —preguntó Elle, entrecerrando los ojos.

Lily tenía la mirada fija en la pila de platos sucios. Caro se deleitó durante un instante al ver que Travis intentaba que Lily lo mirara. Así aprenderían a no juzgarla.

—Entonces —dijo Elle, acercándose a la mesa, con el vestido rojo subiéndosele con cada paso que daba—, ¿Travis podría ser el padre de tu hija?

—¡Que es de Brian! —exclamó Caro, dando un manotazo sobre la mesa.

—Ah, pero para acusarme de pegarte una ITS no tienes problema, ¿no? —Travis estaba enfadadísimo. Tenía los labios apretados y la mandíbula tensa y fulminaba a Caro con la mirada—. Eres de lo que no hay. Si no recuerdo mal, siempre lo hicimos con condón. No tienes ni idea de quién te lo pegó. Solo has sacado el tema para atacarme a mí y a Lily.

–Al principio no usábamos condón –contestó Caro, encogiendo un hombro.

No se atrevió a decir: «Toma, capullo, ¡no te creas que puedes
juzgarme sin sufrir las consecuencias!».

Follar con Travis había sido su secretito, el antídoto para todas
aquellas ocasiones en las que había tenido que convertirse en
Caro la Perfecta para Henry; cuando había tenido que esquivar las preguntas de las chicas con cara de caballo del equipo
de remo cada vez que le preguntaban a qué colegio había ido
mientras trataba de mantener a Henry alejado de las chicas del
equipo de gimnasia, que se emborrachaban con media copa de
jerez; cuando se ponía vestidos de marca que encontraba tras
rebuscar durante horas entre los percheros de TK Maxx; cuando se había comprado un traje de Barbour que había encontrado
en una tienda benéfica (¡siete libras le había costado!) para un
fin de semana en que Henry se la había llevado con sus amigos
a una cacería falsa («¡Es una cacería de verdad, pero no se lo
digas a los manifestantes!»), y durante la que había que tenido
que fingir una lesión de la infancia en la espalda para justificar
que no podía montar a caballo mientras las Thomasinas y las
Kikis cabalgaban a lomos de sus palominos.

Uno de los pasatiempos preferidos de Caro era acercarse al
TK Maxx, comprobar qué marcas de diseño tenían en la tienda
y luego fijarse en quién las llevaba cuando los padres iban a
recoger a los niños al colegio o en el gimnasio; le gustaba ver
quién no tenía tanto dinero como afirmaba, ver quién mentía
y compraba los productos con descuento, tal y como había
tenido que hacer ella en Oxford. Era una tontería que le daba
un subidón. A lo mejor debía buscarse un trabajo; a lo mejor
tenía demasiado tiempo libre.

Sin embargo, de joven, ser esa Caro que siempre iba al lado
de Henry (la reina del baile junto a su rey) resultaba agotador.

Y eso que ya estaba cansada de tener que pelearse a diario
con sus profesores de Oxford, que provenían de los mismos
círculos que sus compañeros de clase. Hacía falta confianza

en una misma y resistencia para contestar a los profesores cuando no se conocían los códigos sociales. Ella no contaba con una confianza en sí misma a prueba de balas desde que había nacido. Solo el hecho de caminar por aquellos pasillos sagrados, cruzar los jardines cuidados, ponerse la túnica para los almuerzos y las cenas de tres platos con ingredientes de los que jamás había oído hablar y saber con qué mano debía pasar el vino de Oporto bastaban para tenerla todo el tiempo en tensión. Caro luchaba por mantenerse a flote todo el tiempo; se pasaba los días peleando y tratando de coger aire.

Los días en que todo aquello la superaba, pasaba de todo y se iba a casa sola a toda prisa por las calles de adoquines con la cabeza gacha, rodeada por los edificios de piedra amarilla que se alzaban a su alrededor, opresivos y perfectos, y se metía directa en su cuarto. Se ponía el pijama de Primark, se hacía un moño y, según su estado de ánimo, vagueaba en su cuarto mientras se comía un paquete entero de galletas o se iba a ver a Travis, que, por suerte, casi siempre estaba en casa.

Caro recordaba el día en que había pillado a Henry y a Elle juntos en el cuarto de esta. Se negaba a que la dejaran en ridículo. Cuando todo el mundo se hubo ido, irrumpió en el cuarto de Travis hecha una furia.

—Venga, vamos a hacerlo —le dijo, subiéndose la falda antes siquiera de que el chico se hubiera levantado de la cama.

Recordaba perfectamente cómo se había sentido en ese instante: furiosa y humillada.

—No creo que pueda —le dijo Travis.

—¿Perdona? ¿Cómo que no crees que puedas? Pero ¿a ti qué te pasa?

No tenía tiempo para tonterías, así que se acercó a la cama y fue a sentarse a horcajadas sobre Travis mientras él intentaba levantarse. Sin embargo, Travis tuvo la osadía de colocarle una mano en el estómago para intentar detenerla.

—Creo que no deberíamos hacerlo.

—¿Por qué no?

Nadie rechazaba a Caro.

–Por nada –le dijo con expresión herida–. Es que..., mira..., Lily y yo... –empezó a decir, pero puso cara de vergüenza y no pudo terminar la frase.

–¿Lily y tú qué? –le soltó Caro.

–Pues que...

–Por el amor de Dios, Travis, no me vengas de repente con que tienes conciencia. Me dan igual tus amoríos.

–No es un amorío –se quejó él, frotándose los ojos hinchados.

Caro sabía muy bien cómo buscarle las cosquillas a Travis.

–Vale, no le diré nada a tu novia.

–No es mi novia –protestó Travis–. Ni siquiera hemos hecho nada aún.

–Bueno, pues alivia esa frustración conmigo –le dijo ella con una sonrisa pícara. Le apartó la mano de un manotazo y lo montó–. Venga, al lío.

Cuando follaba con Henry Bellinger, Caro se limitaba a adoptar la postura que más le gustaba a Henry. Siempre estaba limpia y luciendo su mejor aspecto, siempre se aseguraba de poner morritos y emitir todos los sonidos adecuados. Con Travis se la sudaba todo. Siempre eran polvos rápidos en los que acababa completamente empapada de sudor sobre unas sábanas sucias en una habitación que olía a maría; y Caro nunca se duchaba antes de hacerlo. Le clavaba las uñas en la espalda, gemía, se soltaba del todo. A Travis le daba todo igual. Además, mientras lo hacían, podía hablar con él: «Creo que la zorra de Elle se ha tirado a Henry, y ahora él quiere que hagamos un trío. ¿A quién crees que debería pedírselo? ¿Puedes darte un poco de prisa? Tengo que irme a clase».

Cuando terminaban, cubiertos de sudor y exhaustos, Travis se encendía un porro y Caro le daba un par de caladas antes de meterse en el baño para ducharse y volver a convertirse en la Caro respetable de Oxford.

Sin embargo, a Travis ya no le daba todo igual. Se había vuelto todo un santurrón. La estaba mirando desde el otro lado de la mesa, como si Caro hubiera revelado un secreto escabroso del que él no formaba parte. Caro se percató de que se moría de ganas de romper aquella fachada de chico frío que había renunciado a todas sus pertenencias y que se creía moralmente superior. Se había esforzado tanto, había renunciado a tantísimas partes de sí misma... Y ahí estaba él, alejándose tranquilamente de todo por lo que Caro tanto había luchado. Aquello eran los lujos del privilegio, pensó; poder renunciar a algo solo porque ya lo has experimentado. Alejarse de algo mientras los demás luchaban con uñas y dientes por vislumbrar un estilo de vida al que gente como él renunciaba a la ligera.

En frente de Caro, Lily tenía la vista clavada en la mesa, los brazos pegados al cuerpo y los hombros hundidos, como si estuviera intentando ocupar el menor espacio posible. Cuando fue a coger los platos que quedaban, Elle se dio cuenta de lo que hacía y se los apartó para impedírselo, para obligarla a alzar la mirada.

Caro estaba preparada para lo que fuera que quisiera soltarle Travis. Quería oírlo. Quería pelea. Sin embargo, una expresión de compasión le cruzó el rostro cuando lo único que le dijo fue:

—Siento lástima por ti.

Caro sintió que se desinflaba al instante. Travis salió de allí y, al pasar al lado de Lily, le rozó el brazo y le dijo:

—Necesito tomar el aire.

20

Segundo trimestre de tercero

GEORGE

Elle no tuvo problemas para hacerse con la xilacina.

–¿De verdad nadie se ha dado cuenta? –le preguntó George cuando Elle detuvo la bici y se sacó el bote de la mochila, con demasiada ligereza para su gusto.

Había estado esperándola en un callejón después de salir del gimnasio.

–Claro que no. Tienen un montón. Me sorprende que nadie haya robado todos los medicamentos con el caos que tienen allí montado. Si supieras la de gente que deja a las gatas sueltas y que luego acaban preñadas... Menuda irresponsabilidad, y luego nos llegan un montón de gatitos enfermos...

Normalmente la interrumpía cuando Elle se enfrascaba en uno de sus monólogos sobre el cuidado de los gatos, pero en ese momento estaba más preocupado por que alguien viera el bote. Hizo que Elle volviera a meter la mano en la mochila y miró a su alrededor para asegurarse de que no los estaba mirando nadie.

A George aún le costaba creerse que aquello estuviera pasando de verdad; se sentía como un niño preparando una trastada. Elle en cambio estaba muy seria y repasaba el plan una y otra vez en busca de cualquier detalle que se les hubiera pasado por alto mientras caminaban empujando las bicis.

–Travis me dijo que era fácil colarse en el edificio en ruinas.

166

Luego, desde el andamio, podemos llegar al parapeto de la ventana de Henry. –Como era de esperar, la habitación de Henry tenía unas vistas de toda la ciudad y un balcón improvisado donde el parapeto se unía al tejado de tejas–. Tendrás que abrirla cuando vayas a verlo el día de antes de la carrera.

George soltó una risita.

–¿De qué te ríes?

–Es muy emocionante. Me siento como si estuviéramos en una peli o algo.

Elle lo fulminó con la mirada y se detuvo en seco.

–No es emocionante, George. Es algo muy serio. No podemos cagarla.

–Perdona –le dijo George, que, avergonzado por la regañina, le dio un tirón al manillar de su bici para que siguieran su camino. Avanzaron en silencio y cruzaron el puente Magdalen, pasando por encima de los turistas que iban en chalana y los árboles que se reflejaban en las aguas tranquilas. Entonces George le dijo–: En realidad no vamos a estar en Oxford. El equipo entero se traslada a Putney el día de antes de la carrera.

–¡Joder, George!

–Lo siento –le dijo con expresión culpable.

Elle se detuvo de golpe bajo un castaño.

–¿Y cómo voy a colarme en una casa de Putney?

--No lo sé –contestó George, encogiéndose de hombros.

Elle cerró los ojos durante un instante, incapaz de creérselo. George aguardó sintiéndose como un tonto por no haber caído en mencionárselo, preguntándose si sus sueños de participar en la regata contra Cambridge estaban a punto de derrumbarse ante sus ojos. Pero entonces, tras inspirar hondo para calmarse, y para alivio de George, Elle siguió empujando la bici.

–Vale, a ver, ¿cómo es la casa?

–La verdad es que son unas casas muy bonitas –dijo George–. Estilo victoriano, grandes jardines... La propietaria nos hace las comidas y la colada, y el año pasado su hijo jugaba a la PlayStation con nosotros.

Elle lo miró de reojo, con una ceja enarcada ante tanta pompa y tantos lujos.

—Tú y los tuyos os creéis dioses.

—Más o menos lo somos —contestó George.

—Claro que no —respondió Elle, negando con la cabeza.

El plan, al final, tuvo que depender de una estrategia poco convencional que el entrenador estaba poniendo en práctica. En vez de reunir a la tripulación durante la noche anterior a la carrera para pegarse un festín de carbohidratos con la típica copa de vino de Oporto, el entrenador quería que cada uno de los remeros se preparara según un plan psicológico personalizado. A algunos les gustaba estar solos. A J. B., a Henry y a otros dos compañeros les gustaban los videojuegos, así que calmaban los nervios jugando a la PlayStation.

George pensaba jugar al *Call of Duty*, más concretamente a una entrega de la saga que iba a salir dentro de un año pero que él ya tenía porque su padre era Douglas Kingsley y tenía contactos en todas las empresas comerciales.

A través de su padre, George había conseguido agenciarse uno de los primeros prototipos del juego. La noche previa a la carrera, le envió un mensaje a J. B., que odiaba prepararse mentalmente y abriría de par en par las puertas de la casa del equipo del Blue Boat a cualquiera que se presentara allí con semejante botín.

Tres miembros del equipo suplente, entre los que se encontraba George, fueron conducidos a hurtadillas hasta la planta superior para no alertar al gruñón de Klaus, que estaba dándose un baño relajante. J. B. compartía habitación con Henry. Henry estaba sentado en la cama, frente a una tele inmensa que colgaba de la pared, esperando a verse sumergido en una violenta persecución de sus enemigos a través de la pantalla. Tenía la botella de agua de Heineken de la suerte al lado, sobre la moqueta. Era la misma botella que la de George. Elle había rechazado tajantemente la idea de hacer un cambiazo; al recordarlo, después de haber cambiado las botellas con éxito, una sensación de triunfo se apoderó de George.

Sin embargo, aquella sensación no duró mucho. George estaba tan desesperado por que Henry bebiera de la botella que apenas podía concentrarse en nada, pero Henry estaba tan metido en la partida que no probó ni gota. George estuvo a punto de decirles: «Hidrataos, chicos», pero hasta él sabía que iba a dar el cante, sobre todo cuando jamás hacía comentarios por el estilo.

Cuando J. B. bostezó y les dijo que tenía que irse a la cama, el hechizo del *Call of Duty* se rompió de repente. George sabía que tenían que marcharse.

–Sí, deberíamos irnos –dijo, dudando, molesto, consciente de que tenía que volver a cambiar las botellas antes de salir por la puerta–. Voy a mear –dijo para ganar un poco de tiempo.

George se quedó en el baño, dándole vueltas a cómo podía obligar a Henry a beber. El miedo le recorrió el espinazo. ¿Y si no lo conseguía? ¿Y si terminaba compitiendo en «la regata de los perdedores», que era como la llamaba su padre? Pero entonces cayó en que era imposible que el plan funcionara. ¿En qué había estado pensando? ¿Cómo podía habérselo planteado siquiera? Era una completa locura. De repente echó en falta el orden y el rigor de la escuela, las cenas familiares de los domingos en casa de sus padres. Cómo le habría gustado volver a ser el de antes, que no ponía nada en duda, siempre hacía lo que le decían y se sentaba donde le ordenaban.

Tuvo que apoyar la cabeza en las baldosas frías del cuarto de baño para poder volver a respirar con normalidad. «Tranquilízate, idiota. Tranquilízate. Pilla la botella y lárgate. Se acabó». Fue casi un alivio ponerle fin a aquel brote de locura que se había apoderado de él. Los Kingsley no se comportaban así. «Asume que no has conseguido la plaza».

George regresó al dormitorio sintiendo que había vuelto un poco en sí, pero allí vio a Henry bebiendo de la botella de

Heineken. El único indicio de que algo podía salir mal fue la cara que puso Henry cuando colocó el tapón de la botella.

–Este agua sabe a mierda.

George se quedó helado durante un instante. ¿Aquello era algo bueno o algo malo? Oyó a Elle en su cabeza diciéndole: «¡Corre a por la botella!». Aquello fue fácil. Había dejado la mochila y la sudadera en el suelo, junto a donde estaba sentado Henry, de modo que, mientras recogía sus cosas, cambió las botellas en lo que se tarda en decir: «Hostia, he drogado a mi amigo».

21

LILY

Fuera en la terraza quedaba una de las copas de martini de antes. Una avispa se había ahogado en el alcohol. Lily contemplaba el cuerpo flotando mientras Travis hablaba.

–Lo siento mucho –le dijo–. Sé que fue hace muchos años, pero me siento como si acabaras de enterarte de que te he puesto los cuernos.

–Es que me pusiste los cuernos –dijo Lily, que no podía apartar la mirada de la avispa.

Aquello era un hecho.

En una ocasión su psicóloga le había dicho:

–Te gustan los hechos, ¿no, Lily?

–¿Es una pregunta trampa? –había contestado Lily–. A todo el mundo le gustan los hechos, ¿no? Son lo que hacen que el mundo funcione.

Sin inmutarse ante la torpeza de Lily, la psicóloga le había dicho:

–Desde luego, pero me gustaría que le echaras las mismas ganas a tu parte emocional.

Travis daba vueltas de un lado a otro, abriendo y cerrando los puños.

–Caro puede ser una zorra cuando se lo propone, joder.

Lily no quería saber nada de Caro. Quería que Travis hablara; que le contara todas las veces que Caro había ido a su cuarto y viceversa, o a dondequiera que se acostaran. Seguramente lo hubieran hecho en una cama bajo las estrellas. Quería saber si se habían reído de ella, si se habían burlado de su falta de experiencia. Si Travis había dicho algo como: «Joder, Caro, contigo es mucho más fácil».

Lily se clavó las uñas en la palma de las manos hasta que se le formaron medialunas en la piel. Le entraron ganas de meterse en la cocina, sacar un cuchillo del cajón y rajarse el brazo.

Cuando la psicóloga le había visto las cicatrices de la tripa, en el momento en que la camiseta se le había quedado enganchada en el jersey cuando se lo había quitado, le dijo:

—No es lo mismo sentir las cosas físicamente que emocionalmente, Lily.

—Estoy completamente de acuerdo –le había contestado Lily, remetiéndose la camiseta en los pantalones.

—No hace falta que nos peleemos todo el tiempo, Lily –le había dicho–. No soy tu enemiga. Puedes tranquilizarte y hablar.

En la terraza, Travis se acercó a ella con esos hombros erguidos y esa espalda ancha. Lily se tensó. Le pareció que olía a Caro. ¿Se habría acostado con otras? ¿O era tan vago que simplemente había aceptado a quien se le había plantado en la puerta? Se sentía tan tonta... Travis le apoyó la mano en la parte superior del brazo. Lily sintió la calidez de sus dedos; vio las líneas de su camiseta recién estrenada. No se parecía en nada al antiguo y desgarbado Travis.

—Lo siento mucho. Debería habértelo dicho en su día. No quería que te enteraras así.

—La verdad es que no ha sido la mejor manera –contestó Lily, que trataba de quitarle hierro al asunto.

Era demasiado consciente de que la estaba agarrando; la piel le ardía bajo su contacto. Quería soltarse, correr hacia el jardín mojado por los aspersores tapándose las orejas con las manos. Odiaba todo lo que estaba ocurriendo, todo lo que estaban diciendo. Travis jamás se lo habría contado si Caro no hubiera abierto la boca.

—No, para nada –contestó él, que sintió su incomodidad, le soltó el brazo y se metió las manos en los bolsillos de los pantalones cargo–. Fuiste lo mejor que me pasó en Oxford. Lo que pasa es que no supe apreciarlo. Fui un idiota.

–En eso estoy de acuerdo.

Se obligó a sonreír. Bajo la luz tenue del exterior, Travis se parecía más al chico que había conocido. Las sombras oscurecían ese tatuaje tan feo del cuello y enmascaraban que llevaba el pelo tan corto. Él se quedó allí mirándola, sin decir nada.

A Lily no le gustaba que la miraran, ni tampoco los silencios en las conversaciones, así que se descubrió a sí misma preguntándole:

–¿Por qué te acostaste con ella? O sea, lo entiendo, es Caro, es guapa. Pero ¿por qué justo cuando estabas saliendo conmigo?

Travis meditó la respuesta durante un instante, y Lily se imaginó que debía de estar buscando la que más podría complacerla.

–Autosabotaje –dijo al fin–. Igual que con todo.

Junto a ellos, varias polillas se dirigían hacia la luz y emitían un ligero zumbido cuando se achicharraban. Travis la observó con ojos de cachorrillo.

–Te dije que no te relacionaras conmigo.

Lily se sorprendió cuando respondió con una carcajada.

–No me creo que vuelvas con esas.

Travis agachó la cabeza con una sonrisa pícara; su actitud era la de un alumno al que le habían echado la bronca:

–Ha sido un comentario muy tonto, perdona.

–Muy tonto –asintió Lily.

–Si te sirve de algo –le dijo, acercándose–, lo siento mucho. Lo siento ahora y lo sentí entonces.

Lily no se movió. No sabía qué iba a pasar a continuación. Le entraron ganas de echar a correr hacia el césped húmedo, pero se obligó a quedarse en la silla.

–¿Puedo darte un abrazo? –le preguntó Travis.

¿Podía? Desde luego que no.

Travis la miraba con ojos de cervatillo.

Recordó que su psicóloga la había animado a que derribara sus barreras físicas. «Interésate por lo que podrías sentir, Lily».

Lily alzó la mirada hacia Travis y se obligó a asentir.

Vacilante, Travis le pasó los brazos por encima. No había forma de negar que aquello era un momento incómodo; Lily se puso muy tiesa y rígida cuando la tocó. Olía su sudor, la tela de su camiseta, su piel. Todo era igual pero distinto a la vez. Cerró los ojos. Se sentía como si estuviera en un barco, mecida por las olas, desesperada por aferrarse a algo con lo que mantener el equilibrio. Sintió que Travis le olía el pelo.

–Háblame de tu relación con Travis –le había pedido su psicóloga en una ocasión–. Dime cómo te hizo sentir.

–Me pareció que fue una de las cosas más importantes de toda mi vida –había confesado ella.

–¿Y qué piensas ahora al recordarla?

Lily no había querido contestar, por miedo a que al admitirlo arruinara aquella experiencia, pero, claro, la psicóloga sabía que Lily no soportaba el silencio, de modo que no dijo nada hasta que al fin Lily había soltado:

–Me pareció que era el fin de todo.

22

Segundo trimestre de tercero

GEORGE

Había llegado el día de la regata. La alarma de George aún no había sonado. Fuera, las nubes grises le impedían saber qué hora era. Una sensación extraña se había apoderado de su cuerpo, como si se hubiera despertado el día de Navidad y fuera pequeño. ¿Habría pasado Papá Noel por su casa? ¿Lo había soñado todo?

Miró hacia el jardín y se preguntó si alguien habría intentado despertar a Henry. El corazón le latía a toda prisa a causa de una mezcla de emoción y espanto.

Se imaginó a Elle en Oxford. ¿Debía ir contándole las novedades? Fue a coger el teléfono. No, se enfadaría si dejaba algo por escrito.

En su teléfono había un mensaje de J. B.

Henry está en el hospital. El entrenador va hacia allí para hablar contigo.

Hostia puta.

George arrojó el teléfono sobre le cama. Tenía que alejarlo de él. Se quedó mirándolo como si estuviera vivo. Había drogado a Henry, joder. Henry estaba ingresado en el hospital. Lo iban a meter entre rejas, lo tenía clarísimo. Mierda.

Desde la ventana vio el minibús detenerse frente a la casa. George sudaba como un pollo; el líquido le caía por la espalda. Los minutos que tardó el entrenador en salir del vehículo, cerrar la puerta y dirigirse a la casa fueron los peores de toda la vida de George. ¿Qué había hecho con la botella de agua? La buscó en la habitación. Sentía que el corazón iba a salírsele del pecho. Se imaginó el juicio. Al juez. A su padre. Dios santo, su padre.

El miedo hizo que se pusiera a hiperventilar. Fue corriendo al baño y se echó agua en la cara. Se agarró al lavabo. Necesitaba inventarse una mentira, y necesitaba hacerlo ya. Necesitaba encontrar la botella ¿Y si le habían hecho un análisis a Henry? Pues claro que le habrían hecho un análisis. ¿Y si se moría? ¿Y si ya se había muerto? Lo acusarían de asesinato. La botella de agua estaba al lado de la bañera. Se la había dejado allí la noche anterior después de limpiarla. Sin embargo, aquello ya no parecía suficiente, de modo que la metió bajo el grifo y se puso a frotar y frotar para intentar eliminar cualquier rastro antes de que el entrenador llamara a la puerta con fuerza.

George se detuvo antes de abrir la puerta del cuarto e intentó eliminar el pánico de su expresión. Decidió centrarse en cómo habría actuado si no supiera lo que había hecho, si su amigo hubiera acabado en el hospital por sí mismo. Intentó imaginarse que era J. B. el que estaba ingresado y no Henry. Se habría horrorizado. Estaría conmocionado.

El entrenador no parecía demasiado interesado en la expresión facial de George. De hecho, se le veía bastante pálido y demacrado. Llevaba la gorra en las manos.

–¿Te importa que me siente? –le preguntó, señalando la silla del escritorio.

George asintió con la frente cubierta de sudor.

–Claro.

–¿Te has enterado de lo que ha pasado? –le preguntó el entrenador.

George asintió con la cabeza.

–J. B. me ha dicho que han ingresado a Henry.

«Tranquilízate, joder».

El entrenador dejó escapar un suspiro.

–Por lo visto, anoche, por algún motivo que desconocemos, Henry se levantó de la cama, recogió todas sus cosas y se metió en un coche con el que no tardó en chocarse contra un árbol.

George no tuvo que fingir la expresión de confusión.

–¿Por qué?

–A saber –contestó el entrenador tras suspirar–. Creo que eso es justo lo que trata de averiguar la policía.

–¿Está bien? –preguntó George, que intentó limpiarse el sudor a escondidas.

–Sí, está bien, joder. –El entrenador se pasó los dedos por lo que le quedaba de pelo–. Disculpa, ha sido una noche muy larga. –Justo en ese instante, uno de los compañeros de equipo de George pasó junto a la habitación, de camino a la planta inferior–. Oye, Hawkins –le gritó el entrenador–, que alguien me traiga un café.

George notaba el pulso del cuello disparado. «Termine de contármelo todo», lo animó en silencio. ¿Qué era lo que había pasado? La situación lo estaba superando y se moría de ganas de gritar: «¡Sí, fui yo! ¡Lo drogué!».

El entrenador se giró con actitud cansada hacia George.

–Los médicos creen que la confusión de Henry pudo deberse a que tomó demasiados somníferos; había un paquete entero en su mochila. –Luego cerró los ojos durante un instante–. Además, George, también estaba en posesión de varias sustancias prohibidas; estanozolol y trembolona entre otras.

La decepción se reflejaba en el rostro rugoso y curtido del entrenador.

–¿Perdone? –dijo George, inclinándose un poco hacia delante. ¿Acaso había oído bien?

–Esteroides, diuréticos y anfetaminas, George.

Hawkins entró en el cuarto con el café. George observó al entrenado mientras este le daba un buen sorbo a la taza humeante. George estuvo a punto de sonreír. Estuvo a punto de reírse, pero logró contenerse a tiempo.

–No hace falta que te diga –prosiguió el entrenador con un suspiro– que vas a ocupar su puesto.

George asintió con la cabeza gacha y la solemnidad que requería la situación; actuaba como si estuviera ofreciéndose para la tarea únicamente porque era lo mejor para el equipo. No era momento de ponerse a dar gritos de alegría aunque tuviera tanta adrenalina en el cuerpo que casi le daban espasmos en el brazo mientras repasaban la estrategia del día.

En cuanto el entrenador salió de la habitación, George cerró los ojos, alzó los brazos hacia el cielo y le permitió a su mente regocijarse mientras cantaba: «Aleluya». Henry Bellinger había estado tomando esteroides. Pues claro. Así era como le había ganado en la prueba. Menudo tramposo. Todos habían hecho todo lo posible con astucia para lograr entrar en el equipo.

–Bueno, bueno, bueno –masculló George–. Ya no te crees tan importante, ¿eh, Henry?

George esbozó una sonrisa tan amplia como la del gato de Cheshire. Se tumbó en la cama y experimentó una extraña sensación de euforia que lo hizo salir de su cuerpo. El plan había funcionado mucho mejor de lo que esperaba. No es que Henry no fuera a participar en la regata, sino que además había salido a la luz que era un tramposo que se dopaba y que George iba a ocupar su puesto en la regata contra Cambridge de forma justa. No era un suplente; era el dueño legítimo de aquella plaza. Ni siquiera tenía que sentirse culpable por lo que había hecho porque con ello había logrado revelar un crimen peor por el que un hombre inocente se había quedado sin su plaza en el bote. Se podría argumentar que George se había visto obligado a actuar mal para preservar la equidad y la integridad de la regata. Se había hecho justicia. George quería aferrarse a ese instante para siempre; la victoria era como surfear las olas en una playa cálida.

El día de la regata fue magnífico. George estaba en su salsa. Había cámaras de televisión, entrevistas, posados con cara de seriedad para las fotografías. Bajó hasta la orilla del río como un héroe. Las chicas gritaban su nombre. Era una estrella. Disfrutó hasta del último instante. Fue todo lo que siempre había soñado.

Las dos tripulaciones compitieron desde Putney hasta Mortlake, hora y media antes de que subiera la marea, cuando la corriente era más rápida. Oxford se colocó en la orilla de Middlesex, y Cambridge en la de Surrey. Las nubes habían desaparecido y hacía un tiempo maravilloso, un sol reluciente que rebotaba en el agua y formaba destellos relucientes que parecían estrellas. La zona del río en la que solía haber mareas parecía una balsa de aceite. El olor fuerte del agua impregnaba el aire. El público se apelotonaba en las orillas. George estaba tan emocionado que se notaba al borde del delirio cuando sonó el pistoletazo de salida.

Ambos equipos iban muy reñidos. La regata supuso un esfuerzo infernal que no dio ni un segundo de tregua, pero George apenas fue consciente del dolor atroz de los músculos ni de la desesperación con la que tomaba el aire. Disfrutaba de cada brazada. Se alimentaba de la atención que le dedicaban los equipos de rodaje desde sus barcas mientras el árbitro les pedía a gritos que mantuviesen las barcas alejadas. La saliva le brotaba de los labios. Las semanas, los meses y los años de entrenamiento habían quedado reducidos a aquella regata. Eran dioses del río, hermanos de Neptuno, que avanzaban hacia la victoria con sus tridentes en forma de remo. Los helicópteros de los noticiarios zumbaban en el cielo. Cruzaron el puente de Hammersmith y dejaron atrás Chiswick Eyot, lugares emblemáticos junto a los que había pasado remando desde que tenía catorce años. Cuando pasaron por debajo del puente Barnes, junto a los *pubs* y los gritos de ánimo de millones de espectadores, George comenzó a sentir el agotamiento en los músculos y calambres en las piernas. Se imaginó a Henry observando la carrera desde la cama del hospital, angustiado, verde de envidia, y aquello le dio el impulso que necesitaba.

Una oleada de alegría honrada recorrió las piernas doloridas de George. Cada palada los alejaba del equipo de Cambridge. George sabía que había llegado al punto álgido de toda su vida.

La barca azul oscuro de Oxford llegó la primera a la línea de meta, seguida por la de Cambridge, con un buen tramo de agua entre ellas. Una victoria aplastante de un equipo que acababa de perder a uno de sus miembros durante la víspera de la regata. George estaba doblado por la cintura, resollaba, con las manos sangrando a través de la piel desgarrada y las articulaciones destrozadas, pero con el cuerpo lleno de una euforia triunfal. En la orilla les dieron un baño de champán mientras se abrazaban dándose palmadas en la espalda, metidos en el río hasta las rodillas. Cuando le plantaron los micrófonos en la cara, George se preguntó durante un instante si acababa de convertirse en la estrella protagonista de su propia película. El plan había salido a pedir de boca. No creía que la vida pudiera mejorar. Entonces su padre salió de entre la multitud junto al abuelo de George, el gran magnate Piers Kingsley, que avanzaba despacio por la rampa, apoyándose en su bastón. Era la primera vez que George veía una sonrisa en el imponente rostro de su abuelo. Douglas Kingsley le dio a su hijo un abrazo y una palmada en la espalda y, mientras posaba alegre frente a las cámaras, le dijo:

—Lo has hecho de puta madre. Estamos muy orgullosos de ti.

Sí, aquello era el punto álgido de toda su vida.

23

CARO

*Postre: Tarta de limón del Sainsbury's, nata fresca
y* coulis *de frambuesas (opción vegana: Tarta de queso
de caramelo salado de la marca Gü)*

Volvieron a juntarse para tomar el postre. La tensión se extendía por el comedor como el humo de la vela de Jo Malone que había apagado Caro. Elle había salido a fumarse un cigarrillo. Travis no miraba a Caro. De hecho, Lily tampoco. Pero a Caro le daba todo igual. Que se comiera enfurruñado su postre vegano.

Había adornado la tarta del Sainsbury's con azúcar glas, varias rodajas de limón y una salsa de frambuesa que había preparado en un momento. La chef Nigella siempre recomendaba tener frambuesas congeladas a mano. Sirvió las porciones con una eficiencia enérgica; lo que fuera con tal de no sucumbir a la frialdad del ambiente.

–¿La has preparado tú, Caro? –le preguntó George, tan educado como siempre.

–No. La ha comprado Lily en el Sainsbury's –respondió cortante, y Lily se sonrojó.

–Pues es una tarta monísima, Lily –le dijo George.

Caro estuvo a punto de echarse a reír; se notaba al borde un ataque de nervios. Qué gracioso que alguien se sonrojara por haber llevado un postre cutre a la cena cuando la anfitriona acababa de revelar que había estado acostándose con su novio.

Elle regresó con los demás, con el pelo echado a un lado y apestando a Marlboro Light.

—¿Seguimos con las cartas? —sugirió George con la boca llena de crema de limón.

Caro se apuntó al momento.

—¡Venga! —Cogió la primera carta de la pila—. Anda, Elle, pero si es la tuya.

—Me muero de ganas —respondió ella, enarcando una ceja con entusiasmo fingido.

Caro la abrió sin cuidado y sus pulseras de esmeraldas repiquetearon entre sí a causa de la emoción.

—«Elle Andrews —leyó, esperando encontrar algo que le borrara la sonrisa de engreída de la cara a Elle— hará algo mucho menos estrafalario de lo que os imagináis. —Caro hizo una pausa para dejar que las palabras se asentaran y no pudo evitar fruncir los labios con gesto divertido—. Cuando se gradúe, Elle no podrá evitar seguir las convenciones. Hará un máster en ADE o se meterá en un posgrado en PwC y se casará con alguien que ni os imagináis, alguien como Miles Saunders-Clark».

—¡Parece que me ha tocado la tuya, Caro! —bromeó Elle.

La satisfacción momentánea que había sentido Caro se desvaneció y fulminó con la mirada a Elle por encima del papel. ¿Cómo se las apañaba para que todo acabara convirtiéndose en una pullita contra ella?

—El otro día me topé con Miles Saunders-Clark —intervino George para impedir que se pusieran a discutir de nuevo.

—Ah, ¿sí? ¿Y cómo estaba? —le preguntó Caro.

Miles Saunders-Clark era el típico antiguo alumno de Oxford del que todo el mundo se acordaba porque todos lo conocían. Era un tío grandullón con una personalidad arrolladora. Se plantaba en todas las fiestas, conocía a todos, siempre era el que más gritaba, el que siempre lo daba todo en la pista de baile y también el más rarito en las tutorías.

—¿Sabes que en realidad no llegó a graduarse porque lo pillaron plagiando?

—Mira, puede unirse al club conmigo —comentó Travis desde el otro extremo de la mesa mientras se zampaba su tarrina de caramelo salado.

—Es lo que pasa cuando haces que otro te haga los trabajos —dijo Elle, que no quería postre.

—A mí me fue bien —comentó George.

Los demás se rieron. Justo lo había dicho para mantener un ambiente distendido y alegre. Sin embargo, el menosprecio que sentía Elle era evidente en su rostro.

—Venga ya, no me seas hipócrita —le dijo Caro, poniendo los ojos en blanco—. Lo hacía todo el mundo.

—No es verdad —dijo Elle tras soltar un bufido—. Algunos dábamos el callo.

—Madre mía con doña perfecta —respondió Caro, que disfrutó de la oportunidad de poder devolvérsela a Elle.

Elle se sentó hacia atrás, se cruzó de brazos sobre el vestido rojo, como si la prenda ya no casara con su estado de ánimo, y negó con la cabeza con descontento.

Caro no supo si decir lo que estaba a punto de decir. Jamás se lo había contado a nadie, pero la oportunidad de quedar como la imprudente frente a la mojigatería de Elle le hizo soltar:

—La verdad es que a mí me echaron después de que Henry muriera, por lo similares que eran varios de los trabajos. Me quise morir.

—No me lo creo —respondió George, que había dejado el trozo de tarta de limón a medio camino de la boca.

Caro había logrado despertar la curiosidad de Elle lo bastante como para que esta inclinara la cabeza y le prestara atención.

—¡Pues es verdad! —Caro se sentía de maravilla al acaparar la atención. Estaba orgullosa de que todos le estuvieran prestando atención—. Casi me libré. Intenté que se compadecieran de mí. Les conté todo lo que sabía porque pensé que con un *quid pro quo* lograría que el asunto quedara solo en una advertencia. Pero... —entonces puso expresión culpable— yo tampoco me gradué. No me dejaron hacer los exámenes finales.

—Pero si yo recuerdo que estabas allí –le dijo George con el ceño fruncido.

—Hice el paripé porque no quería que nadie se enterara, pero en realidad no los hice.

Caro se sentía muy traviesa.

—¡No puedo creérmelo! –exclamó George, que se echó hacia atrás, sorprendido.

—Muy mal, Caro –se dijo Caro a sí misma, dándose una palmadita en la muñeca a modo de broma.

—¿Y es algo de lo que te enorgulleces? –le preguntó Elle con una sonrisa burlona.

Caro se encogió de hombros como si no le importara lo más mínimo. Jugueteó con su pendiente. Se sentía bien por haber frustrado las expectativas que los demás habían puesto en ella. Ahora Caro era la chica guay que se saltaba las normas.

—Nunca me ha pasado factura. Le digo a todo el mundo que saqué la nota más alta en Oxford, y nadie lo pone jamás en duda.

Se rieron todos, menos Elle, que seguía con expresión de asco en el extremo de la mesa, dándole vueltas a la copa de vino.

—Supongo que es lo que pasa cuando te casas por dinero y no tienes que preocuparte por buscar curro.

Caro le puso la misma cara de «que te den» que le ponían los mellizos y por la que los reñía.

Elle respondió enarcando una de sus cejas rubias.

La habitación volvió a sumirse en un silencio sepulcral.

—Bueno –dijo George entonces–, ¿leemos la siguiente? Creo que ahora toca la mía.

24

Segundo trimestre de tercero

LILY

Cuando Lily era pequeña, su abuela le leía novelas románticas de Mills & Boon. Tenía cientos de ellas gracias a una suscripción. Las tenía en cajas en el desván y en las estanterías de varias habitaciones. Cuando su abuela envejeció y perdió la vista, siempre le decía: «Léeme un poco, Lily». No eran exactamente los libros del estilo de Lily; ella era de esos niños que se leían todo lo que pillaban en la biblioteca y que luego obligaban a comprar libros nuevos a los bibliotecarios. Leía muchísimos ensayos: libros sobre la biodiversidad de los ecosistemas agrícolas que hacían que su madre se pusiera a soltar suspiros cuando Lily y su padre se enzarzaban en discusiones que le parecían aburridas e intensas. Sin embargo, también leía *thrillers*; a su cerebro le encantaba resolver rompecabezas para matar el rato.

Cuando Lily comenzó a leerle novelas románticas a su abuela, las menospreciaba. Se reía de los títulos de los libros que su abuela adoraba e intentaba saltarse todas las partes picantes. Lily siempre había sido la lista de la familia, y las novelas románticas no eran para una intelectual como ella. Sin embargo, cuando su abuela se acurrucaba con una taza de té y se le ponía esa cara de felicidad y absoluta despreocupación, Lily comenzaba a relajarse, se olvidaba de su esnobismo sarcástico y se permitía disfrutar de aquellas historias románticas arrebatadoras en lugares lejanos repletos de héroes y jóvenes heroínas valerosas. Llegó a adorarlas incluso. Ya fuera por lo acogedora que era la casa, por lo contenta que se ponía su abuela o por la posibilidad de poder escapar de su mente frenética, aquellas lecturas se convirtieron en el mejor momento de sus semanas. Siempre se marchaba de allí maravillada, creyendo en el amor verdadero y en los finales felices, pero la felicidad no tardaba en desmoronarse cuando regresaba a las peleas y a las rabietas de sus hermanos.

El tiempo que pasó Lily con Travis aquella noche bajo las estrellas parecía sacado de una de esas novelas de Mills & Boon. Aunque su relación no era perfecta –Travis seguía demasiado cerrado, emocionalmente hablando, como para comprometerse del todo, y Lily era demasiado vergonzosa–, aquella noche estaba encantada de la vida. Habían logrado hallar el equilibrio entre fingir que eran solo amigos, cuando esperaban a la salida de las clases, y besarse como locos cuando no había nadie mirando. Cuando volvían a casa, Travis le decía cosas como: «¿Te importa que te apoye el brazo en hombro? Me duele un montón. He dormido en una postura rara». A lo que Lily respondía: «Claro, a mí también me pasa a veces», mientras sonreía para sus adentros.

Había llegado la primavera, los jardines estaban cubiertos de narcisos y margaritas, y Travis y Lily se tumbaban al sol y contemplaban el cielo azul pálido cogidos de las manos. Por las noches, Lily se iba a la cama mucho antes que Travis. La primera vez que durmieron en la misma cama, Lily salió del baño en pijama y se encontró a Travis merodeando por el descansillo. «Solo quería...», le dijo Travis, y luego le sonrió y Lily se puso rojísima, pero luego entraron en su cuarto y él la besó, y fue tal y como contaban los libros, solo que a él le olía el aliento a tabaco y la piel a marihuana y al gel de turno que hubiera robado del baño. Travis tenía los labios suaves y la besaba con delicadeza. Le apretó la parte baja de la espalda y le entrelazó los dedos en el pelo. Travis actuaba con tanta seguridad que, a veces, Lily se preguntaba si acaso era posible que Travis hubiera leído las mismas novelas románticas que su abuela. Cuando se tumbó a su lado, bien pegados, el latido de sus corazones sonó como uno solo hasta que Lily se quedó dormida y Travis bajó a la planta inferior para colocarse.

Una cierta sensación de calma se había adueñado de la casa desde que George se había ido a competir en la regata contra Cambridge. Eran las vacaciones de Pascua. Caro se había ido a Londres un par de días antes para quedarse en casa de unos amigos. A Lily le encantaba tener la casa para los tres solos. Elle, Travis y ella. Sin embargo, cuando George le contó por mensaje a Elle lo que le había pasado a Henry –el accidente de coche y todo el asunto de los esteroides–, se dejaron seducir por el escándalo. Decidieron acompañar a Elle a Londres para animar a George. Era emocionante estar en el meollo de todo. Se abrieron paso a codazos entre la multitud hasta llegar a la orilla del río; Elle llevaba una bufanda rosa enorme y unos vaqueros *vintage*, olía a tabaco y mojaba a todo el mundo con la cerveza que llevaba en la mano; Lily se había puesto el jersey de Travis porque a la sombra hacía más frío de lo que se esperaba y estaba de subidón por formar parte de todo aquello. Resultaba excitante conocer todos los hechos cada vez que oía los rumores del público sobre lo que les había pasado en verdad a Henry Bellinger y a George Kingsley. Lily ya no era una marginada; se había convertido en un miembro de pleno derecho del grupo de moda. Travis estaba a su lado, parpadeando como un topo que miraba al sol, molesto por haber salido de casa –y ahora sin ropa adecuada para el frío–, soltando comentarios mordaces que hacían que los espectadores se estremecieran y que Lily se riera en voz baja mientras se acercaba a él para que entrara en calor.

De vuelta en Oxford, cuando acabó todo el jaleo de la regata, George volvió a casa pavoneándose, con la mochila al hombro, hablando por teléfono, llenando el pasillo con aquella voz que parecía capaz de reventar los cristales. Cuando entró en el comedor y arrojó la mochila sobre el sofá, Travis se quedó mirándolo y le dijo:

–Tienes el ego tan gordo que me sorprende que hayas podido pasar por la puerta.

George se rio a carcajadas; era incapaz de contener la sonrisa que le cruzaba el rostro. Tenía la piel grisácea tras las celebraciones, pero le brillaban los ojos. Le hacía falta dormir, pero la sensación de triunfo lo mantenía despierto. No dejaban de llegarle mensajes al teléfono. La gente llamaba a la puerta de casa para preguntarle por la regata y para averiguar qué había ocurrido. De repente, todo el mundo sabía quién era George. Concedía entrevistas a los periódicos y le pidieron que posara para un artículo que incluirían en el suplemento de los domingos.

Elle fue testigo de todo aquello desde lejos, confundida. Era como si su hijo hubiera triunfado en algo que ella no acababa de comprender, pero aun así se alegraba por él.

Cuando el teléfono de George al fin dejó de sonar, el chico se desplomó en el sofá y apoyó los pies en la mesita auxiliar, que estaba cubierta de latas de Coca-Cola vacías, ceniceros y los libros de texto de Lily, ya que estaba redactando un trabajo.

–Mi padre insiste en que organicemos una fiesta para celebrar la victoria en la regata. Va a gastarse un pastizal en alcohol. Barra libre de todo. Va a ser genial.

Elle se estaba bebiendo una taza de té, acurrucada en uno de los extremos del sofá. No parecía demasiado entusiasmada ante la idea.

–¿De verdad hace falta otra fiesta? –preguntó–. ¿No lo habéis celebrado ya bastante?

Lily, Travis y Elle habían buscado a George al terminar la regata, pero no se quedaron mucho tiempo con él. George estaba demasiado distraído a causa toda la atención que estaba recibiendo y pegajoso por culpa del champán. «Ahora mismo es la peor versión de mi George», comentó Elle. Después regresaron a Oxford, donde las hojas de todos los árboles habían caído y los edificios familiares les hacían sentirse en casa. Pasearon por callejones hasta llegar al *pub*, donde comieron empanadas de carne picada y puré de patatas, perdieron en el concurso de preguntas y luego se pasaron la noche viendo pelis.

Desparramado en el sofá, George estiró los brazos y jugueteó con el pelo de Elle.

—Esto no es algo que se pueda celebrar en una sola noche, cielo. Se celebra toda la vida. —Se le notaba que el triunfo se le había subido a la cabeza por culpa de la atención, el drama, la carrera y la adoración. Estaba sentado con las piernas bien abiertas, como si fuera un rey que no encajaba en aquel comedor, rodeado de plebeyos—. Iremos a comprarte algo de ropa —le dijo a Elle—. Puedes comprarte lo que quieras.

—Pero si no quiero nada, Georgie —contestó Elle, riéndose.

—Puedes escoger lo quieras —respondió él, que no estaba haciéndole caso—. ¡Cualquier cosa! No importa el dinero.

Elle se lo pensó durante un instante y le dijo:

—La verdad es que hay un par de mallas de cuero que me gustan bastante.

—¿Y no quieres mirar ningún vestido cuco? —le preguntó George.

—Creo que me estás confundiendo con otra, George —contestó Elle, enarcando una ceja, y se terminó el té.

Travis, que estaba en el sillón, concentrado en arrancarse un hilo suelto de la camisa hasta que se le cayó el botón, se rio. Lily estaba sentada en un cojín en el suelo, al lado de los pies de Travis, fingiendo que estaba trabajando en la mesita cuando en realidad estaba bastante pendiente de la conversación. Sintió la risa vibrando a través del cuerpo de Travis.

George pareció desanimarse durante un instante al darse cuenta de que sus actitudes machistas y la arrogancia, alimentada por la adrenalina, no tenían cabida allí.

Lily prestaba atención y le daba vueltas a la extraña contradicción que sentía en su interior. La idea de que alguien se ofreciera a comprarle un vestido para una fiesta, una prenda cara y elegante que hiciera que toda la sala se fijara en ella y preguntara entre susurros «¿Quién es esa?», encajaba tan bien en su cuento de hadas que sintió una bola de envidia formándosele en el estómago. Aun así, en realidad, le parecía una situación espantosa; no le gustaba ser objeto de miradas, no bailaba, y además se habría pasado toda la velada en los márgenes de la fiesta, sintiendo que iba demasiado arreglada con aquel vestido tan llamativo.

Cuando Elle se burló de su ofrecimiento, George pareció recordar dónde estaba y con quién, y, riendo, le dijo:

—Vale, vale, te compraré las mallas. —Después se levantó y añadió—: Huelo a muerto. Voy a darme una ducha.

—Parece una puta mierda de fiesta —le dijo Travis a Elle, liándose un porro.

—Y que lo digas —contestó Elle, alzando la cabeza hacia el techo, de modo que los rizos rubios se le desparramaron por la espalda.

Lily los miró a ambos y se preguntó cómo era posible que hubiera acabado con gente que se creía superior a los deportistas del campus, con gente que no quería un vestido ni asistir una fiesta y que, de hecho, lo evitaba a propósito. Aquello era el auténtico cuento de hadas: estar allí sentada bien cómoda al lado de Travis, con Elle con actitud despreocupada y perezosa junto a la ventana. Era todo lo quería. Casi le parecía demasiado bueno para ser cierto.

25

GEORGE

La carta que sujetaba Caro en la mano tenía el nombre de George. La verdad era que le hacía bastante ilusión descubrir qué futuro se habían imaginado los demás para él, pero fingió lo contrario y se sentó con actitud de «me la suda». Esperaba que hubieran escrito algo como lo de Caro: una casa enorme en el campo, un sinfín de fiestas, un par de caballos, un Rolls-Royce... Algo que pudiera llevarse a casa y enseñarle a Audrey, su mujer, para que esta le dijera que habían conseguido algo parecido.

Caro estiró el papel.

—«George trabajará en una oficina. –George se rio por la nariz. Trabajaba en una oficina, una oficina muy bonita que daba al río. Caro se echó el pelo por detrás de los hombros, le dio un sorbo al agua con gas y prosiguió–: Trabajará en uno de esos cubículos grises que se ven en las películas, donde tendrá una foto de su mujer y una de esas tazas en las que pone un mensaje tipo: "Preferiría estar jugando al golf". Odia su trabajo, no soporta a sus compañeros y le gustaría ganar más dinero, pero su jefe le ha dicho que es un trabajador ideal para tener un cargo intermedio».

Caro no pudo contenerse y se rio por la nariz.

George intentó mantener la postura relajada, pero le costaba. Sí que tenía un cargo intermedio como gerente. No iba a serlo para toda la vida, pero era importante pasar por los distintos departamentos para conocer la empresa al dedillo si quería llegar a ser presidente. Se remetió la camisa y estiró la servilleta sobre el regazo.

Travis se reía desde el otro lado de la mesa mientras se comía su postre.

«Está él para hablar –pensó George, molesto–. Ni siquiera ha sido capaz de oír su carta entera».

–Madre mía –exclamó Caro, abanicándose las mejillas, ligeramente avergonzada mientras proseguía con la lectura–. «George no tiene tiempo para ir al gimnasio, así que ha engordado...». ¿Quién ha escrito esto? Qué feo... «Los trajes le quedan estrechos y...». Ay, no –Caro puso cara de dolor–. «Está pensando en afeitarse la cabeza para disimular que se está quedando calvo».

George se llevó la mano al instante a la cabeza, pero se detuvo justo antes de tocarse la zona de la parte posterior en la que estaba empezando a perder el pelo. Quiso decirle a Caro que se callara, pero no pudo. Se acordó de la Peloton Bike que aún no había tenido ocasión de comprarse. Estaba reventado por culpa de todas las noches que el bebé lo mantenía despierto, y la idea de ponerse a pedalear para no llegar a ninguna parte le parecía una burla de su antigua vida, cuando él y un grupo de amigos escogían una ruta ciclista todas las semanas y hacían una pausita en un *pub* gastronómico.

Caro siguió leyendo y le dedicó a George una mirada de tristeza y una palmadita de lástima en la pierna:

–«George vivirá en las afueras. En una de esas zonas en las que acaba el servicio del metro. Tendrá dos hijos, un perro, una hipoteca, un plan de...».

George era incapaz de mirar a Elle. No soportaba que ella estuviera allí escuchándolo todo.

Por el amor de Dios, pero si tampoco había nada de malo en todo lo que había dicho Caro. Pero ¿por qué sentía cada una de las palabras que pronunciaba como una condena? ¿De verdad era eso lo que pensaban de él? ¿Que era un hombre del montón? ¿Acaso lo era? Audrey ya estaba dejando caer que quería otro hijo. Un colega del trabajo, Frank, le había dicho a su mujer que podía tener todos los hijos que le diera la gana con tal de que a él lo dejara en paz, y por lo visto a ella le había parecido bien. George sentía una punzada de envidia cada vez que Frank le contaba que se pasaba las noches de los viernes hasta arriba de coca y que él y sus amigos organizabas viajes «sin la parienta» a Copenhague, pero sabía que él no estaba hecho de esa pasta. Audrey no era la clase de mujer que se tomaría bien una sugerencia como la de Frank; ese era uno de los motivos por los que se había casado con ella. El padre de George siempre soltaba comentarios tipo: «Era todo mejor en nuestros tiempos; nosotros no teníamos que dar un palo al agua», y Audrey siempre lo fulminaba con la mirada desde el otro extremo de la mesa.

George se enorgullecía mucho de aquellas miradas asesinas. Cualquiera que pudiera enfrentarse a su padre era digno de admiración. Y a George le encantaba pasar tiempo con Raffy y leerle *El grúfalo* mientras se maravillaba con los deditos del crío. Sin embargo, en aquel instante, le parecía todo tan banal, tan típico...

Se incorporó, apoyó los brazos en la mesa, apretó los dedos y siguió escuchando, como si aquello fuera una historia fascinante y divertidísima.

—«George se casará con una morena maja pero fea que se llamará Bonnie o algo por el estilo. La pobre tendrá una sonrisa bonita y buena dentadura, pero no logrará perder el peso que gane durante el embarazo. Seguirán juntos por el bien de los niños».

¿Qué era lo que esperaba George? ¿Que en la carta pusiera que había ganado el oro en las Olimpiadas tres veces, que pasaba el tiempo en sus casas de Barbados y Mayfair y que se había casado con una supermodelo? Pues sí, cualquier cosa menos aquella cotidianidad en la que se había convertido su vida. ¿Había algo peor que el hecho de que esperaran que fueras del montón, que la gente no creyera que fueras capaz de apartarte del rebaño?

—Caramba. —Caro dobló la hoja de papel y le dio un sorbo al vino para ocultar la vergüenza—. Qué bestia.

—Pero qué acertado —dijo Travis riéndose, que de repente había recuperado el sentido del humor.

George intentó reírse, pero hasta a él le pereció falsa su risa. Sentía la mirada de Elle desde el otro extremo de la mesa. Cometió el error de alzar la vista, y entonces vio una expresión de diversión en su rostro. ¿Acaso había escrito ella esa carta que había predicho su vida con tanto detalle? Le daba asco su vida; se sentía avergonzado incluso. Se avergonzaba del peso que había ganado Audrey por culpa del embarazo y, al mismo tiempo, sentía la necesidad de protegerla. Jamás renunciaría al niño, pero... Joder, es que tenía una vida aburridísima. Antaño había sido un joven con ambición que había drogado a su compañero de equipo. ¡Había ganado la regata! ¡Se había graduado en Oxford! Había corrido el Marathon des Sables. Nadie de los que habían acudido a aquella cena podía decir lo mismo. ¿Dónde estaba aquel George que corría riesgos? ¿El que salía con mujeres como Elle? ¿El que le apoyaba la cabeza en las tetas e inhalaba el aroma a tabaco y Chanel de su piel?

De repente se dio cuenta de que tenía que controlar la respiración. Dentro, fuera, con calma. Los demás seguían hablando, aunque George no sabía de qué; se había abstraído por completo de la conversación. Elle estaba mirándolo. No formaba parte de la conversación. Tenía la mirada fija en él, tentándolo, desafiándolo. Sintió que retraía los labios y que mostraba los dientes a causa del descontento. Vio el trozo de papel con su nombre, olvidado sobre la mesa después de que Caro lo hubiera leído; toda una vida resumida en unas cuantas frases hirientes. Él valía más que todo aquello; que el plan de pensiones, su trabajo aburrido y su esposa castaña.

Cerró los ojos. Los abrió. Elle le dedicaba una media sonrisa; siempre había sido capaz de leer hasta el último de los pensamientos de George.

Cogió la servilleta del regazo, se limpió las comisuras de la boca, se levantó y les dijo: «Disculpad». Después salió de allí tan tranquilo como pudo, absolutamente convencido de que Elle iría tras él.

26

Tercer trimestre de tercero

GEORGE

George se sentía un hombre distinto después de la regata contra Cambridge. Jamás se le ocurriría compararse con Jesucristo
en alto, pero, mentalmente, aquel día era como su propio *anno
Domini*. Ni siquiera los comentarios mordaces que soltaba Elle
sobre su pomposidad arrogante podían lograr que se viniera
abajo. El hecho de que se hubiera unido a la regata en el último
minuto –sumado al escándalo del dopaje de Henry– hizo que los
periodistas se abalanzaran sobre él para entrevistarlo; incluso
apareció en la portada del *Sunday Times Magazine* con el torso
desnudo y un remo en la mano. No había nada como pasear
por la calle y ver sus músculos dorados en los periódicos que
leía la gente mientras se relajaba tomándose un café. Su padre
había enmarcado la foto y la había colocado en el aseo de la
planta baja del piso de Knightsbridge.

A Henry Bellinger le dieron el alta en el hospital con unos
cuantos moratones en la cara y en el pecho. Por lo visto,
le dolía respirar y reírse, pero tampoco es que se estuviera
riendo mucho. De vuelta en Oxford, comenzó a comportarse
como un tigre al que acababan de enjaular y que aguardaba
su destino.

Para ser sinceros, George se desanimó al ver a Henry con la
cara hinchada y aquella actitud hosca de autocompasión; sin
embargo, al haber ganado la carrera, pudo permitirse el lujo de

mostrarse magnánimo cuando Henry acudió a él para disculparse junto a su padre, sir Charles, que se encontraba en pleno tratamiento de un cáncer especialmente agresivo, y estaba gris y delgado. Cuando George los invitó a entrar a tomar una taza de té, sir Charles rechazó la oferta.

–No puedo quedarme mucho tiempo –le dijo–. Solo quería que supieras que lo sentimos.

Henry no alzaba la vista del suelo. Sir Charles añadió que las drogas para mejorar el rendimiento no tenían cabida ni excusa en el deporte, y que las disculpas se quedaban cortas en comparación a lo que había tenido que sufrir George. George sintió que se ponía rojo; al final, los dos chicos se quedaron con la vista clavada en el suelo mientras sir Charles hablaba.

Justo cuando se iban, Henry murmuró algo de que iba a salir a dar una vuelta en bici. Pareció que daba a entender que le gustaría que George fuera con él, pero era evidente que la disculpa le había arrebatado todo el respeto por sí mismo que estaba dispuesto a sacrificar y no se atrevía a preguntárselo directamente. Al ver la tristeza en el rostro de Charles, que parecía confiar en que no le guardara rencor a Henry, George le dijo que se apuntaba. Esperaba que las heridas de Henry les impidieran llegar demasiado lejos. Cuando apenas llevaban kilómetro y medio, Henry se detuvo en un arcén cubierto de hierba y se quedó allí con la cabeza gacha. No dejaban de sacudírsele los hombros. George tuvo un presentimiento horrible de que algo se le venía encima; quizá una acusación sobre lo que en realidad había ocurrido aquella noche. Sin embargo, cuando se acercó, George se dio cuenta de que Henry estaba llorando sin consuelo.

George se tragó sus paranoias y se acercó para agarrar a Henry del hombro.

–Venga, no pasa nada, tío.

Le hizo señas a Henry para que dejara la bici y se sentara en la hierba.

–Joder, qué vergüenza –respondió Henry, enjugándose las lágrimas con la manga.

–No te preocupes –le dijo George, acallando el subidón que le daba ver a Henry reducido a aquel estado–. No pasa nada.

–Me lo han quitado todo –le dijo Henry con las manos apretadas contra los ojos–: Todas las medallas... Todo. –George sabía que Henry y sir Charles habían acudido aquella misma mañana a una reunión disciplinaria–. Estaba el entrenador. Me ha puesto una sanción de dos años. No voy a poder volver a formar parte del equipo de remo ni de nada. –Henry apretó la mandíbula–. Y todo delante de mi padre. Qué humillación. –Cerró los ojos con fuerza–. Se está muriendo. Lo hice por mi padre, y se está muriendo.

A George no le gustaba pensar que sir Charles se estaba muriendo. ¿Cómo era posible que un titán como él quedara reducido a la nada? ¿A dónde iría toda esa energía y esa fuerza?

–No le va a pasar nada –le dijo George–. Está en tratamiento.

Henry negó con la cabeza y arrancó varios trozos de hierba.

–No va a ponerse bien, y encima lo he defraudado.

–Te perdonará –le dijo George, que estaba un poco incómodo por el hecho de que su padre hubiera organizado la fiesta para celebrar la victoria de George esa misma noche–. Te adora. Es un buen hombre.

Henry miró a George con expresión triste.

–Ni siquiera puede mirarme a la cara.

George recordó el rostro de sir Charles cuando se había plantado ante su puerta. Aquel cuerpo esmirriado y cansado rezumaba vergüenza por las acciones de su hijo; era como si Henry hubiera trastocado los cimientos de todo lo que sir Charles había construido a lo largo de su vida.

–Se le pasará –le dijo George, pero no lo dijo con la convicción que había esperado transmitir.

Henry le arreó un puñetazo al suelo y luego se llevó las manos a la cabeza.

George se centró en una mariquita que trepaba por una brizna de hierba e intentó no pensar en la botella con la xilacina ni en su papel en aquella debacle.

Esa noche, mientras se preparaba para la fiesta, George le dijo a Elle:

—Henry debería haberse parado a pensar en qué ocurriría si lo pillaban antes de hacer trampas, ¿verdad?

Elle se quedó mirándolo y se rio.

—Estás de coña, ¿no?

George se abrochó la camisa nueva.

—Solo digo que...

—Sé lo que estás diciendo, Georgie —le dijo ella con una sonrisa.

George era consciente de la tensión que había entre ellos desde que él había obtenido su plaza en el Blue Boat. Cuando estaba con Elle, se daba cuenta de que la arrogancia que había cultivado desde que lo habían seleccionado se alzaba sobre unos cimientos inestables, y no le gustaba ser consciente de ello.

Elle estaba vagueando en la cama con el pijama y los rizos rubios húmedos tras la ducha cayéndole sobre los hombros. Estaba hojeando la revista en cuya portada aparecía la cara de George, y el pelo húmedo estaba demasiado cerca del papel. Quiso advertirle que no la estropeara.

—¿No deberías ir preparándote? —le preguntó, cambiando de tema a propósito y quitándole la etiqueta a los calcetines que se había comprado.

Todas las prendas de ropa que se había puesto esa noche eran nuevas. Las zapatillas, la camisa... Quería tener buen aspecto y oler bien. Aquella era su noche y no quería que nada la desvirtuara. Todo el mundo iría a la fiesta: los del equipo de *hockey*, los del de gimnasia, los del *rugby* y los del equipo de remo. Pero George era la estrella principal; su padre iba a poner el dinero para que todos disfrutaran. Era la clase de fiesta que recordaría durante el resto de su vida.

Elle arrojó la revista hacia el escritorio. George la alisó.

—¿Seguro que necesitas que vaya? —le preguntó Elle—. No suelo relacionarme con esa clase de gente. No sé, a lo mejor te estorbo.

Lo dijo como si estuviera haciéndole un favor a George, y aquello lo cabreó.

—Sí, necesito que vengas —le dijo, tirando de los calcetines, intentando no sonar molesto—. ¡Venga, solo es una noche!

—Lo sé, pero es que va a estar lleno de chicos del equipo de remo emborrachándose porque no se han tomado una sola copa en todo el año —dijo con cara de aversión—. Además, tengo muchísimo trabajo este finde.

¿Por qué le hacía eso? No podía plantarse en su propia fiesta sin una cita. Elle era una de las chicas más guapas de todo Oxford; quería lucirla.

—A la gente le parecerá raro que no vayas.

—Travis tampoco va —le dijo Elle, como si así pudiera librarse.

—¡Travis no va nunca a nada! Venga, porfa, hazlo por mí.

A George le molestaba tener que suplicar.

—Vale —contestó Elle, que se dejó caer sobre las almohadas.

—Pues venga... —le dijo George, señalándole la puerta—. Ve a cambiarte.

¿Por qué no podía ser una novia normal y cariñosa? Alguien como Caro, por ejemplo, que era capaz de irse hasta el fin del mundo por Henry; que se había quedado al lado de la cama del hospital para cuidar de sus costillas doloridas; que, cuando sonó el timbre, salió corriendo de su habitación engalanada con un vestido glamuroso de lentejuelas rojo... Justo la clase de vestido que a George le habría gustado que se pusiera Elle.

Caro tenía el pelo a medio hacer e iba descalza.

—¿Ha sonado el timbre? —preguntó, asomándose por la barandilla—. Si es Henry, decidle que aún no estoy. —Después miró a Elle—. ¿Así vas a ir?

Elle le dedicó a Caro la misma cara de asco.

—¿Así vas a ir tú?

—Perdona, ¿has dicho algo? —le dijo Caro, fingiendo no haberla oído, y se metió en su cuarto para terminar de maquillarse.

En el piso de abajo, Lily salió del salón y fue a abrir la puerta. George siguió vistiéndose mientras intentaba que se le pasara el enfado. Vio la foto de la portada del *Sunday Times Magazine*. La sostuvo en alto, se observó en todo su esplendor y recordó a quién le habían dedicado aquella velada.

La adoración de George hacia sí mismo se vio interrumpida por un golpetazo en la puerta de su cuarto que le hizo dar un bote.

—George, ven —le gritó Henry Bellinger—. Trav tiene una farmacia entera en su cuarto.

George salió del cuarto y se encontró a Henry en la habitación de Travis, que estaba al lado. La gente llevaba todo el día pasándose por allí para ver a Travis. Uno de los chicos del equipo de *rugby*, Paris Nikolaidis, estaba esnifando coca sobre la repisa de la chimenea mientras Anders Black, el capitán del equipo de *hockey*, le iba dejando billetes de cincuenta a Travis en la mano.

—Os he conseguido lo mejor de lo mejor, chicos —les dijo Travis, que estaba sentado en la cama.

Había sacado de la estantería su edición especial de *Harry Potter* y había abierto las puertas del elegante estuche. En su interior, en lugar de libros, el estuche estaba dividido en compartimentos, y cada uno de ellos estaba lleno de bolsitas de plástico perfectamente clasificadas y etiquetadas.

—Has ampliado el negocio desde la última vez que estuve aquí, Trav —comentó Henry cuando se puso a rebuscar entre las bolsitas.

—Es la ley de la oferta y la demanda, Henry —respondió Travis, encogiéndose de hombros—. La gente me pide cosas y yo me encargo de conseguírselas.

Paris y Anders se marcharon juntos.

—Nos vemos luego, tío —le dijo Anders a George, dándole una palmada en el hombro.

Henry ocupó el lugar de Anders sobre la cama para examinar mejor la mercancía. George era más de beber, pero normalmente el alcohol le subía con solo una cerveza. Sin embargo, Henry tenía la constitución de un toro («Me sentaron muy bien los años que pasé en Eton») y estaba acumulando paquetitos mientras Travis calculaba lo que le iba a deber con una agilidad mental que no mostraba en ninguna otra área de su vida.

—¿Seguro que es buena idea, Henry? —le preguntó George, inquieto, porque el Henry que tenía delante, un Henry que estaba hecho un manojo de nervios y que tenía cierto brillo de locura en la mirada, no era el mismo Henry llorón con el que había estado antes.

—Relájate, nenaza —le contestó Henry, dándole un golpe en el brazo.

Travis se rio por la nariz.

George se lamió los labios. No le gustaba que Henry estuviera allí. Le estaba amargando la noche.

Henry se sacó la cartera para comprobar cuánto dinero llevaba encima.

—He estado dándole vueltas al tema, George... Tú mismo lo has dicho, mi padre es un buen tipo; ya se le pasará, ¿no? ¿Tú qué crees, Trav? ¿Podrías perdonarme con esta carita? —preguntó, señalándose la cara magullada e hinchada.

—Sin pensármelo dos veces —contestó Travis, centrado en los billetes que sujetaba Henry.

Henry se rio y luego hizo una mueca de dolor. El aliento le olía a alcohol, y George se imaginó que debía de haberse pasado la tarde en el bar.

—No me hacen falta ninguna de estas mierdas —dijo Henry, señalando la casa, los alrededores y, en general, toda Oxford—. ¿A quién le importa? No tiene ninguna importancia.

George quiso decirle que para él sí era importante, pero sabía que era mejor guardar silencio.

—Creo que podría meterme en boxeo —prosiguió Henry—. Creo que me gusta más. —Sonrió y se acercó a George—. Sí, boxeo. ¿Tú qué opinas, George?

Henry alzó los puños y le arreó un puñetazo a George en la tripa que lo pilló por sorpresa.

—¡Hostia! —exclamó Travis.

George se dobló por la mitad, tosiendo, sin saber muy bien si iba a potar sobre la moqueta de Travis.

—Perdona, tío —se disculpó Henry riéndose.

George se incorporó con una mueca de dolor, agarrándose la tripa.

—No pasa nada.

Henry hizo amago de pegarle de nuevo, pero se detuvo en el último instante; aun así, George retrocedió. Henry repitió el gesto varias veces más, provocándolo. Tenía la mirada enloquecida. Era como si con cada golpe estuviera reclamando su estatus, como si estuviera librándose de la versión débil llorona que había revelado aquella tarde, como si quisiera enseñarle a George quién era el que mandaba, quien sería siempre el que mandaba.

—¡Déjame que te compre algo para celebrar tu victoria! —le dijo Henry con una enorme sonrisa de tiburón—. Al final todo ha salido como querías, ¿eh, George?

George no sabía qué decir. Tragó saliva, incómodo bajo la mirada fulminante de Henry.

Entonces Henry volvió a pegarle, más fuerte que antes.

—Venga, anímate —le dijo y, sin dejar de reír, regresó a la caja de drogas de *Harry Potter*.

George percibió que Travis le tenía lástima. Sintió el eco de su propia mansedumbre ante el poder de Henry y lo odió.

Alguien tosió junto a la puerta. Caro. Estaba espectacular. El vestido de lentejuelas rojo se le pegaba a la piel y se le derramaba hasta el suelo, y tenía una abertura que dejaba muy poco a la imaginación. George jamás la había visto tan guapa; también llevaba el pelo engominado hacia atrás y los labios rojos. Sin embargo, Henry estaba centrado en otro asunto.

—No me creo que tengas todo esto —le dijo a Travis. Después le echó un vistazo rápido a Caro y le dijo—: Hola, cielo, ¿quieres algo?

Caro se relamió; esperaba un cumplido que nunca llegó.

–Estás impresionante, Caro –le dijo George.

Pero no fue lo mismo que si se lo hubiera dicho Henry. Caro sabía que no debía enfurruñarse, que así no lograría complacer a Henry. Lo que hizo en cambio fue acercarse a él, rodearle la cintura con el brazo, meterle la mano en el bolsillo del vaquero y reírse ante el botín de Travis como si fuera una niña en una tienda de caramelos.

Henry había logrado poner de los nervios a George y estresarlo. Se moría de ganas de ir a la fiesta para volver a ser la estrella y dejar de esconderse tras la sombra de Henry.

Pero, entonces, Elle entró en la habitación, con un aspecto superguay y despreocupado, con las mallas de cuero, una camiseta blanca y una chaqueta roja y negra con decoraciones doradas. El pelo, recogido sin orden ni concierto, le caía sobre el rostro pálido y perfecto como una nube de rizos. Se había pintado los labios de un rojo intenso y le resplandecían. Henry se quedó quieto al verla. Y George sintió el orgullo recorriéndole las venas. En ese instante, volvió a ser importante, como si hubiera abierto un paracaídas y se hubiera elevado de nuevo.

Al lado de Elle, Caro parecía haberse arreglado demasiado; estaba incluso vulgar. Se percató de la mirada lasciva que le dedicó Henry a Elle y entrecerró los ojos a causa de la envidia. Elle no pareció notar el efecto que había causado en la habitación, o al menos fingió no hacerlo. Se acercó a la caja de Travis, cogió una bolsita llena de pastillas blancas y examinó la etiqueta.

–¿Puedes no tocarlas si no vas a comprar nada? –le dijo Travis, quitándosela de las manos.

–Oye, relaja –se burló Elle. Después se giró hacia George y le preguntó–: ¿Nos vamos?

Henry seguía junto a la cama; aún no había dejado de examinar la mercancía.

–Todo a su debido tiempo –dijo, como si tuviera algún tipo de autoridad.

Pero George quería largarse de allí cuanto antes.

—Nosotros vamos yendo. Nos vemos allí.

—¿Te quieres esperar? —le dijo Henry con un tono que hizo quedar a George como un tonto estresado—. No tardamos nada.

—Tengo que llamar a un taxi –dijo Caro–. No puedo caminar con estos tacones.

—¡Pues llama a un taxi! —le dijo Henry, molesto por aquel giro de los acontecimientos, sacándose un billete de veinte de la cartera—. ¿Y tú por qué no vienes? —le preguntó a Travis.

—No me van las fiestas —contestó Travis, encogiéndose de hombros.

Caro, que estaba enfadada por cómo le había respondido Henry, le dijo con tono provocador:

—Creo que quiere quedarse en casa con su novia.

—Madre mía, Trav —chilló Henry—. ¡Te estás poniendo rojo!

Caro sonrió, encantada de haber conseguido que Travis se sonrojara. Una vez que hubo recobrado la confianza, le dijo a George y a Elle:

—Iremos en taxi. Id yendo.

—Con mucho gusto —respondió Elle, y se marchó de allí.

Mientras se marchaban, George apoyó la mano en el culo de Elle en actitud posesiva, y la mirada cargada de celos de Henry no hizo más que alentarlo. Se alegraba de marcharse del deprimente dormitorio de Travis. Aquel era su momento y nadie iba a arruinárselo. Tenía a Elle. Iban a celebrar una fiesta en su honor. La vida era bonita. De hecho, la vida era mejor que nunca.

27

GEORGE

George salió del comedor de Caro y fue hasta el pasillo tenuemente iluminado, con su consola de caoba y su espejo de marco dorado. Sin embargo, una vez llegó allí, no supo a dónde ir. ¿Debía esperar y confiar en que Elle fuera tras él? ¿O mejor darse la vuelta y hacerle señas a través del hueco de la puerta? Joder, ¿se atrevía a hacerlo siquiera? Sí. Ahí estaba esa emoción que no sentía desde que había estado saliendo con ella. Aquella noche en que le sugirió que impidieran que Henry participara en la regata... La primera vez que Elle se había plantado en el cuarto de George y se había quitado las botas... La sensación de que la vida era algo más que todas las cosas por las que tanto él como su mujer se preocupaban: *La guía de las buenas escuelas británicas*, quién podía meterlos en el Soho House, decidir si ir a Courchevel 1850 o a Gstaad, el pastón que les costaba el paseador de perros.

Apoyó la cabeza contra la pared. «Puedes hacerlo, George».

–No puede ser tan terrible –dijo la voz de Elle tras él, y George sintió una descarga por todo el cuerpo.

Cuando se dio la vuelta, ahí estaba ella, con el vestido rojo ceñido, la melena rubia alborotada, las piernas delgadas y juguetonas. Era como si la hubiera conjurado a partir de un recuerdo.

Elle le dedicó una de sus sonrisas torcidas y cargadas de confianza. Llevaba la chaqueta sobre los hombros y un paquete de Marlboro Lights en la mano; había fingido que iba a salir a fumarse un cigarrillo, pero, en realidad, apoyó la mano en el hombro de George y le señaló la habitación que estaba al otro lado del vestíbulo. George fue delante y entró en una salita elegante reservada para ocasiones especiales. Las paredes eran de color verde azulado y los sofás de terciopelo no estaban cubiertos de marcas de dedos pegajosas. Los adornos eran caros y había una mesita auxiliar de cristal. George tenía una salita igual. La usaba Audrey sobre todo para ver la tele cada vez que tenían una buena bronca.

Elle estaba tan cerca de él que sintió su aliento sobre el cuello cuando le dijo:

—Me ha parecido que estaríamos especialmente cómodos en esta salita.

28

Tercer trimestre de tercero

GEORGE

La fiesta era más de lo que George podría haber soñado; su padre no se había cortado un pelo con el dinero. Alcohol ilimitado. Un *DJ* a la última moda. Comida que o bien se comerían o bien acabarían arrojándose para divertirse... Los chicos del club de remo ya iban bien contentos porque habían estado bebiendo en la sala común de los estudiantes de segundo del timonel, Marco de Poligny. No les había hecho falta mucho. Klaus tenía una botella de Grey Goose en una mano y una de sambuca en la otra.

–¡George, dale las gracias a tu padre, tío! –le gritó.

George le respondió alzando los pulgares. J. B. estaba frente a la barra con el resto de la tripulación. Todos llevaban las chaquetas que los distinguían como miembros del Blue Boat y sudaban felices con aquellas prendas distintivas de lana que indicaban su estatus. George se había llevado la suya, pero no había querido ponérsela delante de Henry. Sin embargo, en ese instante, decidió ponérsela y se sintió como el dios que estaba destinado a ser. Las chicas se agolparon de inmediato y comenzaron a acicalarse en los extremos del grupo, acobardadas por las miradas condescendientes de Elle. J. B. les pasó a todos una ronda de tequilas y le dio uno a George. George se lo pasó a Elle, pero ella lo rechazó.

–Mañana tengo que trabajar todo el día.

—Venga ya —la animó George—. Solo uno.

Elle lo aceptó a regañadientes. George sonrió. J. B. alzó su chupito y exclamó:

—¡Por vosotros, perdedores!

Estaban a punto de beber cuando oyeron la voz de Henry tras ellos.

—¿Dónde está el mío? —preguntó.

Acababa de llegar a la fiesta. Caro estaba a su lado con aire inseguro. Henry miró a su alrededor para ver quién le ofrecía un chupito y se fijó en lo que llevaban todos puestos. George prácticamente sintió la chaqueta de doscientas libras del Blue Boat riéndose del fracaso de Henry.

—Ah, vaya. —Henry agachó la cabeza y alzó las manos, como si estuviera rezando—. Parece que estorbo con mi deshonra.

Una tensión incómoda atravesó al grupo.

Elle puso los ojos en blanco, se bebió el chupito y salió de allí a empujones para juntarse con algunos de su carrera. George notó su ausencia. Quería que Henry se largara de allí. Su presencia era como una nube oscura que pendía sobre todos ellos. Decidió entregarle su vasito de tequila.

—Toma, Henry, bébete el mío.

Henry se quedó mirando el vasito durante un instante. A George se le formó un nudo en el estómago. De repente, aquel gesto ya no parecía una ofrenda de paz, sino un acto de condescendencia. Recordó el puñetazo que le había dado antes y sintió la energía contenida de Henry. Pero, entonces, Henry aceptó el vaso de George y preguntó:

—¿Por qué brindamos? ¿Por lo mal que lo habéis hecho sin mí?

La música se tragó las carcajadas.

George se sentía desorientado. Quizá se estuviera imaginando cosas. Pidió más copas para el grupo, pero Henry lo interrumpió y gritó con agresividad que estuvieran bien cargadas. Caro estaba todo el tiempo con él, sonriendo como una muñeca de plástico, sin decir ni mu. La música estaba demasiado alta y no se oía nada. George buscó a Elle entre la multitud, y la vio en el otro extremo de la sala. De repente Klaus se puso a gritar las normas de un juego de beber y se interpuso entre Henry y George. Dispusieron cinco filas de chupitos. Obligaron a Marco de Poligny a esnifar el tequila que había derramado sobre la barra. George no dejaba de reírse.

Las chicas que Elle había ahuyentado volvieron al grupo y comenzaron a toquetearle la camisa a George para sobarle los pectorales y para apretarle los brazos mientras le robaban las copas y se apretaban contra él con adoración. En el espejo que había tras la barra, George vio las marcas de carmín que tenía en la mejilla. No dejaban de ponerles copas. Toda la velada era un borrón de luces y color. En un momento dado, una de las chicas del equipo de *hockey* comenzó a hacer un estriptis sobre la barra. El camarero intentó bajarla de allí. La chica se resbaló en un charco de alcohol y cayó sobre un montón de copas. Cuando la levantaron, vio que se había cortado con los cristales. Un río de sangre roja corría sobre la mesa empapada de champán. Se la llevaron de allí llorando. George tan solo era capaz de concentrarse en la sangre, que estaba por todas partes. Le pareció ver a Elle en un rincón, pero, cuando se abrió paso entre la gente para ir con ella, se encontró con la timonel del equipo de remo de ocho haciéndole una mamada al capitán del equipo de polo.

—Perdón —les dijo, desorientado, y el chico le sonrió.

George estaba tan borracho que apenas era capaz de mantenerse en pie. La música era atronadora. La noche no tenía comienzo ni fin; el tiempo se estiraba y se acortaba. ¿Le habrían echado algo en la bebida? Seguramente aquel pedo fuera por todos los chupitos que se había bebido seguidos; eran demasiado para un cuerpo que no estaba acostumbrado al alcohol. Volvió a la barra, donde estaba el resto de la tripulación. Klaus le dio la bienvenida con los brazos abiertos de par en par.

—¡Eres el puto amo, George! —le dijo.

—Soy el puto amo —dijo, asintiendo y arrastrando las palabras con satisfacción.

Henry apareció de repente. Estaba hecho mierda. Tenía los ojos como platos, el pelo despeinado y la pechera de la camisa empapada.

—¿Dónde está Caro? –le gritó a George al oído.

—No lo sé –chilló George.

—¡Estupendo! –dijo Henry riéndose. Entonces se enganchó del hombro de J. B., le hizo un gesto a Klaus para que se acercara y formó un grupito lejos de los demás–. Voy a deciros quién es de verdad el puto amo, chicos.

—¿Quién? –preguntó Klaus.

Henry se pasó la lengua por los dientes y dijo con orgullo:

—Lo tenéis ante vosotros. Aquí el menda ha finiquitado la lista.

—Y una mierda –le dijo Marco de Poligny.

—Te puedo decir sus nombres y sus números, mi querido Marco –dijo Henry con una sonrisa petulante y arisca–. Puede que no haya obtenido la plaza en la barca, pero me he ventilado la lista entera y ninguno de vosotros me va a arrebatar la gloria, so cabrones.

Y echó los hombros hacia atrás y se golpeó en el pecho como el rey de los gorilas.

—¿La lista entera? –le preguntó Klaus, inclinando la cabeza.

—Enterita –le dijo Henry con un tono de voz que no daba pie a discusión.

—¿Con quién hiciste el trío? –le preguntó Marco, que no estaba nada convencido.

—Con una amiga de la carrera de Caro. Era una chica de lo más servicial.

Marco entrecerró los ojos. No se creía ni una sola palabra.

—No hace falta que me creáis –dijo Henry, inclinándose hacia delante, con los ojos inyectados en sangre y escupiendo saliva cargada de alcohol–. Yo sé que es verdad. He ganado el jueguecito este de forma justa y me merezco una puta medalla.

—¿De veras has completado la lista entera? –preguntó Marco, solo para asegurarse.

—Enterita —repitió Henry despacio, inclinándose hacia delante.

George miró nervioso a su alrededor en busca de Caro. Henry hablaba cada vez más alto sobre sus conquistas, alardeando sobre qué había hecho dónde. J. B. tenía los ojos abiertos de par en par mientras escuchaba y, borracho como una cuba, se acercó desde la barra, donde se había desplomado, para no perderse ni una palabra. Hasta Marco sucumbió a él y comenzó a reír como un niño pequeño mientras Henry desgranaba todos los detalles de su lista. George no podía creerse que Henry hubiera cambiado las tornas y que se hubiera convertido en la persona más importante de la fiesta. Le entraron ganas de tirarlo al suelo de una patada y que Klaus volviera a felicitarlo, pero Klaus estaba dándole palmadas en la espalda a Henry mientras exclamaba:

—Joder, Henry, eres el puto amo. —Después sonrío—. Camarero, saca el mejor champán que tengas.

Henry sonrió. La boca húmeda le resplandecía bajo los focos. Era como si se hubiera redimido de todos los errores que había cometido hasta entonces.

—Soy el puto amo —repitió.

29

GEORGE

George se sentía un intruso en aquella salita tan cara que olía a las tiendas en las que le gustaba entrar a su mujer mientras él esperaba fuera con el carrito y el teléfono. Elle no tuvo problema alguno; entró como si estuviera en su casa, arrojó la chaqueta al sofá y los cigarrillos sobre la mesa auxiliar.

—No seas tímido, Georgie —le dijo.

—No soy tímido —se defendió él, pero en realidad sí que lo era.

George era educado y nervioso. Al principio le había parecido que aquello era una idea maravillosa, pero por dentro estaba temblando. Quería tocarla, pero no sabía si podía hacerlo. Elle se giró hacia él; se la veía receptiva y seductora. Lo miraba con los párpados entrecerrados, una expresión que conocía de sobra y con la que había soñado a menudo. Cuando se despertaba, aún la veía, como si se le hubiera grabado a fuego en las retinas. Jamás se había olvidado de Elle. En su mente, siempre había sido un amor frustrado de la juventud, alguien que le había ofrecido un camino distinto repleto de riesgos, posibilidades y emociones. Justo lo que le faltaba en su vida. Justo lo que ansiaba. Elle lo convertía en la persona que podía llegar a ser.

Se acercó a ella de un paso y sus cuerpos entraron en contacto. George le pasó un brazo alrededor de la cintura y el otro por la nuca y la besó, y fue un beso tan intenso que ella inclinó la cabeza hacia atrás. Quería volver a ser su dueño. Recuperar lo que antaño había sido suyo. El sexo reglamentado que le imponía la *app* de fertilidad de su mujer era como pasear por un supermercado en comparación con lo que sintió cuando sus labios rozaron los de Elle, cuando sus dientes entrechocaron, cuando degustó su carmín con sabor a frambuesa, cuando olió el perfume de su cuello, cuando se separó de ella y enterró el rostro en su pelo.

De repente se dio cuenta de que Elle se estaba riendo.

–¿Qué te hace tanta gracia? –le preguntó, separándose de ella.

–Nada –respondió ella con una sonrisa–. Tú y tus ansias.

–¿No te gusta que me muestre ansioso? –le preguntó, tragando saliva.

–Me da igual, pero me hace gracia. –Elle se puso de puntillas y le pasó los brazos alrededor del cuello–. Es que no sabía que el antiguo George siguiera ahí.

En esa ocasión, fue ella quien lo besó. Fue un beso largo, lento y delicado, como si tuvieran todo el tiempo del mundo. George se imaginó que Caro y los demás debían estar en torno a la mesa del salón, preguntándose dónde se habían metido.

–Deja de pensar, Georgie.

–¿Qué?

–Que dejes de pensar. Dan igual. No importan.

George asintió.

Elle tiró de él con una sonrisa para besarlo, y George la empujó contra el sofá.

–Espera –le dijo Elle, apartando su chaqueta, que había quedado aplastada–. Venga, sigue.

Aquellas interrupciones hacían que aquel encuentro fuera menos apasionado de lo que George se había imaginado. No dejaban de devolverle a la realidad. No dejaban de recordarle qué era lo que estaba haciendo, que estaba casado, dónde estaban. Pero luego volvía a olvidarse de todo en cuanto volvía a saborear la boca de Elle: el vino rojo y los recuerdos de Elle, de su juventud, de su excelencia. El cuerpo de Elle era firme, sin la barriga que se le había quedado a su mujer después del parto. Podía subirle el vestido con una mano y dejarle al descubierto los muslos pálidos, tan delgados que prácticamente podía rodearlos con una sola mano. Las bragas de encaje. Pues claro que eran de encaje. George dejó escapar un gruñido. Apartó la mano. Quería disfrutarlo. Alzó la mano y le bajó los tirantes del vestido. Qué maravilla que fuera tan fácil; su mujer iba siempre cubierta de capas de faldas, sudaderas y sujetadores de M&S. La tela del vestido cayó y se llevó consigo el sujetador de encaje turquesa. Menudos pechos tenía; los recordaba a la perfección. Apoyó la cabeza en ellos, en la piel blanca y cremosa. Jamás se había dejado llevar tanto. En su mente volvía a ser un joven Adonis tonificado, no el oficinista con barriga cervecera al que cada vez le quedaba menos pelo. Ese era él, alguien que follaba en la casa de otra persona, entre los postres y la tabla de quesos, alguien que hundía la cara en un pecho firme, que lamía una piel suave y blanca y que gruñía de placer.

30

Tercer trimestre de tercero

GEORGE

A Henry le goteaba el líquido burbujeante por la barbilla mientras se bebía el champán directamente de la botella de Dom Pérignon. Todos los chicos del equipo de remo estaban inclinados hacia él, escuchando con atención, mientras Klaus seguía sonsacándole detalles a Henry sobre sus conquistas.

–¿A qué gorda te tiraste? –le preguntó.

–A Betty Berrycloth –respondió Henry entre un sorbo de champán y otro.

Klaus puso cara de asco y los demás se rieron. J. B. fingió que le daba una arcada detrás de Henry.

George sabía que el ego de Henry se apaciguaría tras haber sido el campeón de la lista, pero tanta fanfarronada lo estaba cabreando. Quería que parara ya y que pasaran a otra cosa, que fueran a bailar o a tomar otra copa, pero allí se quedó. «Que lo disfrute», pensó, como si lo mínimo que pudiera hacer fuera permitirle a Henry que se quedara con las sobras del deleite de los chicos del equipo de remo.

Klaus estaba preguntándole a Henry quién era la zorra con la que se había acostado cuando comenzó a sonar el teléfono de Henry, fuerte y estridente, en una pausa de la música.

–¿Es el mío? –preguntó Henry, confundido, mirando a su alrededor–. ¿Qué hora es?

—Las dos de la madrugada –respondió George tras mirarse el reloj.

—¿Quién llama a las dos de la madrugada? –preguntó Henry, como si alguno de los presentes tuviera la respuesta. Buscó el teléfono a tientas en el bolsillo y dijo–: ¿Hola? ¡Soy Henry, el puto amo! –Le guiñó un ojo a los chicos con mucha exageración, pero entonces se detuvo de repente–. ¿Mamá?

Las risas se interrumpieron al momento.

—¿Qué? –preguntó Henry–. ¿Que ha qué? ¡No! –Y George vio cómo se le descomponía el rostro. En un instante, pasó de un subidón a un bajonazo–. No. No puede estar muerto.

Henry comenzó a tambalearse de un lado a otro. Klaus y los demás no sabían qué hacer. George actuó con rapidez y sujetó a Henry cuando le fallaron las piernas.

—Que alguien vaya a buscar a Caro –les ordenó George, a quien se le había pasado el pedo al momento. Henry no dejaba de llorar. Sujetándolo por el hombro, le dijo–: Venga, vamos fuera.

Lo arrastró a través de la multitud. A Henry comenzó a temblarle todo el cuerpo.

—No quiero que vengan los demás –le susurró histérico a George, sin dejar de temblar.

George trataba de encontrar un abrigo con el que calentar a Henry para que no entrara en *shock*. Cogió una chaqueta de North Face de una pila que había junto a las puertas y obligó a Henry a ponérsela.

—No pasa nada. Vamos fuera –le dijo George, y luego cruzaron las puertas y salieron a la frescura de la noche de primavera.

Henry se detuvo y miró a la izquierda y a la derecha.

—Tengo que volver a casa con mi madre –dijo entonces, pero se quedó paralizado a causa de la indecisión.

—Vale, mañana te llevo en coche –le dijo George.

—No, tengo que irme ahora mismo.

—Que no, tío, que te quitaron el carné.

—A la mierda el puto carné.

—No puedes conducir en este estado –le dijo, intentando que echara a andar–. Vente a mi casa.

J. B. salió de la discoteca.

—Busca a Caro –le ordenó George–. Dile que me lo he llevado a casa. –Llamó a un taxi e intentó que Henry se metiera en el asiento trasero, pero Henry no colaboraba–. Venga –le ordenó.

Henry negó con la cabeza y comenzó a alejarse.

—No. Quiero estar solo.

—No deberías quedarte solo. –George lo agarró del brazo, pero Henry lo apartó–. Métete en el taxi, Henry.

—¡No me digas lo que tengo que hacer! –le chilló Henry.

El taxista se fue cagando leches porque no quiso que se subieran. Henry tropezó, y George lo ayudó a mantener el equilibrio. Echaron a andar hasta que George encontró un banco por detrás de la discoteca.

—Vamos a sentarnos aquí un minuto –le dijo a Henry después de obligarlo a sentarse.

—Se ha muerto –dijo Henry, llevándose las manos a la cabeza–. No puedo creerme que mi padre haya muerto y que me odiara.

—No te odiaba –lo consoló George, apoyándole la mano en el hombro.

Henry rompió a llorar.

George se sentó a su lado y le frotó la espalda. Era como intentar calmar a un bebé. Se quedó mirando las pintadas de las paredes del callejón, los barriles viejos repletos de aceite y las cestas de plástico. Jamás se habría imaginado que la velada iba a terminar así.

Henry sollozaba y se sacudía, anegado de tristeza.

—¿Por qué me está pasando esto? –gimió, alzando la cabeza hacia el cielo oscuro.

—No pasa nada, tío –le dijo George sin quitarle la mano del hombro.

Henry se frotó los ojos, la cara y las manos, paseó por el callejón, le dio una buena patada a la pared y le arreó un puñetazo a

217

los ladrillos, con lo que se rasgó la piel de los nudillos. Se puso hecho un basilisco y se tiró del pelo. Le asestó otro puñetazo a una pila de cajas y lanzó un bidón de aceite contra la pared. Cuando consumió toda aquella energía violenta, volvió a sentarse, blanco como la tiza, agotado, con los hombros caídos. Se enjugó las lágrimas, inspiró hondo y se recostó. Parecía más tranquilo. Se quedaron en silencio puede que durante un minuto o puede que diez. George no lo supo. Sencillamente esperó a que Henry hablara. Cuando lo hizo, no dijo lo que George había estado esperando.

—No entiendo por qué estás aquí sentado. —Henry lo miró con expresión triste—. Tú también deberías odiarme.

—No te odio —le respondió George, pero lo hizo demasiado rápido.

—Pues yo me odiaría —contestó Henry, sacudiendo la cabeza—. He sido un capullo contigo. Perdona.

George se encogió de hombros, como si aquello no tuviera la menor importancia, pero tuvo que tragarse lo que sentía en realidad. Tras aquella disculpa se sintió como si Henry y él hubieran vuelto al instante previo a que Henry le pidiera que se dejara ganar durante la prueba, antes de que intentara ligarse a Elle, cuando solo eran amigos en el equipo de remo. Se le pasó por la cabeza confesarle que lo había drogado. Creyó que en aquel instante tan doloroso, su amistad sería capaz de soportar aquella revelación. Pero George conocía demasiado bien a Henry como para entregarle aquella munición, de modo que cerró el pico.

Henry colocó la cabeza entre las rodillas cuando la angustia se apoderó de él. Cuando se reincorporó, se apartó el pelo de la cara. Estaba igualito que en segundo, cuando eran más jóvenes y despreocupados. George recordó las locuras que solían hacer, los triatlones y las rutas en bici por Ibiza bajo un sol abrasador. Recordó la diversión, las chicas y su amistad.

—¿Cómo voy a vivir con esto? —preguntó Henry con los ojos cerrados.

George no lo sabía. Recordó la expresión de decepción en el rostro de sir Charles. No era capaz de imaginarse lo que sería verla cada vez que cerrara los ojos.

Una rata pasó corriendo junto a la pared cubierta de humedades.

La música resonaba en el interior de la discoteca.

Henry se incorporó de golpe, cerró los ojos con fuerza y mostró los dientes; luego se agarró de la cabeza como si quiera arrancarse el pelo del cuero cabelludo.

Aquel momento era demasiado real, y los sentimientos demasiado viscerales. George creyó que estaba a punto de romper a llorar.

Henry profirió un grito de tormento y luego se dejó caer de nuevo sobre el banco.

—No sé si puedo vivir así —dijo.

—Las cosas irán mejor —le dijo George, apretándose el rabillo del ojo para contener las lágrimas—. Seguro.

Aquellas palabras se le antojaron tontas e infantiles.

Henry se rio con aire triste y luego se giró hacia él.

—Eres un buen amigo, George Kingsley.

La sinceridad cargada de tristeza de la mirada de Henry hizo que a George le entraran ganas de darle un abrazo. Recordó lo que suponía ser amigo de Henry; existir libre de cargas en el resplandor de su aura.

George jamás volvería a ser un perdedor. Henry jamás volvería a ser su héroe. Sin embargo, en aquel instante, sentados en aquel banco, creyó que quizá pudieran seguir adelante como iguales.

George estuvo a punto de decirle que era uno de los mejores amigos que había tenido en toda su vida, pero entonces Henry se fijó en la manga de la chaqueta de North Face de la que George se había adueñado antes de salir a la calle para que se la pusiera.

—¿Qué coño llevo puesto? —preguntó Henry con expresión de desconcierto, y ambos empezaron a partirse de risa.

Quizá fuera solo un comentario para acabar con la tristeza del ambiente, pero a George le pareció un atisbo de esperanza, de que podían volver a los viejos tiempos.

Ya había amanecido cuando George se despertó. Su teléfono estaba vibrando. Varios haces de luz atravesaban el callejón. El rocío le había empapado la ropa. No dejaba de temblar. Tenía los dedos tan tiesos y blancos que hasta le costó sacarse el teléfono del bolsillo. Cuando se incorporó, una chaqueta que estaba encima de él a modo de manta cayó al suelo. Le iba a estallar la cabeza. Tenía tanta resaca que apenas podía abrir los ojos para ver quién lo llamaba. Veintitrés llamadas perdidas.

–¿Diga?

Tenía la voz áspera, notaba el aliento mañanero y la boca seca por culpa del alcohol. Le iban llegando retazos de la noche anterior.

–¿George? Soy Caro. ¿Dónde te habías metido? ¿Dónde estás?

George miró a su alrededor. ¿Dónde estaba? En un callejón, en la parte de atrás de la discoteca, sentado en un banco viejo y estropeado que seguramente estuviera allí para que los trabajadores pudieran salir a fumarse un cigarrillo. Al final de la calle veía a gente con cafés en las manos y hablando por teléfono, de camino al trabajo. Los contenedores olían fatal.

–Pues... –No terminó la frase porque su respuesta no le parecía importante–. ¿Qué pasa? ¿Por qué me has llamado tantas veces? ¿Henry está contigo? –le preguntó mientras miraba a su alrededor para ver si lo veía.

Caro contuvo un sollozo al otro lado de la línea.

–Está muerto, George. Henry está muerto.

–¿Qué? –George frunció el ceño–. No, Caro, fue su padre el que se murió. Henry no, su padre.

George creyó que estaba a punto de vomitar. Su mente era un remolino de náuseas confusas.

–No, George, lo han encontrado hace un par de horas –le dijo Caro sin dejar de sollozar–. Salimos a buscarlo, pero no lo encontramos. No estaba en su cuarto. --Hizo una pausa para coger aire–. Tampoco nos cogía el teléfono. Se ha caído del tejado, George.

–¿Qué? Pero si estuvo aquí conmigo.

George se levantó y se puso a buscar en el callejón, como si Henry estuviera escondido detrás de uno de los contenedores.

–Lo ha encontrado uno de los bedeles del turno de noche –le dijo Caro llorando, con la voz rota.

George se quedó paralizado.

–¿Vas en serio?

Tuvo que apoyar una mano en la pared para no caerse.

–Sí, George –contestó Caro.

–No entiendo nada. ¿Saltó al vacío? ¿Por qué?

–No lo saben. Creen que es posible que se cayera. No lo sé, George. No sé si saltó al vacío.

Su amigo había muerto. No había forma de asimilar aquello. Se había sentado en el banco con él. La chaqueta de North Face estaba en el suelo. Se habían reído juntos.

Joder, había sido tontísimo al creer que una bromita privada bastaría para aliviar toda la tristeza y la desesperación que había visto en los ojos de Henry.

Volvió a sentarse en el banco. Se llevó las manos a la cabeza. Lo único en lo que podía pensar era en la botella de Heineken repleta de xilacina. Si no se la hubiera dado, Henry habría participado en la regata, habría obtenido la chaqueta azul, su padre se habría muerto contento y Henry habría pasado el luto como cualquier otra persona. No le habría vuelto loco. No se habría visto invadido por la vergüenza y el arrepentimiento. Caro no estaría llorando al otro lado del teléfono. El tío seguiría con vida. El tiempo que George había pasado en Oxford no habría quedado envuelto por aquella sensación de horror y vergüenza que notaba en la boca del estómago. Su mente iba de un lado para otro, cada vez más rápido, hasta que al fin echó la pota en el suelo de cemento cubierto de grietas. Vomitó hasta que no le quedó nada en el estómago.

Llamó a Elle, pero no le cogió el teléfono. La llamó una y otra vez. Y, finalmente, cuando recordó que Elle tenía que trabajar todo el día, se rindió. Sin saber muy bien cómo, llegó a casa, se duchó, se puso los pantalones de un chándal y se tumbó en la cama hasta que llegó Caro, con el pelo grasiento, blanca como la tiza a causa del agotamiento. Caro se acurrucó a su lado y lloró contra su pecho.

—La policía quiere hablar con nosotros —le dijo cuando se incorporó y se enjugó las lágrimas de los ojos hinchados.

George asintió. Aquello era surrealista.

Travis salió del cuarto, se plantó ante la puerta de George en *boxers* y con una rebeca, y les dijo en un tono serio:

—¿Os importaría dejarme al margen de todo esto?

Durante todo el tiempo que pasó hablando con la policía, George se preguntó si era posible que le vieran la culpabilidad en los ojos. Respondió a todas sus preguntas con seguridad y educación. Exudaba el desapego emocional que le habían grabado a fuego en la escuela privada. Sin embargo, se marchó de allí tan rápido como le fue posible. Se sentó con los chicos del equipo de remo en una cafetería cutre mientras se bebían un té demasiado amargo y esperaban a Francesca, la madre de Henry, que quería verlos. Marco de Poligny se sentía mal porque le había contado a la policía que a Henry le gustaba fumarse un Camel Light de vez en cuando, cuando no competía, y que se sentaba a hacerlo en el parapeto de su ventana; se sentía como si hubiera revelado los secretos de Henry. J. B. había oído que, por lo visto, la mezcla de drogas y alcohol que supuestamente se había tomado Henry hacía que resultara difícil saber si se trataba de un suicidio o de una muerte accidental. Klaus sugirió que a lo mejor había sido cosa de Betty Berrycloth, que estaba sedienta de venganza.

—No hagas bromas con eso —lo regañó J. B.

Después de aquello se produjo un silencio sepulcral.

Cuando llegó a casa —después de haber abrazado a lady Bellinger, que iba cubierta de cachemira, de haberle notado las costillas cada vez que la mujer había dejado escapar un leve sollozo, de haberla acompañado allá a donde necesitara ir, de haberle contado las últimas acciones de Henry y sus últimas palabras, de haber contemplado el rostro de una mujer que había perdido tanto a su marido como su hijo–, George estaba tan cansado que hasta le costaba pensar.

Elle estaba en casa. Su cuarto era un santuario perfumado de sábanas blancas. Elle extendió los brazos, y George se agarró a aquella suavidad mullida y se desplomó sobre su carne rosácea y cálida.

Sin embargo, a la mañana siguiente, Elle ya no estaba. Le había dejado una nota diciéndole que había tenido que irse una temporada a su casa por algo que le había pasado a su hermana. George alucinó mientras la leía. Elle siempre había sido su refugio. ¿Cómo podía dejarlo tirado justo en ese momento?

El coche de lady Bellinger se detuvo fuera. Aún quedaban cosas por hacer, cosas con las que ayudar, preguntas que responder, pañuelos recién planchados que pasarle a lady Bellinger. Había que tranquilizar a Caro cuando la madre de Henry se mostraba demasiado desdeñosa. Había que revisar las pertenencias de Henry. Había que recoger a la hermana de Henry en el aeropuerto, que había volado desde Estados Unidos. Más y más preguntas que responder. George creyó que le iba a estallar la cabeza. Se notaba cada vez más débil; cada vez sentía una mayor necesidad de confesar su papel en aquella tragedia. Quiso vomitar la culpabilidad; derramarla sobre la joven y hermosa Ophelia Bellinger cuando esta llegó al vestíbulo de la terminal de llegadas, con su gabardina de color cámel y unas gafas inmensas, porque parecía una versión femenina de Henry, con esos hoyuelos, esa sonrisa altiva y esos ojos cargados de ambición que eran capaces de verlo todo. Era como ver a un muerto.

Tenía que ver a Elle. Los pensamientos se estaban apelotonando y amenazaban con asfixiarlo.

George husmeó en el cuarto de Elle para averiguar cuál era su dirección. Sabía que Elle odiaría que hubiera cometido ese acto, pero, cuando George se plantó en un bloque de pisos de hormigón en el sur de Londres, cayó en que, probablemente, odiara mucho más que hubiera aparecido por allí. Era uno de los lugares más lúgubres que había visto en toda su vida; aunque tampoco había visto tantos. Lo más cerca que había estado de un escenario así era cuando la enfermera del colegio se ponía a ver *Eastenders*. Le inquietaba sacar el iPhone por si alguno de los chavales que estaban dando balonazos contra la pared lo veía y se abalanzaba a por él. Intentó que no se le notaran los nervios, pero era consciente de que llamaba la atención con el polo a rayas y los chinos que llevaba puestos. El ascensor olía fatal. Era imposible que Elle viviera allí. Se descubrió a sí mismo rezando por que no viviera allí. Una parte de él había fantaseado con casarse con ella, pero no creía que a Douglas Kingsley le hiciera mucha gracia que la familia que vivía en aquel edificio acudiera a la boda. Se estremeció solo de pensarlo.

Pensó en la hermana pequeña de Henry, Ophelia, que parecía una ninfa, en cómo se habían rozado sus mejillas en el aeropuerto y se había enjugado unas lágrimas en silencio con esos largos y delicados dedos, en el olor a champú caro que emanaba de su pelo y a menta fresca de su aliento, incluso recién salida del avión. Era la típica chica que se llevaría el visto bueno de la familia Kingsley. George se odiaba por ser tan esnob y pararse a pensar en todo aquello cuando hacía solo media hora había tenido que encerrarse en el baño del tren porque se había puesto a hiperventilar mientras no dejaba de imaginarse a Henry precipitándose hacia su muerte.

George llamó a la puerta, preocupado por quién pudiera abrirle. Vio una planta muerta en el alféizar de la ventana, observó el suelo de hormigón y tuvo que hacer un esfuerzo por no salir corriendo de allí.

Una mujer de mediana edad abrió la puerta. Era rubia, pero se le veían las raíces oscuras. Llevaba unas mallas y una sudadera. Habría sido guapa de no ser por lo desmejorada que estaba. Lo miró de pies a cabeza.

–Uy, hola, quería saber sí...

La mujer le cerró la puerta en las narices y gritó:

–Elle, te buscan.

Elle apareció un segundo más tarde sin aliento. Abrió la puerta y retrocedió a causa de la sorpresa.

–¿Qué haces aquí?

George tragó saliva. De repente cayó en que ir allí a verla había sido un error.

–Esto...

Se quedó sin palabras al ver que Elle lo miraba con el ceño fruncido. En aquel contexto, la piel de Elle parecía más bien grasienta, en lugar de hidratada. El chaleco de canalé con los bordes de terciopelo parecía menos moderno porque estaba desgastado. George quiso apartarla de la puerta, agarrarla del brazo y llevársela a la cafetería hípster junto a la que había pasado durante el recorrido desde la estación.

Elle seguía esperando.

George sabía que todo lo que estaba pensando se le reflejaba en el rostro.

–¿Vives aquí? –le preguntó.

–Sí –le contestó con una mueca, porque era obvio.

–Ah.

–Mira, Georgie –le dijo, girándose para echar un vistazo hacia el apartamento–, ahora mismo no puedo hablar.

Sintió que Elle quería cerrar la puerta, pero extendió la mano para impedírselo.

–Pero tenemos que hablar. Lo estoy pasando fatal. Te necesito.

Elle dejó escapar un suspiro, se puso unas chanclas, salió y cerró la puerta tras ella. George pensó que, en comparación, iba demasiado elegante; él llevaba un polo con el logo en chiquitito, y Elle llevaba un chaleco y una minifalda elástica teñida de colores psicodélicos. Elle echó a andar, encendiéndose un cigarrillo, y bajó por las escaleras en vez de por el ascensor. George intentó no poner cara de asco ante aquel olor punzante. Lo condujo hasta un patio central con una cancha de baloncesto y un columpio al que le habían dado tantas vueltas que colgaba de lo alto de la barra. Un niño jugaba en un balancín con forma de elefante. El suelo estaba cubierto de huesos de pollo y cristales rotos alrededor de la casita que habían construido en el parque para niños. Elle le hizo un gesto para que se sentara junto a ella en un muro bajo.

—Venga, suéltalo —le dijo.

George miró por los alrededores para asegurarse de que nadie los oía. Elle expulsó el humo en dirección contraria al parque infantil.

—Siento que todo lo que ha pasado es culpa mía —le confesó.

—No es culpa tuya —contestó ella, cruzando los brazos sobre las rodillas, con las muñecas juntas.

George se quedó observando al niño que se mecía de un lado a otro sobre el elefante.

—No deberíamos haberlo hecho —dijo, deseoso de enterrar el rostro en la calidez de Elle para sentirse protegido y resguardado.

—Georgie... —Elle parecía cansada—. No tenemos nada que ver con lo que ha pasado. Vale, sí, puede que desencadenásemos algo, pero luego la cosa se torció. Son cosas que pasan. Ha sido cuestión de mala suerte.

—No ha sido solo cuestión de mala suerte —susurró él, desesperado. Se pasó las manos por el pelo. Quería largarse de aquel lugar tan deprimente—. ¿Podemos hablar en otro sitio? ¿Una cafetería a algo?

—No —respondió ella—. Tengo que volver a casa enseguida.

—¿Cuándo vas a volver a Oxford?

—No lo sé. Tengo movidas en casa.

—Me siento fatal todo el tiempo —le dijo George—. Quiero contárselo todo a lady Bellinger. Creo que me sentiría mejor si lo hiciera.

Elle le apoyó una mano en la rodilla. Era la primera vez que se tocaban. En aquel entorno desolador, casi parecía el roce de una extraña.

—Georgie, tienes que asumirlo y seguir con tu vida.

—Pero no sé si puedo —le dijo George.

—Georgie, ahora mismo no puedo lidiar con esto —dijo Elle, mirando hacia el apartamento.

Durante un instante, se preguntó qué clase de movidas estaría teniendo su familia, pero apenas podía concentrarse en nada que no fuera lo que le estaba pasando a él.

—No puedo hacer esto sin ti, Elle —le suplicó.

—Sí que puedes —le contestó ella con una sonrisa que, más que preocupación, reflejaba que lo único que quería era que se tranquilizase.

George comenzó a enfadarse. Elle debía estar ahí para apoyarlo. Estaban juntos en aquello.

—Te necesito, Elle. Uno de mis mejores amigos acaba de morir.

Elle enarcó una ceja, y aquel gesto lo enfadó aún más.

—Henry era muy buen amigo mío.

—Ya, un amigo al que te pareció estupendo meterle un tranquilizante para animales en el cuerpo. Venga ya, Georgie —contestó ella, apagando el cigarrillo.

—No me pareció estupendo. Y no debería haberlo hecho. No deberías haberme permitido hacerlo.

Elle se encogió ante aquella acusación.

En cuanto lo dijo, George supo que no estaba siendo justo con ella, pero era inmensamente agradable poder compartir la culpa con otra persona; como un niño con su madre. Todo para aligerar la carga que llevaba encima.

Elle tragó saliva. George contuvo la respiración y se preguntó si habría colado, sumido en instante de alivio y terror.

Se sintió como debían de sentirse las chicas del colegio que se hacían cortes; ese mismo alivio afilado y doloroso de un autodesprecio constante.

—No te obligué a nada, Georgie —contestó Elle, incrédula.

Quiso decirle que sí, que lo había embrujado. Jamás habría cometido un acto semejante de no ser por la influencia de Elle. Recordó de nuevo las elegantes lágrimas de la perfecta Ophelia Bellinger, el pañuelo de lady Bellinger con sus iniciales, la foto en la cubierta de la *Sunday Times Magazine*. George no era la clase de persona despreciable que se dedicaba a drogar a sus amigos. Observó el tobogán cubierto de pintadas y los cristales rotos del suelo. Aquel no era su sitio, desde luego.

Elle lo miraba como si no lo conociera de nada. Él jamás la había visto así de vulnerable ni cautelosa. Aquel cambio de poder no era algo que lo desagradara del todo. De repente, se descubrió a sí mismo pensando que aún podía decirle más cosas, que aún podía hacerle más daño, ya fuera para sentirse mejor o para que ella se sintiera tan mal como él.

Sin embargo, en ese instante, se dio cuenta de que lo que más quería en el mundo era recuperar a la antigua Elle, la chica a cuya confianza podía aferrarse.

—Perdona —se disculpó—, no debería haberte dicho eso. Es que... estoy reventado.

—Tengo que irme —le contestó ella, levantándose.

—¡No! —George la agarró de la mano—. Esto es importante. ¡Por favor!

—No lo es —le contestó ella—. Te sientes culpable, y eres tú el que tiene que lidiar con ello.

—Pero ¡no tengo la culpa de nada! —gritó George.

El niño dejó de mecerse en el balancín y se quedó mirándolos. Hubo un instante de silencio.

George no había querido decir eso, pero, en cuanto lo hizo, le pareció que tenía sentido. Entonces le pidió a Elle que lo acompañara hasta la cancha de baloncesto para que pudieran tener un poco más de privacidad.

–Creo que lo que quiero decir es que, si para empezar Henry no se hubiera tomado los esteroides, yo no tendría que haber hecho lo que hice, ¿no?

–¿Y? –preguntó Elle, torciendo la cabeza.

–Pues... ¿por qué voy a sentirme mal por algo que sé a ciencia cierta que no es culpa mía?

–¿Qué quieres que te diga, Georgie? –le preguntó Elle, alzando la mirada, agotada y perpleja.

No lo sabía. Miró en derredor, en busca de una respuesta.

–Quiero que me consueles, que es lo que hace la gente en estas situaciones.

–¿Qué quieres? ¿Que te diga que no pasa nada? ¿Que no eres culpable de la muerte de Henry Bellinger?

–No lo sé –contestó él, encogiéndose un poco.

¿Acaso no era ese el motivo por el que había ido hasta allí?

–Asume la responsabilidad de tus actos, George –le dijo Elle, esbozando aquella típica medio sonrisa confiada suya–, y pasa página.

–Pero ¡no fue culpa mía! –insistió George, aún más lastimero y determinado.

Elle se quedó mirándolo; tenía algo en los ojos que hacía que pareciera que estuviera viéndolo por primera vez. A George le inquietó que fuera a marcharse, pero entonces Elle le pasó el brazo por los hombros, lo acercó hacia ella y le dijo:

–No fue culpa tuya, Georgie. De verdad. No va a pasar nada.

George tomó aire, temblando; a Elle le apestaba el pelo, y además olía a tabaco. Una parte de él quería alejarse de ella, pero el deseo de relajar el pecho, de hundirse en ese abrazo, fue mucho más fuerte. No se había dado cuenta hasta ese momento de lo mucho que necesitaba oír aquellas palabras.

31

ELLE

–Bueno, bueno, tranquilo, semental. Ya está.

–¿Qué?

Elle se incorporó y se subió el vestido.

George, perplejo, se agitó en el sofá sobre los cojines de terciopelo. Entonces vio que Elle sostenía un teléfono en la mano.

–¿Qué haces?

Elle se bajó la falda y cambió de postura para estar decente. Se alborotó el pelo. Se quitó los restos de los besos frenéticos de George del pecho.

George estuvo a punto de caerse sobre la mesita de cristal cuando intentó incorporarse.

–Oye, ¿qué pasa? ¿Qué haces con el teléfono en...?

Elle se sacó un paquete de chicles del bolsillo, se metió uno en la boca y comenzó a mascar. Luego le dio un toquecito a la pantalla y giró el móvil hacia George. George, cada vez más horrorizado, se vio a sí mismo en la imagen, gruñendo y metiendo la cara entre las tetas de Elle. Poseído por una lujuria que le arrebataba toda la dignidad. Elle se había asegurado de que se la viera aburrida y asqueada, impaciente por que aquello terminara.

Menuda cara se le había quedado.

–Pero si... –farfulló–. Creía que te estaba gustando. ¿Por qué lo has hecho?

Elle se mordió el pulgar mientras pensaba, ganaba tiempo y dejaba que George se pusiera nervioso.

Y estaba nerviosísimo. Sudaba tanto que hasta se le había manchado la camisa.

–¿Qué vas a hacer con ese vídeo?

–¿Subirlo a TikTok? –contestó ella, encogiéndose de hombros.

Elle sabía que George no tenía ni idea de cómo funcionaba TikTok, pero George sabía que aquello podía ser su fin. Los adolescentes se troncharían con ese vídeo.

Elle se alejó de George. Se sentó en el reposabrazos del sofá, cruzó las piernas y estiró los brazos, sosteniendo el teléfono entre las manos.

–No has cambiado en absoluto –le dijo Elle.

Pero George solo tenía ojos para el teléfono.

–Deja de mirarlo, Georgie. El vídeo ya está en la nube. No puedes hacer nada.

–No entiendo por qué me haces esto –le dijo él, sacudiendo la cabeza y mirándola con indignación. Seguía intentando imponerse incluso en aquel estado de emasculación, desaliñado–. ¿Lo haces para divertirte, porque quieres buscarme problemas o solo para devolvérmela por algo que te hice?

Elle se rio. Pobre George.

–No, George, no quiero buscarte problemas. –Se detuvo y reflexionó durante un instante–. Puede que lo haga para divertirme, y, sí, lo hago para devolvértela.

El aspecto de George casaba con la confusión que sentía: estaba despeinado, y tenía la camisa suelta y no la llevaba remetida en el pantalón.

–No lo entiendo –le dijo él–. Creía que estábamos bien.

–Yo también lo creía, Georgie. –Elle se incorporó y se puso a deambular por la habitación, deslizando el dedo por los libros que había en la estantería. Sacó un tomo con tapas de cuero–. ¿Crees que Caro se habrá leído alguno?

George no contestó. Parecía muy pequeñito, allí sentado en el sofá de terciopelo.

—No he querido a mucha gente a lo largo de mi vida, Georgie —le dijo Elle, sonriendo, y volvió a dejar el libro en su sitio—. Me cuesta mucho confiar en las personas.

George se rio por la nariz, como si Elle acabara de soltar una obviedad.

Decidió no darle importancia y se apoyó en la estantería.

—Pero tú... No sé qué es lo que fue, pero tú eras distinto. No sé si fue por tu dulzura, tu entusiasmo o tu amabilidad... —le dijo, acercándose a él, tratando de ver al antiguo George. Este pareció encogerse ante su escrutinio. Elle se sentó en el borde de la mesita auxiliar, justo delante de él—. No sé cómo lo hiciste, pero lograste que me enamorara de ti.

Incluso en ese instante, sintió que se acercaba a ella, creyendo que quizá aún podía sucumbir a él.

—Sin embargo, cometí el estúpido error de ayudarte a lograr tu sueño. Quería que fueras tan maravilloso como creías que eras; quería ofrecerte algo. Es lo que se hace cuando te *enamoras* de alguien, ¿sabes? —La palabra le sonó patética e infantil al pronunciarla—. Si te soy completamente sincera, también me gustaba la idea de quitar de en medio a Henry. Menudo gilipollas era.

George frunció el ceño al oírla insultar a alguien muerto y abrió la boca para replicar.

—Lo peor que puedes hacer ahora mismo es defenderlo —le dijo Elle, alzando la mano para que guardara silencio—. Cállate y escucha —prosiguió—. Pensándolo bien, en realidad cometí un error al ayudarte a alcanzar una grandeza que no te pertenecía y al alimentar tu ego.

—¡Hizo trampas! —contestó George, que no fue capaz de contenerse—. ¡Era yo el que se merecía estar a bordo de ese bote!

—Ay, George, cállate —le ordenó ella con un suspiro—. ¿Quieres escucharme? ¿Alguna vez escuchas a tu mujer? —le preguntó, inclinando la cabeza mientras se imaginaba cómo sería su vida familiar—. Seguro que no, ¿verdad? Seguro que te pasas todo el día hablando de ti: George esto, George lo otro. Seguro que hasta te molesta que le hagan más caso al bebé que a ti.

George la miró indignado.

–¿Ves? Ese es el problema, que todo gira siempre en torno a ti, el maravilloso George Kingsley. Siempre pensé que Henry era malo, pero él al menos no tenía reparos en mostrarse tal y como era. Sin embargo, tú te crees con derecho a cualquier cosa, crees que estás por encima de todos los demás.

–Eso no es justo –protestó él, que se echó el pelo hacia atrás, se ajustó la camisa e intentó recobrar la autoridad de directivo.

–Tienes razón, Georgie, no lo es.

El tono burlón de Elle aún lograba que le hirviera la sangre.

–No tengo por qué escuchar nada de esto. No puedo creerme que me guardes rencor por algo que pasó hace tantísimo tiempo. Menuda tontería. Hay que pasar página –le dijo, haciendo amago de incorporarse.

–¡Siéntate! –le ordenó Elle, mostrándole el teléfono, como si George hubiera olvidado que lo tenía, y notándose la mirada encendida a causa de la rabia.

George se sentó con la mirada fija en el aparato.

–No me digas que pase página –le contestó, cada vez más indignada–. No sabes nada sobre mí. ¿Me has preguntado algo desde que has llegado?

George tragó saliva y, a continuación, negó con la cabeza en actitud sumisa.

–Pregúntame a qué me dedico –le ordenó Elle.

–¿A qué te dedicas?

–¿Que a qué me dedico? –preguntó ella, toda dulzura, colocándose una mano en el pecho como si se hubiera llevado una grata sorpresa al ver que alguien se interesaba por ella–. Soy abogada, George –respondió con frialdad.

George no logró ocultar la sorpresa.

–Ajá –le dijo ella–. Cualquiera puede trabajar en Londres, cualquiera puede conducir un BMW si quiere, pero aparte también dirijo una organización *pro bono* que se dedica a proporcionar asistencia legal a las mujeres, George; a víctimas de violencia doméstica y de abusos sexuales; y también echamos una mano con las pensiones alimenticias.

—Es una causa muy noble —contestó él.

—Sí, ¿verdad?

—Pero no lo entiendo, Elle —le dijo George, carraspeando—. ¿Por qué lo has hecho? —le preguntó, señalando el móvil.

Elle meditó durante un instante. Se levantó, caminó hacia la repisa de la chimenea y cogió un molde de bronce de unos pies de bebé que giró de un lado a otro con cara de asco.

—George, ¿te acuerdas de aquella vez que viniste a mi casa?

George se quedó quieto y entrecerró los ojos; era evidente que estaba fingiendo que no se acordaba.

—Apenas.

—Sé cuándo mientes, Georgie —le soltó ella, impaciente, dejando el molde de bronce en su sitio—. Te plantaste allí, preso del pánico, aterrorizado por ser responsable de la muerte de Henry. Lo único que querías era a alguien que te absolviera de la culpa. Estabas desesperado.

George la observó cauteloso desde el sofá.

—Aquella vez tampoco me preguntaste nada. Ni qué me pasaba, ni qué estaba pasando en mi casa. —Se acercó y se posó en el reposabrazos del sofá—. Siempre pensando solo en ti. Tan necesitado, en busca de mi seguridad... Y, aun así, cuando viste dónde vivía, te creíste mejor que yo.

Vio que le cambió la expresión del rostro. Vio que era incapaz de esconder que sabía que Elle estaba en lo cierto.

Elle lo examinó allí sentado; le parecía un hombre tan corriente. Pensó en su Georgie. Pensó en aquellos ojos inmensos y en la adoración con la que solía mirarla. Aún conservaba el medallón de oro que le había regalado en Navidad. Aún recordaba lo que había sentido cuando se lo había entregado. Nadie le había hecho un regalo igual jamás; nadie se había parado nunca a pensar qué podía gustarle ni se lo había entregado con tanta ternura.

Al verlo ahora, se preguntó si había estado más enamorada de cómo la hacía sentirse que de cualquier otra cosa. Tomó nota mental de que quizá hubiera llegado el momento de desprenderse del medallón.

Sin embargo, jamás sería capaz de olvidar cómo la había mirado el día en que se había plantado frente a la puerta del piso de su madre. Lo tenía grabado a fuego en la mente. En aquel momento había sabido que su relación había llegado a su fin. No había modo de competir con el orgullo de la familia Kingsley; sobre todo cuando uno se consideraba un dios tras haber ganado la regata contra Cambridge. Las cosas jamás volvieron a ser como antes. A medida que el dolor colectivo por Henry era cada vez mayor, George fue asumiendo su nuevo papel. Absorbió todo lo que Henry había dejado tras su muerte. Cuando los Bellinger lo acogieron como el mejor amigo de su hijo, la distancia entre él y Elle fue ensanchándose. Si tras la regata su egolatría ya había sido mala, cuando lady Bellinger lo convirtió en el sustituto de Henry, se volvió insoportable.

Empezó a inventarse excusas para no quedar con Elle. Casi nunca estaba en casa. Pasaba más tiempo que nunca con los del equipo de remo, en un sinfín de eventos benéficos en nombre de Henry; con lady Bellinger, organizando el funeral y reuniéndose con los queridos colegas de sir Charles. Le hicieron una foto saliendo del funeral con Ophelia, la hermana de Henry. George llevaba un traje negro confeccionado a medida; ella iba envuelta en crepé de China. Era el decoro personificado. Ya no tenía tiempo para vaguear en la cama de Elle, tumbados bajo una neblina de humo de tabaco, escuchándola ensimismado mientras ella le hacía cuestionarse todas las creencias que tenía arraigadas, con la lluvia de fondo golpeando las ventanas, que dejaban entrar el agua. Desde que había probado el poder y el éxito, George la miraba de un modo distinto. Cuando lo veía, quería preguntarle a dónde había ido su Georgie; dónde estaba el chico al que había amado. No se había dado cuenta de lo muchísimo que lo quería hasta que se marchó. Aquella necesidad tan dolorosa se parecía demasiado a lo que había sentido su madre con cada uno de los novios que había tenido. Eso era lo que más odiaba Elle, que George la hubiera conquistado y que Elle se negara a soltarlo.

Cuando, durante la investigación de la muerte de Henry, el juez había declarado que aquello había sido una muerte accidental, Elle bajó al cuarto de George y le preguntó:

—¿Cómo estás?

—Bien —le dijo él.

Ella se quedó mirándolo. George estaba frente a su escritorio, como si fuera un estudiante trabajador y pulcro.

—Venga, Georgie, no me vengas con esas.

George dejó el boli y se rio con un deje de tristeza.

—Vale. Siento que puedo volver a respirar con tranquilidad.

Elle sonrió. Se sintió como si hubiera roto un caparazón. Dio un paso adelante. George estiró el brazo, la tomó de la mano y sus dedos se entrelazaron. Elle no pudo evitar que se le disparara el pulso bajo su roce, ante la posibilidad de que las cosas volvieran a ser como eran, ante la idea de que tirara de ella, enterrara el rostro en su cintura con actitud reverencial y se diera cuenta de que ella valía más que las expectativas y las aspiraciones que le habían inculcado.

Pero, entonces, sin alzar la vista siquiera, le dijo:

—Creo que sería mejor que mantuviéramos las distancias. Por si acaso.

—¿Por si acaso qué? —preguntó Elle, mirándole el cogote.

Pero George no respondió

Ahora, pasados todos esos años, en la salita de Caro, sosteniendo el teléfono que albergaba el vídeo de George resollando contra ella, no se sentía tan bien como había esperado sentirse. Había querido vengarse; acabar con la vida perfecta que se había montado. Su intención había sido mandarle el vídeo directamente a su mujer. Sin embargo, al grabarlo y al burlarse de él, se había dado cuenta de lo tonto que era todo aquello, de lo poco que se merecía George que le prestara tanta atención. George no iba a hacerle caso. Siempre creería que la vida no había sido justa con él, que merecía más. En realidad, todo aquello era culpa de Elle, por haber permitido que George llegara a su interior. Pero había dejado de cometer ese error; tenía unos cuantos hombres de los que tirar, pero ninguno se quedaba a pasar la noche y a ninguno de ellos le entregaba más que unas pocas horas de su tiempo. Elle se pasaba casi todo el tiempo trabajando. Además, como si su empleo no fuera suficiente, el trabajo de la organización ocupaba casi todo su tiempo libre y no ayudaba a que su opinión sobre las relaciones mejorara. Seguramente no fuera la forma más sana de vivir y debiera delegar más, pero el trabajo era mucho más gratificante que las molestas vulnerabilidades del amor.

Al ver a George, tan lastimero en el sofá, con las cejas gachas y la camisa manchada de tinto, se dio cuenta de la pérdida de tiempo que suponía una devoción tan voluble. Aquel hombre no necesitaba que le arruinaran la vida con un vídeo que mostraba una infidelidad chapucera. Su mera existencia ya era castigo suficiente. Elle estuvo a punto de reírse. Sintió la diversión del alivio crisparse en sus labios.

–¿Qué vas a hacer –le preguntó George en voz baja– con el vídeo?

Elle enarcó una ceja y se dio cuenta de que el pánico de George era cada vez mayor.

–Bueno, Georgie... –Elle se agachó para coger la chaqueta vaquera que estaba sobre el sofá y se la puso. Lo sentía observándola mientras se acercaba al espejo, esperando, angustiado. Se tomó su tiempo para pensar qué responderle. Se sacó el carmín del bolsillo y se repasó los labios–. Para empezar –le dijo, juntando los labios después de aplicar el carmín–, vas a entender cuál es tu sitio en la vida. Eres un hombre casado, Georgie. Tienes un hijo. –Le puso el tapón al pintalabios, se lo guardó en el bolsillo y miró a George a los ojos a través del espejo–. ¿Quieres a tu mujer?

–Muchísimo.

–¿Y qué coño estás haciendo aquí conmigo? Joder, Georgie. –Suspiró y se sentó en el borde de la mesa auxiliar, con las manos en los bolsillos de la chaqueta–. Te voy a decir lo que vamos a hacer. Cada vez que sientas la tentación de ir a por algo que no te pertenece, vas a parar en seco y vas a contentarte con lo que tienes.

George tragó saliva.

Al verlo allí, todo pálido por pasar tanto tiempo en la oficina, con la camisa desaliñada y las arrugas de cansancio que se le marcaban en los ojos, Elle no pudo creerse que hubiera pensado que la vida de George era mejor que la suya. Supuso que esos eran los peligros de Instagram.

George hizo amago de hablar, pero Elle ya estaba harta. Se levantó para marcharse.

–¿Solo eso? –le preguntó George con un tono que daba a entender que creía que se había librado.

Elle se detuvo y entrecerró los ojos, frustrada y disgustada. ¿Es que no iba a aprender nunca?

–Puedo destrozarte la vida en un instante, Georgie –le dijo, agachándose frente a él.

George abrió los ojos de par en par.

–Cada vez que mires a tu esposa, quiero que pienses en mí –le dijo en voz baja–. Y, cuando lo hagas –continuó, inclinándose hacia él, sintiendo su pánico en el rostro–, quiero que sepas que no eres mejor que yo. ¿Me estás oyendo?

George asintió.

Tan solo los separaban unos milímetros.

–Dilo.

George tragó saliva.

–No soy mejor que tú.

Elle le sonrió.

–Muy bien.

Y entonces se levantó y salió de allí.

32

CARO

Mientras Caro iba de la cocina al salón con la tabla de quesos, vio a Elle en el escalón de la entrada encendiéndose un cigarrillo. Las lentejuelas de su chaqueta vaquera brillaban bajo la luz del porche. La puerta principal estaba medio abierta, y el humo no tardó en colarse en el recibidor.

–¿Te importaría al menos cerrar la puerta? –le dijo Caro, acercándose para cerrarla y conteniéndose para no hacerlo de un portazo y dejarla fuera–. ¿Dónde está George? ¿Qué habéis estado haciendo? –Habían desaparecido durante un buen rato–. Mira, no me lo digas, ya me lo imagino.

Elle se quedó mirándola durante un instante y, a continuación, le dijo:

–¿Por qué no te fumas uno conmigo?

–¿A santo de qué iba a hacerlo? –se burló Caro.

Elle se encogió de hombros y se retorció un rizo rubio en torno al dedo.

–Para charlar un rato y relajarnos un poco.

Caro miró hacia atrás. Le pareció que George estaba en el baño, y no le apetecía quedarse a solas con Lily y Travis.

Elle siempre había conseguido sacarla de quicio. Aunque no la soportaba, siempre se había sentido atormentada por la necesidad latente de caerle bien, de que la aceptara. Era como si ganarse el sello de aprobación de Elle fuera a elevarla hasta un plano superior de la vida. Siempre le había fastidiado no haber obtenido ese honor. Por eso dejó la copa de vino en la mesa del recibidor, fue hasta la puerta y se colocó con un pie fuera de la casa y otro dentro, incapaz de comprometerse del todo con la ocasión.

Elle echó la ceniza del cigarrillo hacia los rosales. Ante ellas, pasada la calle, se hallaba el río y el agua resplandecía bajo la luz de la luna.

—Qué casa tan bonita —comentó Elle—. Tuviste suerte, ¿eh?

—Creía que querías que nos relajáramos un poco —le contestó Caro—, no lanzarme más pullas.

—No quería que nos tranquilizáramos —respondió Elle, dedicándole una mirada perezosa—. Te he mentido.

—¡Por el amor de Dios! —A Caro le resultaba muy fácil enmascarar sus decepciones con exasperación; con Brian no dejaba de hacerlo—. Mira, me vuelvo dentro. ¿Te importaría no lanzar la ceniza a los rosales?

—Es horrible ver cómo alguien le arruina la vida a una persona a la que quieres, ¿sabes? —comentó Elle con la mirada fija en el río.

Caro dejó escapar un suspiro exagerado.

—No tengo ni idea de qué me estás hablando.

—Ya me imagino que no —respondió Elle con una mirada de desdén.

Echó más ceniza en los rosales a propósito. Caro quiso arrancarle el cigarrillo de los dedos y aplastarlo contra el suelo, pero no se movió. Se quedó completamente quieta, sin saber muy bien qué era lo que estaba pasando.

—¿Sabes que era mi hermana pequeña la que te redactaba los trabajos y la que te consiguió todos esos sobresalientes? —le preguntó Elle, echando una voluta de humo al aire.

—No es verdad —respondió Caro, confundida—. Me habría enterado.

—Créeme, Caro, era mi hermana —insistió Elle, y le dedicó una mirada que venía a decir que no merecía la pena seguir discutiendo.

—Pero si no teníais el mismo apellido.

—Creía que justo tú entenderías que eso no tiene la menor importancia.

A Caro se le formó un nudo en el estómago. Observó la calle justo cuando pasaban un taxi negro y un ciclista. No tenía idea de quién había sido esa chica; solo alguien que le había hecho la vida más fácil.

Elle arrojó el cigarrillo hacia el caminito de la entrada.

—Nunca llegamos a enterarnos de quién se chivó y la delató ante la universidad. Sabía que te escribía los trabajos, pero nunca pensé que os pillarían. Me imaginaba que también te habían echado a ti. Y ahora ahí en la mesa vas y sueltas que la delataste tú y que no hiciste los exámenes finales. Pero, claro, a ti te da igual, ¿verdad? Le arruinaste la vida a otra persona para salvarte el culo, so patética. —Elle se lamió el labio inferior mientras pensaba—. Mi hermana era mucho más lista que nosotros. ¿Te acuerdas de cómo se llamaba?

Caro no quería verse en esa situación; no quería estar a merced de Elle. La expresión gélida de su rostro logró que un cosquilleo le recorriera el espinazo. Caro buscó con desesperación el nombre entre sus recuerdos, pero no lo encontró. No se acordaba. No le quedó otra que negar con la cabeza.

—No, no me acuerdo.

Un destello de ira cruzó la mirada de Elle.

—Sarah. Se llamaba Sarah. No llegó a graduarse en Oxford, y no conocía a bastante gente como para que le diera igual. No hubo nadie con pasta para sacarla del apuro. ¿Qué es lo que has dicho antes? ¿*Quid pro quo*? Fuiste tú quien la metió en ese lío.

—Pues yo no creo que fuera solo culpa mía. Debería haber sabido que podía haber consecuencias.

—¡Que te follen, Caro! —exclamó Elle con una mueca de desprecio. Se alejó de allí para calmarse un poco y se cerró la chaqueta con fuerza—. No me vengas con tu superioridad moral de mierda. Te conozco. Sé exactamente cómo eres detrás de todas estas mierdas —le dijo, señalando la casa, el rosal y el camino de losetas blancas y negras de piedra arenisca india que acababan de instalarle–. Mi hermana lo hizo porque necesitaba dinero, igual que tú te prostituyes para conseguir todo lo que puedas.

–¿Cómo te atreves?

–Pues claro que me atrevo, Caro. –Elle se acercó a ella y Caro se encogió sobre sí misma. No había ni rastro de humor en la carcajada que soltó Elle–. Mi hermana no era como tú, Caro, no era de esas personas que consiguen salirse con la suya siempre. Era muy lista, pero tenía una autoestima de mierda. Se creyó que obtuvo su merecido, no peleó, no probó algo distinto. Hay personas que no son luchadoras. Hay gente que se hunde cuando la machacan. –Elle apretó los labios, dirigió la mirada hacia el suelo blanco, del color de la crema, y luego volvió a apoyarse en la pared para fumarse otro cigarrillo–. Mi hermana era muy frustrante en ese aspecto. En cuanto la expulsaron, se acabó. Se metió en una empresa de contabilidad de mierda. Tan inteligente y tan lista que era, y acabó ajustando los libros de cuentas de gente fraudulenta. Acabó igual que mi madre: con hombres que no la trataban bien, en un piso horrendo y con cero autoestima, dijeran lo que le dijeran. Pero, claro –prosiguió, encendiéndose el cigarrillo–, todos tenemos nuestras cosillas, ¿no? ¿Cuál es la tuya? ¿Que la gente te importa una mierda siempre y cuando tú estés bien?

–No es verdad –contestó Caro, que se había puesto a la defensiva y se toqueteaba los pantalones de terciopelo, igual que hacía su hija más pequeña con el edredón–. Me preocupo por un montón de gente. Siento mucho lo que le pasó a tu hermana. No tenía ni idea.

–Ni te molestes –contestó Elle, tensando la boca.

A Caro se le aceleró la respiración. Observó los ojos de color azul pálido de Elle; siempre la habían inquietado. Quería poner fin a todo aquello, volver dentro de la casa, servir el queso y el vino y que todo el mundo se largara a su casa. No quería que Elle siguiera mirándola de ese modo.

–Mi hermana murió el mes pasado –soltó Elle sin expresión en la voz–. Fallo hepático. Bebió hasta que se mató.

–Ay, Elle, lo siento –exclamó Caro con un grito ahogado.

–No lo sientes –contestó Elle, arqueando una ceja. Después se dio la vuelta y apoyó el hombro contra la pared–. Quiero que sepas lo que se siente cuando alguien destruye algo sin ningún tipo de preocupación.

Un escalofrío le recorrió la nuca a Caro. Aquello era mucho peor que lo que se había esperado cuando se había acercado hasta el escalón de la puerta. Se había imaginado que harían como si no hubiera pasado nada, que incluso se reirían del tatuaje de Travis o de la vergüenza ajena que daba la carta de George.

–Sé que Henry es el padre, Caro –le dijo Elle con aire despreocupado–. Lo sé desde que encontré el test de embarazo que escondiste en el fondo de la papelera. –Se inclinó hacia delante y, con un susurro conspirativo, añadió–: A mí no puedes ocultarme nada.

El instinto de Caro la hizo contraatacar.

–¡No sabes nada de mí! ¡Henry no es el padre! –La sangre le bullía en las venas, y el cuello le palpitaba–. Es mentira. No sabes nada.

Elle se encogió de hombros y se giró, de modo que quedó de cara a los rosales, y le dio una buena calada al cigarrillo.

–Sé que a tu padrastro no le parecía bien que estuvieras soltera y que te hubieras quedado preñada. Me acuerdo de que era un pirado religioso. E imagino que un chico como Brian estaría encantado de hacerse cargo de la niña si con ello conseguía acabar contigo. –Elle giró la cabeza para comprobar la reacción de Caro. Caro no era tan hermética como ella creía, o puede que Elle tuviera superpoderes de observación, porque de repente se irguió y le dijo, despacio–: No lo sabe, ¿verdad? Ni siquiera Brian lo sabe. –A Caro no le dio tiempo a negar aquella afirmación–. Madre mía. ¿Cómo te las apañaste para que no se enterara?

Caro se quedó muy quieta durante un instante. De repente la asaltaron visiones de varios instantes de su vida, como por ejemplo cuando el Lionel de los cojones le había echado un sermón sobre el puterío y las relaciones sexuales. No podía aceptarla bajo su techo si estaba encinta, pero tampoco podía aceptar que abortara; los niños eran una bendición. La madre de Caro fue quien se encargó de resolver aquel dilema y, como no estaba dispuesta a renunciar a su gallina de los huevos de oro por algo tan tonto como un bebé, mandó a Caro a Suiza, con su tío. Si no lo ves, no existe.

O como cuando Bethany se había sentado en el regazo de Brian y le había dicho: «Creo que tengo la boca de mamá y tus ojos, papá». Caro había dejado la copa de vino con tanta fuerza sobre la mesa que hasta había derramado un poco, pero Brian ni siquiera había alzado la vista. «¡No es verdad! –había querido gritarle a su hija–. ¡No tienes los ojos de Brian!». Brian le había dado un apretoncito a Bethany en el muslo y le había dicho: «Yo creo que tienes lo mejor de ambos». Aquellos dos eran uña y carne. Caro había sentido que se le anegaban los ojos de lágrimas. Odiaba haber tenido que unir su vida a la de ese hombre. Quería a los niños para ella sola, que fueran un frente unido contra él; sin embargo, sus hijos no veían a Brian del mismo modo que ella. No les repugnaba su barbilla hundida, ni tampoco esa necesidad infantil de que lo reconfortaran cada dos por tres. Sin embargo, le gustara o no, era ella la que había escogido esa vida. Además, de momento no podía divorciarse porque, aunque la adorara, Brian también era el que manejaba el dinero. Tras todo lo que había tenido que soportar Caro durante su juventud, se negaba a que sus hijos tuvieran que sufrir la misma falta de recursos. Sus hijos iban a ir a los mejores colegios privados, se irían de vacaciones al extranjero, esquiarían, harían surf, navegarían y comerían en buenos restaurantes. Vivirían sin un solo suspiro de descontento. Si querían ir a la universidad, irían a la que les diera la gana. Si se obsesionaban con la comida callejera mexicana después de tomarse un año sabático, les compraría las furgonetas para que se pusieran a cocinar en festivales. Si alguno de ellos quería ser actor o actriz, a ella le parecería bien, aunque seguramente sería incapaz de no entrometerse e intentaría que acabaran en la Real Academia de Arte Dramático. Crecerían rodeados de un privilegio innato. Y ese privilegio era el motivo por el que, cuando Bethany había abrazado con fuerza a Brian, en vez de burlarse de lo absurdo que era que creyera que había heredado los ojos de cerdo de Brian, Caro había dejado el vino sobre la encimera y se había obligado a abrazarlos a ambos mientras apoyaba la cabeza en el cogote de Brian y tomaba distancia de aquel instante imaginándose lo diferente que sería todo si estuviera abrazando a Henry.

En el porche de su casa, bajo el escrutinio de la mirada divertida de Elle, Caro se propuso guardar los secretos de su vida, pero era como intentar envolver con las manos un huevo que se estaba quebrando.

–Estás loca –le dijo, alzando la barbilla–. No sabes lo que estás diciendo.

A Elle se le ensanchó la sonrisa.

–Bueno, vamos a imaginarnos que no estoy loca y que no me estoy inventando nada. Llevo un tiempo dándole vueltas a qué es lo que más te jodería, qué es lo que más te importa. ¿Tu reputación? ¿Lo que la gente piense de ti? A lo mejor podría plantarme en la puerta del colegio de tus hijos y comenzar a extender rumores. Sería divertidísimo –le dijo Elle, y se mordió el labio como si estuviera considerándolo de veras.

Caro se imaginó el patio del colegio, donde la saludaban casi todos los padres; se imaginó las reuniones de la Asociación de Padres y Profesores que presidía junto al director e incluso a varios miembros del consejo escolar. Prácticamente era famosa en el colegio; era lo que solía pasar cuando tenías tantos hijos como ella. No quería ni imaginarse a Elle fumando en la puerta, parando a las madres para ponerse a cotillear sobre el matrimonio de Caro y sobre quién era el auténtico padre de su hija mayor. Los del colegio se volverían locos con los rumores. Sería el fin de todo el duro trabajo que Caro había llevado a cabo. Comenzaron a sudarle las palmas de las manos, pero se negaba a mostrar cualquier señal de que se hubiera enfadado.

–Imagino que tendrás mejores cosas que hacer –susurró en cambio.

–Sí, imagino –respondió Elle tras meditar su respuesta.

Un autobús dio un frenazo. Elle lo miró con indiferencia. Caro aguardó, con el corazón desbocado y las palmas sudorosas. Se preguntó qué estarían haciendo los demás mientras esperaban el queso, ajenos a la catástrofe sosegada que se estaba produciendo en el porche de la casa.

–Seguro que a la madre de Henry le encantaría enterarse –dijo Elle mientras apagaba el cigarrillo.

Caro creyó que le iban a fallar las piernas.

–Sería su nieta, ¿no? –preguntó Elle–. Además, si la hermana de Henry no tiene hijos, puede que sea su única nieta.

Caro no respondió. De repente, todo le parecía más brillante y afilado. El miedo le había agudizado los sentidos.

–Menudo bombazo sería, ¿eh? Una abuela anciana a la que le niegan sostener en brazos a la hija de su hijo fallecido. Vaya si animaríamos así la inauguración de la estatua de la familia Bellinger, ¿no?

Caro tragó saliva. El calor le cubrió las mejillas. Bajo su punto de vista, la madre de Henry había renunciado a cualquier derecho a saber sobre la existencia de la niña desde el momento en que le había dicho a Caro que no era lo bastante buena para su hijo. Ni de coña iba a dejar que se acercara a su hija. Había tenido pesadillas en las que lady Bellinger y sus abogados tachaban a Caro de mala madre y le exigían derechos de visita. Se imaginaba a esa vieja bruja llevándose a Bethany a tomar el té mientras le contaba mentiras entre susurros sobre Caro a una adolescente impresionable.

Elle la miraba con un brillo de travesura en los ojos.

Caro inspiró hondo y le dijo:

—Dime, ¿qué es lo que quieres? Puedo ayudarte si necesitas dinero.

—No me seas ridícula —le contestó Elle con un bufido de desdén—. No necesito tu dinero.

Caro no sabía ni qué decir. Lo único que podía ofrecerle era dinero.

—Elle, dime qué es lo que quieres. Si quieres que me disculpe, lo hago encantada, de verdad. Siento mucho lo de tu hermana.

—Mi hermana te da completamente igual con tal de salvarte el pellejo —respondió Elle, que dio un paso adelante, arrancó un pétalo de rosa, lo frotó entre los dedos y lo dejó caer al suelo—. Solo tú serías capaz de tener un tórrido romance con Brian Carmichael. —Al darse la vuelta, a Elle se le había relajado un poco la expresión. Sonrió y le dedicó una mirada que daba a entender una tregua—. Aun con tu fama, tuviste que hacerlo a toda prisa, pero no entiendo cómo lograste que creyera que el bebé era suyo.

Caro dejó escapar un suspiro. Estaba agotada.

—La clamidia afectó al peso de Bethany al nacer —le dijo, sentándose en el alféizar de la ventana—. Nació más pequeña de lo habitual y con neumonía. Le dije a Brian que fue porque había sido prematura —concluyó, encogiéndose hombros.

Elle soltó una carcajada que era una mezcla de respeto y sorpresa.

—Joder, Caro, solo tú podrías aprovecharte de haber pillado una ITS.

—¿Qué vas hacer? —le preguntó Caro, mirándola—. No quiero que la madre de Henry sepa de la existencia de Bethany. Haré lo que sea con tal de impedirlo.

Elle inclinó la cabeza mientras pensaba.

—Me gustaría que experimentaras lo que se siente cuando una zorra te destroza la vida. Me ayudaría a sentirme mucho mejor.

Se miraron fijamente. Durante un instante, guardaron silencio. Caro se obligó a sentir algo por la hermana de Elle, aunque fuera una fracción de pena por aquella chica anodina y tímida con la que intercambiaba un USB cada dos meses por una cantidad de dinero que no lograba recordar, aunque sí le sonaba que le pagaba menos de lo acordado porque Caro tenía buen ojo para encontrar a gente desesperada. ¿Se sentía mal? No especialmente. ¿Había logrado Elle que sintiera una fracción de aquel dolor? Desde luego.

—Lo estoy sintiendo, Elle. De veras —le dijo—. Te lo prometo.

Elle puso los ojos en blanco ante aquella seriedad tan repentina. Luego se agachó para olisquear una rosa.

—No te preocupes, no voy a hacer nada que perturbe a tu preciosa familia. Al menos no esta noche.

—¿Qué quieres decir con «no esta noche»?

Caro se aferró al alféizar. ¿Qué significaba aquello? ¿Podía estar tranquila?

—Quiero decir que voy a vigilarte mientras te guardo el secreto —le dijo Elle con tono tranquilo—. Y tú puedes hacer como yo y observar lo que supone vivir con las consecuencias de los actos egoístas de otros.

Caro intentó no perder la compostura y mantenerse erguida.

—Vale —contestó.

—No necesito que estés de acuerdo, Caro —le dijo Elle.

—Ya, claro. —No soportaba estar a merced de la condescendencia de Elle—. ¿No vas a decirle nada a lady Bellinger?

—No —contestó Elle, encogiendo un hombro—. De momento no. Pero a lo mejor me paso un día por uno de esos homenajes o para tomar una taza de té.

Caro apretó los labios y se imaginó a Elle paseando entre las maravillosas reliquias de los Bellinger, soltando el bombazo mientras se tomaba una taza de Darjeeling y galletitas escocesas.

Elle se acercó y se sentó en el alféizar con Caro; olía como siempre.

—Pero sí que hay una cosita que me gustaría que hicieras.

—¿Qué? —preguntó Caro, observándola con cautela.

—Pórtate bien con Brian —le dijo con una sonrisa—. Me caía bien. Coincidimos en una de las clases de Zoología. Se merece algo mejor que tú.

Caro sintió que se le encogía el estómago.

—¿Cómo que me porte bien con él?

—Me refiero a que te comportes como una esposa que lo quiere —respondió Elle con cierto regocijo.

—¿Y cómo sabes que no lo hago?

—Venga ya, Caro, pero si tienes «ahorros para salir pitando» escrito en mitad de la frente.

Caro tragó saliva. Era cierto que llevaba años ahorrando dinero para escapar de aquel matrimonio en cuanto la más pequeña de sus hijas se fuera a la universidad o se comprara una furgoneta en la que preparar tacos mexicanos. Era lo que la hacía seguir adelante; se despertaba todas las mañanas pensando en la cuenta atrás de un reloj. Encima, ahora que ya todos los niños estaban en el colegio, el tiempo pasaba volando. El único modo de soportar la tristeza al ver que sus hijos se iban haciendo mayores era pensar en la libertad que se intuía en el horizonte.

—No creo que a Bethany le haga mucha gracia descubrir que su madre la ha engañado, ¿no? —comentó Elle, como si fuera amiga de la familia desde hacía años.

Caro no soportaba pensar en ello. Brian y Bethany eran uña y carne; siempre formaban un frente común contra Caro. Siempre escuchaban las opiniones del otro con atención. Siempre se reían de bromas privadas y de memes que Caro no lograba entender, siempre la excluían por más que ella intentara separarlos.

—No tienes que hacer nada del otro mundo —le dijo Elle, dándole una palmadita en la rodilla—. Pórtate bien con él y ya. Dale la mano de vez en cuando. Acurrúcate con él en la cama. Llévatelo mañana al homenaje y farda de marido. También podríais empezar a planear uno de esos cruceros para jubilados, aunque te parezca que es demasiado pronto; me han dicho que el Nilo es maravilloso. —Elle debía de estar disfrutando de todo aquello porque no dejaba de reírse—. Quizá haya llegado el momento de hacerle una visita a Brian y retomar el contacto con mi antiguo compi de Zoología. —Elle se incorporó y se alisó la parte de atrás del vestido–. No pongas esa cara. Podrías haber acabado mucho peor; con Henry, incluso –añadió, guiñándole un ojo.

A Caro le dieron ganas de agarrarla, tirarla hacia atrás, pegarle en la cara, estamparle la cabeza contra el suelo de arenisca india; cualquier cosa con tal de mantenerla lejos de su vida. Sabía que Elle había ganado, y que estaría observando con diversión todas las decisiones que Caro tomara a partir de ese instante.

–Ay, hola, Georgie –dijo Elle cuando entró en el recibidor–. ¿Te has enterado de todo?

Caro se dio la vuelta al momento y vio a George en el recibidor, con las mejillas rojas. Cuando se miraron, George bajó la vista corriendo hacia el suelo y se marchó hacia el comedor.

–No te preocupes –le dijo Elle, girándose hacia Caro con una sonrisa–. No va a decir ni mu. No se atrevería.

Caro tuvo que apoyarse en el alféizar para mantener el equilibrio. La adrenalina la abandonó y temió tambalearse y caerse de cabeza contra el suelo de arenisca india.

33

LILY

Queso: Brie de Meaux *de* Dongé, Comté extra vieux
y *un* Lincolnshire Poacher vintage
(opción vegana: un queso ahumado vegano)

Lily ayudó a Caro a desenvolver y a servir los quesos que
George había traído del súper de su barrio. Todos venían con
sendas tarjetas en las que se explicaba su sabor. Caro tenía todos
los accesorios apropiados para servir el queso: un cuchillo de
plata con un ratoncito en el mango y varios agujeros en la hoja
(que seguro que tenían un propósito pero que habían hecho
que parecieran los agujeros de un queso emmental), una losa de
mármol pesada en la que servirlos, uvas, mermelada de higos y
varios platitos decorados con imágenes de etiquetas de queso
francés. Una vez más, Lily se alegró de no haber organizado la
cena en su casa; ella no tenía accesorios para el queso.

Intentaba mantenerse ocupada. Ponía la mesa, limpiaba los
platos, doblaba las servilletas de lino limpias... Así no pensaba
en que Caro y Travis se habían acostado cuando se suponía que
Travis estaba enamorado de ella. Así no pensaba en nada de lo
que se había dicho esa noche.

George reapareció en el comedor especialmente pálido. Tenía el pelo húmedo; estaba claro que se había echado agua
fría en el rostro. Cuando se sentó, Travis le preguntó con una
sonrisa taimada:

251

—¿Qué estabas haciendo?

—Nada —respondió George al momento, y Travis soltó una carcajada tan profunda que Lily la sintió en su interior.

Lily decidió concentrarse en la mesa. Vio que el queso vegano de Travis tenía su propia tabla de madera.

Los tres se quedaron quietos alrededor de la mesa como pájaros disecados, esperando. George comenzó a leer con detenimiento las etiquetas de los quesos y, luego, como era incapaz de quedarse quieto, se levantó de la silla y, antes de marcharse del salón, dijo:

—Voy a ver que están haciendo las otras dos.

Travis tenía los ojos cerrados y parecía meditar; agitaba las pestañas oscuras sobre su rostro bronceado y delgado. Lily se moría por decir algo, pero no se le ocurría nada.

Lo que pasó en cambio es que dio rienda suelta a sus pensamientos, que se infiltraron hasta llegar a los huecos que Lily no había rellenado con sus dotes de observación sobre la mejor forma de servir un queso. Observó las manos bronceadas de Travis, que tenía apoyadas sobre la mesa, y pensó en aquella ocasión en que George los había invitado a la fiesta para celebrar que habían ganado la regata.

—¿Te apetece ir? —le había preguntado Travis—. A mí no.

—A mí tampoco —le había dicho ella—. Prefiero quedarme aquí contigo.

Lo había dicho de un modo con el que había intentado darle a entender que esperaba que su relación pudiera pasar al siguiente nivel. Vio un destello en la mirada de Travis cuando este le sonrió.

—Las grandes mentes piensan igual, Lily —le había dicho.

Lily había sentido un aleteo por todo el cuerpo y cosquilleos en los dedos a causa de la excitación y los nervios. No había ido a comprar un vestido, sino ropa interior. De encaje negro. Como la que Elle dejaba secando sobre los radiadores. Lily le había dicho a su madre que necesitaba dinero para libros, pero acabó comprando sábanas nuevas y un perfume. El día de la fiesta, a Lily le latía el corazón como cuando leía las novelas de su abuela, anticipando el entrechocar, los embates y el éxtasis estremecedor. Había creído que iba a desmayarse de la expectación. Los demás montaron un buen jaleo con todo el tema de la fiesta, pero Lily aguardó. Se maquilló, se depiló las piernas dos veces, se hizo la cera, se puso iluminador, crema hidratante y la ropa interior con volantes.

Travis entró en el cuarto con una camiseta de manga larga vieja, llena de agujeros y con los puños desgastados.

–Qué bien huele –comentó.

Lily intentó mostrarse sexi, pero los nervios no la dejaron hacerlo con la cara seria.

Travis le había llevado flores; eran tulipanes, y uno de ellos tenía una caca de pájaro en un pétalo.

–Perdona –se disculpó Travis, señalándolo.

–Así tienen más encanto –contestó Lily mientras las ponía en un jarrón con agua.

–Justo lo que estaba pensando –le dijo Travis con una sonrisa.

No se había afeitado, tenía la cara cubierta por una barba de tres días. Estaba despeinadísimo, como si acabara de levantarse. Lily estiró la mano para recolocarle varios mechones. Travis apartó la cabeza, aunque Lily no supo si era por timidez o porque no quería que lo acicalara.

Ambos titubearon: «¿Qué música quieres que ponga? ¿Quieres que apague la luz? ¿Tienes sed? ¿Hambre? ¿Calor? No, estoy bien, de verdad». La habitación pareció encogerse a su alrededor. A Lily se le enganchó el encaje en el culo cuando se movió e intentó desengancharlo con disimulo, pero no lo logró. Travis le repitió que la habitación olía muy bien. De repente comenzaron a besarse, como si ninguno de ellos fuera capaz de soportar la tensión de aquella cháchara ni un segundo más. Travis la aproximó contra él, contra el suave algodón de su camiseta raída, extendiéndole las manos por la espalda.

–¿Estás bien? –le preguntó cuando fue a quitarle el top.

Lily asintió y, cuando se lo quitó, sintió vergüenza al quedarse con el sujetador negro.

–Hala, menuda sorpresa –comentó Travis, que sonrió, le acarició el encaje del pecho y le olisqueó la piel.

Lily lo estaba disfrutando y, al mismo tiempo, se estaba muriendo por dentro. Se echó a temblar. Se sentía más expuesta medio desnuda de lo que había creído que se sentiría al desnudarse. Los nervios le nublaban los pensamientos; le preocupaba que la puerta no estuviera bien cerrada, o que sus hermanos hubieran puesto una cámara oculta y lo estuvieran observando todo. Travis la tumbó sobre la cama; Lily se hundió en el edredón bajo su peso, cerró los ojos e inhaló el aroma a marihuana y jabón, le acarició aquella mata de pelo mal cortado y la barba picajosa. Abrió los ojos y se quedó mirando los de Travis, de color verde claro. Era justo lo que quería; era justo con quien quería estar. Si pudiera, escribiría libros sobre él. Lily le pasó los brazos alrededor del cuello, se agarró con fuerza a él e inhaló su aroma. Pensó que los demás estaban en la fiesta, y que ella estaba allí, enfrascada en el que puede que fuera el mejor momento de toda su vida. Travis y Lily. Se soltó un poco de él y le deslizó la mano bajo la camiseta; Travis tenía la piel calentita, y se rio porque le hizo cosquillas. Lily sonrió con timidez. Travis se quitó la camiseta y ambos quedaron piel con piel.

Travis intentó pasar la mano por detrás de Lily para desabrocharle la falda, pero se enredó con el edredón y fingió enfadarse. Lily elevó las caderas y se quitó la falda. Travis se la bajó por las piernas y dejó escapar un silbido entre los dientes al ver las bragas con el borde de encaje con forma de medias lunas.

–Madre mía, Lily, te has superado –le dijo, arqueando la comisura del labio.

Cuando fue a tocarla, Lily se dio cuenta de que no dejaba de temblar.

–¿Tienes frío? –le preguntó Travis.

–No –respondió ella, pero cada vez temblaba más.

–Estás temblando.

Lily se mordió el labio y sintió que se le ponía la cara roja. No podía controlar los temblores violentos que se estaban adueñando de ella. Ni siquiera era capaz de ocultarlo. Maldijo todo su cuerpo y, susurrando, con los dientes entrechocando, le dijo:

—Es que nunca lo he hecho, Travis.

Travis dejó las manos quietas al momento.

—¿Qué?

Lily tuvo que repetírselo.

—Estás de coña, ¿no? —le preguntó Travis riéndose.

Lily negó con la cabeza.

—Pero esas bragas y...

Pero no terminó la frase y frunció el ceño, confundido.

Lily se cubrió el pecho con las manos. Se sentía como una niña pequeña.

—¿Estás de puta coña? —repitió Travis sin dejar de reír. Con la mirada iluminada, como si le hubieran pillado en un programa de cámara oculta—. Es imposible que no te hayas acostado con nadie. No me lo creo.

La humillación que sintió Lily hizo que se le sonrojaran las mejillas, el cuello y todo el cuerpo. Se imaginó que debía de estar tan roja como un tomate. Sintió que se le anegaban los ojos de lágrimas e intentó cubrirse con el edredón, pero la tela se había quedado enganchada entre la cama y la pared.

—Pues créetelo —le dijo.

Cuando Travis al fin comprendió que le estaba diciendo la verdad, que aquello no era ninguna broma, se apartó de la cama.

—Joder —le dijo Travis, alzando las manos como si no quisiera tocar algo asqueroso.

Luego volvió a reírse mientras se pasaba las manos por el pelo desarreglado, pero esa vez fue más por el horror que porque le hiciera gracia.

—¿Puedes dejar de mirarme así? —le dijo Lily, que no conseguía ponerse el top porque el brazo se le había quedado enganchado en la manga.

—Lo siento —contestó Travis, tratando de recobrar la compostura—. Es que no sabía que... No me creo que... ¿Va en serio?

—Sí, va en serio —farfulló Lily, que seguía peleando con la ropa y que quería que la cama se doblara por la mitad y se la tragara.

—Mierda, Lily. —Travis había comenzado a dar vueltas de un lado a otro—. ¿Por qué no me habías dicho nada?

Lily no contestó, simplemente encogió las piernas y se las abrazó.

—Porque me da vergüenza.

—Normal —respondió Travis. Cogió la camiseta y se la puso—. Sabes de sobra que no habría querido acostarme contigo si lo hubiera sabido.

—No es verdad.

—Me siento como si me hubieras engañado —dijo él, negando con la cabeza, y soltó un suspiro que sonó como si llevara el mundo entero a sus espaldas—. No quiero cargar con esta responsabilidad. No quiero meterme en algo tan intenso. Ni de coña. Joder. ¿Y luego qué? ¿Vas a querer que nos casemos?

Lily no podía ni hablar; le dolía el corazón, literalmente.

—¿Vas en serio? Pero ¿tú oyes lo que estás diciendo?

—No sé qué es lo que digo, perdona. —Travis se llevó el índice y el pulgar a la frente y cerró los ojos, tratando de asimilar todo aquello. Luego volvió a reírse a causa de la incredulidad, abrió los ojos y dijo—: Lily, no soy la persona que quieres que sea. No puedo ser esa persona. Has estado reservándote este momento para alguien; por lo visto, para mí. Pero no quiero ser la persona por la que has esperado. Ni siquiera he leído *Harry Potter*. Me la pela *Harry Potter*. La verdad es que no soy de los que se preocupan por los demás. Solo me preocupo por mí. Me paso casi todas las horas que estoy despierto colocado para no tener que lidiar con mis mierdas. Soy un gilipollas.

—No —contestó Lily—. Quieres serlo, pero no lo eres. De verdad.

Se le entrecortaba la respiración, y logró contenerse antes de soltarle un «pero si eres Hufflepuff», porque se dio cuenta de que Travis se lo había inventado.

Travis dejó escapar un suspiro y la miró con los ojos como platos, como si Lily fuera una niña pequeña que se hubiera puesto la ropa interior de su madre.

–Esto no es el cuento de la Cenicienta, Lily. Esto no es tu granja llena de familias felices. No sé ser así. Te lo prometo. Soy un cabronazo. No quiero cargar con esta responsabilidad –le dijo, señalándola.

Entonces hubo silencio.

–Pero, entonces, ¿qué hemos estado haciendo todo este tiempo? –le preguntó Lily muy bajito, en mitad de aquel silencio tan inmenso.

–No lo sé, Lily. Divertirnos y ya –le dijo, negando con la cabeza, mientras salía de la habitación–. Desde luego no era algo tan serio como esto.

En el comedor de Caro, Lily trató de concentrarse en su respiración. El olor de los quesos era abrumador; le dio ganas de vomitar. Al imaginarse la cara que pondría Caro si vomitaba sobre aquellos quesos colocados con tanto esmero, sonrió, pero entonces las náuseas empeoraron y toda la habitación comenzó a dar vueltas en una espiral de decoraciones artísticas escogidas con cuidado.

George volvió al salón y, en silencio, tomó asiento. Era evidente que había pasado algo entre Elle y él.

Lily se agarró a los laterales de la silla para no perder el equilibrio.

Y entonces, de repente, la tranquilidad del comedor se vio interrumpida cuando Elle irrumpió allí, con la chaqueta vaquera cayéndole del brazo, las mejillas sonrosadas y una expresión de frivolidad en el rostro. Se acercó a la mesa, desenganchó el bolso de la silla y les dijo:

–Bueno, creo que ya no se me necesita por aquí.

–¿Qué? –preguntó Travis con los ojos abiertos de par en par–. Pero si acabamos de empezar con el queso.

Elle sonrió y los rizos rubios le cayeron por encima del rostro redondeado.

—Es que no soy muy fan del queso —respondió, metiéndose una uva en la boca.

No. Elle no podía marcharse. El pánico volvió a apoderarse de Lily, le oscureció el campo de visión e hizo que los sonidos sonaran más fuertes.

—No puedes irte —le dijo.

Quería hablar con Elle, quería intentar quedarse a solas con ella. Sintió una opresión en el pecho. «Eres más fuerte de lo que crees, Lily». Una náusea la invadió. Rezó para no vomitar sobre la mesa.

—¡Pues claro que puede irse! —soltó Caro, que apareció por la puerta con un aspecto diametralmente opuesto al de Elle: pálida, cansada, con el pelo rojo recogido y el maquillaje corrido.

—¿Qué está pasando aquí? —preguntó Travis, mirándolas confundido—. ¿Qué ha pasado?

Elle intentó contener la risa mientras se marchaba de allí.

—Ha sido un placer volver a veros a todos —les dijo.

George se levantó a toda prisa y, al hacerlo, empujó la mesa hacia Lily y la aplastó contra el aparador de estilo francés que tenía detrás. Cuando intentó ponerse de pie, se dio cuenta de que se había quedado encajada. La pata de la silla se había quedado enganchada en la alfombra y no podía moverse.

—Elle, espera, quería... —le dijo Lily.

Pero no logró hacerse oír por encima de la voz atronadora de George cuando este le dijo:

—Qué pena que no puedas quedarte.

—Sí, sí, menuda pena... —contestó Elle, mordaz.

Travis le dio un empujón a la mesa para salir y, con aquel gesto, Lily quedó aún más encajada.

—Gracias por pasarte —dijo Caro, que estaba haciendo todo lo posible por echar a Elle de su casa.

—¿Seguro que tienes que irte? —preguntó Travis, deteniéndola, insistiendo en que le diera un abrazo de despedida.

El borde de la mesa le presionaba la boca del estómago. Lily respiraba entrecortadamente mientras empujaba la madera.

Aquel ángulo tan incómodo intensificaba la sensación de pánico; era como estar en uno de esos sueños en los que nada se movía como debía. Comenzaron a pitarle los oídos. Elle se estaba marchando del comedor con su vestido rojo y su chaqueta vaquera. Caro fue tras ella. George se quedó de pie con las manos en las caderas, al lado de Travis, tapándole la vista a Lily. Tenía que detener a Elle. No podía permitir que se fuera. «Eres más fuerte de lo que crees, Lily». Se le agitó la respiración. Apretó los ojos con fuerza cuando comenzó a ver destellos.

—¡Tuve clamidia! —gritó una voz.

Y entonces se dio cuenta de que era ella quien lo había dicho.

34

Tercer trimestre de tercero

ELLE

Joder, menudo muermazo de fiesta habían montado. Menuda panda de imbéciles, que no sabían beber ni drogarse. Todos potando por las esquinas. No eran más que niñatos con exceso de ego obsesionados con sus juegos de beber y sus castigos. Las chicas se apelotonaban a su alrededor con sus mechas caras y unos vestidos de seda con tirantes que costaban lo mismo que toda la droga que se había metido Henry como si nada. Los chicos llevaban esas chaquetas azul marino tan feas, y se creían príncipes hasta que se emborrachaban tanto que ni siquiera podían hablar sin arrastrar las palabras.

Elle no se lo estaba pasando bien. Estaba a punto de largarse de allí sin que la vieran cuando, de repente, vio una cara conocida apretujada entre la multitud.

–¿Lily? –gritó para hacerse oír por encima de todo aquel estruendo–. ¿Qué haces aquí?

Elle le tendió la mano y tiró de ella para sacarle de todo aquel mogollón de gente. Lily se recolocó el pelo, nerviosísima, y se alisó el vestido negro con gestos incómodos.

–Me han invitado –contestó; llevaba una raya en el ojo tan gruesa que parecía un personaje de anime.

–Ya lo sé –contestó Elle, riéndose–. Pero creía que te habías quedado en casa con Travis. ¡Menuda envidia!

–No –respondió Lily, negando con la cabeza. La música comenzó a sonar más fuerte y todos les daban empujones. Sonó una canción que hizo que Henry gritara «¡Menudo temazo!».
Elle hizo una mueca, y Lily, para asombro de Elle, respondió, sin un ápice de ironía–: Prefiero estar aquí.

35

LILY

Lily no dejaba de darle vueltas a todo lo que le habría gustado decirle a Travis. Los japoneses tenían una palabra para aquello, o puede que fueran los alemanes. No se acordaba. De normal, no habría tenido problemas para recordar aquel dato. Cuando Travis había aparecido en el rellano y le había preguntado a dónde iba al ver que Lily salía de su cuarto y bajaba las escaleras, a ella le habría gustado contestarle: «¡A dondequiera que tú no estés!». Le habría gustado detenerse, dar un paso atrás, y decirle a la cara: «Yo también puedo tener voz y voto, Travis. No eres el único que puede decidir lo que hago o no hago. "No puedo cargar con esa responsabilidad". "No puedes querer si nunca te han querido". Menuda excusa de mierda. Puedes intentarlo, puedes aprender. Puedes hacer lo que te dé la gana si es lo que de verdad quieres».

«A lo mejor es que no es lo que quiero de verdad», le habría respondido él, poniéndose a la defensiva.

Y Lily lo habría mirado directamente a los ojos y le habría dicho: «Sabes que sí». Y luego habría dado media vuelta y se habría largado a la fiesta, segura de sí misma. Se habría sentido como Elle debía de sentirse todo el tiempo: convencida de que tenía las de ganar. Puede que Travis hasta hubiera ido a buscarla a la fiesta, que la hubiera agarrado del brazo, la hubiera obligado a darse la vuelta y le hubiera dado un beso cargado de pasión para disculparse. Y Lily habría sido la que habría decidido si le devolvía el beso o si le daba un empujón.

Pero el caso era que no le había respondido a Travis cuando este le había preguntado a dónde iba; sencillamente había echado a correr escaleras abajo sin mirar atrás con su vestidito negro, hacia el frío del exterior, que parecía un mundo completamente distinto al compararlo con la humillación opresiva del dormitorio. Tuvo que correr para escapar de sus pensamientos y de la cara de espanto que le había puesto Travis. «No pienses en ello», se había repetido a sí misma, pero, al llegar a la fiesta y abrir las puertas de aquel local ruidoso, oscuro y húmedo, ya no tuvo que seguir repitiéndoselo. La música acabó con todos los pensamientos. El lugar olía a alcohol, dulzón y pegajoso. Las luces, el ruido y las conversaciones en voz cada vez más alta la arrollaron. Buscó un sitio en el que colgar el abrigo; un chico lo agarró y lo arrojó al fondo de una cabina llena de gente, donde le perdió el rastro.

Lily no pegaba ni con cola entre toda aquella gente. Todos los deportistas del campus habían acudido a la fiesta, todas las niñas pijas (con nombres como Verity y Fionnuala) con sus miradas condescendientes, sus peinados carísimos y sus vestidos de tirantes finos. Lo único que necesitaba era encontrar a alguien que conociera; con suerte, a Elle. Se dirigió hacia la barra para calmarse un momento y reubicarse. El ruido la estaba volviendo loca.

Estaba rodeada de desconocidos. Distinguía a los deportistas por los escudos que llevaban cosidos en la ropa informal. Identificaba a los del equipo de remo por sus chaquetas; no es que fueran los que mejor vestidos iban, pero, al juntarse, se convertían en un ser que irradiaba éxito, mucho más grandioso de lo que eran capaces de ser los chicos por separado. En el centro de ellos se encontraba Henry Bellinger, que parecía un adonis. Era difícil no quedarse mirándolo cuando estaba cerca de lo guapo que era. El chico parecía tallado en piedra, con un aire distante y una belleza descarada. Lily no se percató de que se había quedado mirándolo hasta que Henry la vio y le dijo:

—¡Has venido!

Lily se dio la vuelta para asegurarse de que se dirigía a ella. No estaba muy convencida de que Henry supiera quién era, aun cuando habían sido compañeros de piso durante un curso entero. Henry no se había dirigido a ella en ningún momento desde que se conocían. En una ocasión, se había chocado con ella en el rellano de casa y Henry le había preguntado si había ido a ver a Travis. «Vivo aquí», le había respondido Lily. Henry se había quedado mirándola, alucinado. En la discoteca, al ver que la persona que estaba detrás de ella miraba hacia otro lado, Lily se dio cuenta, con cierta sorpresa, de que Henry se dirigía a ella y, para dejárselo aún más claro, el chico hizo una reverencia y le dio un beso en la mejilla. Henry desprendía un aroma a tequila y loción para el afeitado embriagador.

—Hola —lo saludó Lily, nerviosa.

Estuvo a punto de echarse a reír porque, de toda la gente con la que había esperado hablar esa noche, Henry no era una de ellas. Quizá, a fin de cuentas, sí que hubiera reparado en su presencia cuando vivían juntos.

—¿Champán? —preguntó él.

—Esto... Vale, sí. —Lily estaba tan sorprendida por que le estuviera prestando atención que le preguntó—: ¿Seguro que no te has equivocado de persona?

—Qué mona —dijo Henry riéndose, y luego le pidió una copa que Lily se bebió demasiado rápido.

Caro se acercó a ellos con una confianza en sí misma que despertó la envidia de Lily, y arrastró a todo el mundo a la pista de baile. Lily se quedó junto a la barra, pero Caro la agarró de la mano para que se uniera a los demás. De normal, Lily no bailaba, pero le dio tal subidón por que hubieran contado con ella que decidió dejarse llevar por la multitud, mareada por culpa del champán. Entonces vio a Elle, y se la veía tan asqueada por tener que estar en aquella fiesta que a Lily se le pasó aquel estado como de ensueño. De repente se acordó de Travis, de cuando había estado tumbada y expuesta, de cuando la habían rechazado en la cama. Desde la pista de baile, Henry gritó: «¡Menudo temazo!», y Lily se dejó arrastrar lejos de Elle, hacia las luces estroboscópicas con los chicos del equipo de *rugby*, los del equipo de *hockey*, que estaban cubiertos de sudor, y los del equipo de remo, todos resplandecientes y dorados. La música hacía que le temblaran los huesos. J. B. Watson daba saltos como si estuviera loco, a su lado. Henry le acariciaba la melena roja a Caro con adoración. Todos cantaban a grito pelado y sonreían, con las manos en el aire al ritmo de los bajos. La música sonaba cada vez más fuerte. El suelo temblaba. Las luces parpadeaban. Lily no sabía si se lo estaba pasando bien; una parte de ella se sentía como si estuviera a punto de convulsionar, pero al menos no estaba pensando en Travis.

36

LILY

Los cuatro se detuvieron en seco. Elle estaba con un pie fuera de la puerta del salón. Caro la ahuyentaba con brusquedad. Travis y George estaban el uno al lado del otro, como si fueran centinelas. Todos giraron la cabeza y clavaron la mirada en Lily, que seguía atrapada entre la mesa y el aparador.

George trataba de contener una risita de colegial; la palabra «clamidia» seguía resonando en la estancia.

Con cuidado, Elle dio un paso atrás y entró en el salón, sin dejar de mirar a Lily. Su expresión indicaba cautela por lo que pudiera ocurrir a continuación.

Desde la puerta, Caro se cruzó de brazos sobre los volantes de terciopelo y dijo orgullosa:

–¿Ves, Travis? Sabía que la clamidia era culpa tuya. Deja de negarlo.

–Pero si no nos... –respondió Travis, negando con la cabeza, confundido, señalando a Lily y luego a sí mismo.

–Venga ya –se burló Caro.

Lily le dio un empujón a la mesa y dejó un hueco lo bastante amplio como para ponerse en pie. Toda aquella atención era asfixiante, hacía que las piernas le temblaran y que le pareciera ver destellos en los extremos del campo de visión. Pero una confianza extrasensorial y extraña se apoderó de ella. En una ocasión su terapeuta le había dicho: «A veces, cuando se produce un trauma, el cerebro y el cuerpo se disocian», y entonces se preguntó si era eso a lo que se refería cuando comenzó a observar la escena desde fuera de su cuerpo.

—No nos acostamos —confirmó Lily, sacudiendo la cabeza.

Mientras intentaba averiguar qué estaba pasando, Caro se estaba arreglando el pelo para deshacer la coleta apresurada que se había hecho antes, como si se hubiera dado cuenta de que el estrés de aquella tarde aún no había acabado y necesitara arreglarse para volver a recobrar su gloria como anfitriona. Se echó un vistazo en el espejo.

—No lo entiendo —dijo, confundida—. Si no fue Travis, ¿quién...?

Lo que hasta entonces había sido un comedor elegante y moderno se convirtió de repente en una sala de interrogatorios. Las paredes grises del color del humo resultaban opresivas, y los brillos de la lámpara de araña se reflejaban en el rostro de Lily.

Al otro extremo de la mesa, Caro se cruzó de brazos; tenía el pelo rojo como el fuego recogido en una coleta baja.

—No estarás sugiriendo que esto tiene algo que ver con Henry, ¿no? —preguntó Caro, que se echó a reír a carcajadas, incrédula.

Todos miraban a Lily. Aquello no era como la consulta de la psicóloga, con sus paredes blancas y su caja de pañuelos. Cuando la psicóloga le había preguntado si había tenido alguna otra relación importante aparte de la de Travis, Lily le había respondido:

—No, solo con una gata celosa.

—Lily —le había contestado la psicóloga con tono amable pero autoritario—. Podemos seguir así todo el tiempo que quieras. Puedes pagarme, y puedes seguir esquivando mis preguntas con respuestas frívolas con las que cambiar de tema. No pasa nada. Si quieres, podemos pasarnos así varios años. Pero quiero que recuerdes que acudiste a mí porque querías ayuda. Y para eso estoy aquí: para ayudarte. No es a mí a quien tienes que esquivar.

Lily había bajado la vista hacia el suelo, hacia los zapatos desgastados y la alfombra. Se preguntó qué era lo que estaba intentando demostrar con aquella actitud. ¿Que era más lista que su psicóloga? ¿Que la gente le daba demasiada importancia a hablar sobre las cosas? ¿Que la terapia no iba a surtir efecto porque a ella no le pasaba nada? ¿O que, por más que intentaran adentrarse en ella, Lily estaba cerrada a cal y canto? Pero ¿quiénes eran los que querían adentrarse en ella? Estaba segura de que aquella batalla era únicamente contra sí misma.

–Te prometo que lo único que quiero es ayudarte –le dijo la psicóloga.

Lily estuvo a punto de contestarle que era verdad que tenía una gata muy celosa, pero, de repente, varias imágenes de su infancia le asaltaron la mente: corría por el bosque, le daba de comer a un ternero de una botella caliente, estaba tumbada en la hierba mientras las gallinas picoteaban del suelo a su alrededor, su padre le apoyaba uno de sus fuertes brazos en el hombro, su madre le daba un beso porque se había caído. Recordaba a aquella niña con la cara llena de pecas y el pelo alborotado, pero no era capaz de descifrar aquella felicidad. No era capaz de imaginarse la ligereza que había tras esa sonrisa, ni tampoco sentirse tan segura y tan a gusto con la vida. Todo aquello le resultaba un misterio. ¿Cómo era posible que tuviera celos de sí misma?

–Quiero que hablemos de tus relaciones, Lily –le dijo la psicóloga–. De las relaciones que ha habido después de Travis.

Lily asintió.

Guardó silencio.

–No he tenido muchas –contestó luego, sintiendo que la voz que hablaba no era la suya–. Puede que solo me haya gustado una persona. De hecho, solo me ha gustado una persona. Se llama Peter, y trabaja en la librería de mi barrio.

–Cuéntame más sobre él.

–No hay mucho que contar –contestó Lily, cruzando los brazos sobre el vientre–. Nos caemos bien. Creo que tenemos el mismo sentido del humor. Se habría reído con lo de la gata celosa –añadió con una risa nerviosa–. Hemos salido a tomar copas, a algunas exposiciones. Se ha leído mi libro.

–¿Y por qué no seguís juntos?

–Es un tema complicado.

Otro silencio.

Lily se llevó el pulgar a la boca y se mordisqueó la piel que rodeaba la uña.

—Me dijo que quería formar una familia, que quería niños y tal. Y yo... —Hizo una pausa y siguió mordisqueándose el padrastro—. Yo no puedo tener hijos.

Se arrancó la piel, y el dolor fue como si la rajaran con un cuchillo. Saboreó la sangre.

—¿Cómo sabes que no puedes tener hijos? —le preguntó la psicóloga, tendiéndole un pañuelo de la caja.

Lily se envolvió el corte y sintió el alivio del dolor.

—Porque tuve una enfermedad inflamatoria pélvica y no me la diagnosticaron a tiempo. Fue por culpa de una clamidia que pillé en la universidad.

—Lo siento mucho, Lily.

—No pasa nada —contestó ella, encogiéndose de hombros.

—Yo creo que sí que pasa, ¿no, Lily?

Lily se apretó con fuerza el pañuelo alrededor del pulgar. El corte le dolía.

—¿Te parece bien que te ofrezca otro punto de vista sobre tu relación con Peter? —preguntó la psicóloga.

—Si tú quieres —contestó Lily.

—¿Crees que es posible que cortaras la relación para evitar la intimidad emocional y física?

Lily se pasó la lengua por el labio. Aquel no era el enfoque que se había esperado. Había dado por hecho que se pondrían a hablar sobre la infertilidad.

—No me había parado a pensarlo —respondió Lily, incómoda ante el rumbo que había tomado la conversación—. Pero no creo que sea el caso, porque siempre me habría sentido culpable por no tener niños y por que Peter tuviera que conformarse solo conmigo.

—Hay muchas maneras de tener hijos, Lily —contestó la psicóloga, directa—. No es algo que te impida tener una relación. Pero lo que más me llama la atención es que hayas dicho «conformarse solo conmigo». ¿No crees ser lo bastante buena para alguien?

—No —dijo Lily riéndose.

La psicóloga no se rio.

De repente, Lily se sintió como si, al intentar hacer lo contrario, hubiera dejado al descubierto todas sus intimidades, como si su núcleo blandengue se hubiera revelado en carne viva en medio de aquella habitación. Quiso hacerse un ovillo, protegerse como fuera. Clavó la mirada en la puerta.

Hubo otro silencio.

La sangre del pulgar empapaba el pañuelo.

—¿Quién te pegó la clamidia, Lily?

Lily no podía pensar con claridad. Aquella risa estúpida que había soltado la había desorientado, y tratar de averiguar por qué había cortado con Peter la había dejado confundida; quería retroceder y diseccionar aquel instante, y, al mismo tiempo, quería salir por patas de allí. Le llegó otra imagen en la que daba de comer a varios corderitos y notaba sus corazones contra ella. No podía hablar. Se sentía inmovilizada. Indefensa.

—¿Quién te pegó la clamidia? —repitió la psicóloga.

Lily apretó los ojos con fuerza y sacudió la cabeza.

—No lo sé —respondió, y rompió a llorar.

Fue la primera vez que Lily lloró en aquella consulta blanca y austera.

37

ELLE

Elle se quedó mirando a Lily, que seguía delante del aparador. Las estanterías estaban repletas de los trastos de Caro: una cacatúa de porcelana blanca, una pila ordenada de libros relucientes, un jarrón de cristal soplado a mano. Observó la valentía con la que Lily alzaba la barbilla, pequeña y puntiaguda, y aquellos ojos inmensos. A veces los veía en sueños e intentaba olvidarlos. Siempre había cometido el error de creer que, como Lily era tan reservada, las cosas que le ocurrían no la afectaban.

—Alguien me echó algo en la bebida en la fiesta de George. Me violaron en los baños, pero no sé quién fue. No recuerdo nada de lo que ocurrió —dijo Lily con un tono de voz robótico que se quebró al final del todo.

Apretó los labios para contener las emociones. Cogió una servilleta y se enjugó las lágrimas; luego se mantuvo firme en el sitio, controlando la respiración.

Elle cerró los ojos y no fue capaz de impedir que los recuerdos la asaltaran. Recordó a Lily tropezando con cada paso que daba mientras subía las escaleras desde los baños de la discoteca. Había perdido un zapato y tenía el vestido hecho un guiñapo. Recordó que cayó sobre sus brazos, como un pájaro indefenso. Recordó lo normal que era todo a su alrededor: la música, las risas, los rostros sudados de todos aquellos borrachos mientras Lily lloraba en silencio, sin poder respirar apenas.

–Lily, ¿qué ha pasado? –le había preguntado, mientras la chica se iba volviendo cada vez más pesada y se le doblaban las piernas–. Dime qué ha pasado.

Elle estaba aterrada. No dejaba de mirar de un lado a otro y observar los rostros grotescos bajo las luces brillantes.

–No lo sé –contestó Lily con la vocecita de una niña, sacudiendo la cabeza, pálida y desorientada–. No lo sé.

Y entonces vomitó justo sobre los zapatos de Elle y los de una chica que estaba a su lado, que pegó tremendo aullido y les gritó, retrocediendo:

–¡Qué ascazo!

Elle sostuvo a Lily con firmeza contra su pecho mientras le acunaba la cabeza con la otra mano. Intentó que se levantara y que echara a andar. Vio la sangre entre las piernas. Recordó el instante en que había visto a Lily con los ojos abiertos de par en par en la pista de baile. ¿Dónde coño se había metido Travis? Elle se abrió paso entre la multitud y vio a un sospechoso en cada rostro cargado de lujuria. Alguien intentó agarrarla, pero Elle se lo quitó de encima de un golpe.

–¡Ay! ¡Puta loca!

Ahora, en el comedor de Caro, a Elle le faltaban las palabras y no podía dejar de pensar en Lily, temblando como un perro entre sus brazos.

Y entonces Caro se abalanzó sobre el silencio sin tapujos. Atravesó el salón con unas pocas zancadas hasta plantarse delante de Lily y se irguió imponente.

–Siento mucho lo que te pasó –le dijo con un tono condescendiente que no era del todo sincero–, pero espero de corazón que no estés insinuando que fue Henry. Él ya no puede defenderse y, siendo sinceros, seguramente todos los que estaban allí tenían clamidia.

38

GEORGE

A George le rondaba algo por la mente, aunque no tenía muy claro qué. Se alejó de la mesa y fue a una parte del salón en la que había un par de sillones bajos de cuero, un aparador con una colección de candelabros de cristal de colores pastel y una lamparita de mármol verde. Se quedó junto al sillón, mirando las vetas del cuero desgastado.

No recordaba muy bien la fiesta. Jamás había tolerado bien los chupitos. Casi todo lo que recordaba sobre aquella noche era lo que había pasado después de que la madre de Henry hubiera llamado a su hijo para informarle de que su padre había muerto. George recordaba con todo lujo de detalle el rato que habían pasado juntos en aquel banco mugroso; aquel instante aislado del resto del tiempo en el que habían salvado su amistad y que le había hecho recordar lo bueno de Henry Bellinger.

Pero entonces recordó algo más.

«Voy a deciros quién es de verdad el puto amo, chicos».

George vio el rostro de Henry, la sonrisa de lobo y la mirada nerviosa; olió la sequedad ácida de su boca cuando les dijo: «Aquí el menda ha finiquitado la lista».

«Y una mierda».

George no conseguía acordarse del nombre de su timonel. Joder, la velada lo había dejado para el arrastre. Apenas podía creerse lo que había pasado con Elle en la salita de Caro. La piel le hormigueaba a causa de la humillación. ¿Y si Audrey se enteraba de lo que había hecho? ¿Y si el vídeo se hacía viral? Bajó la vista hacia la alfombra de piel de oveja que había entre los sillones y sintió que se mareaba. Todo aquello lo superaba.

Tras él, Caro se había puesto a defender a Henry, hecha un basilisco y con la voz muy aguda.

¡Marco! Así se llamaba el timonel. Al fin lo recordaba con claridad, con sus rasgos finos y nítidos, poniendo muecas ante las afirmaciones de Henry.

George recordó el orgullo petulante y violento en la voz de Henry mientras fardaba sobre sus conquistas. «Te puedo decir sus nombres y sus números, mi querido Marco. Puede que no haya obtenido la plaza en la barca, pero me he ventilado la lista entera y ninguno de vosotros me va a arrebatar la gloria, so cabrones».

George recordó lo que pasó cuando Elle vio la lista. Él lo había justificado con que era una tradición que no hacía daño a nadie. Habían tenido una buena bronca.

Ahora no dejaba de ver el rostro de Henry, muy pegado a él, con la barbilla cubierta de saliva y la mirada triunfal mientras hablaba de sus conquistas. Los chicos del equipo de remo, que le pedían nombres a gritos, alegres, burlones. George, preocupado por querer ser la estrella, molesto por que Henry acaparara la atención de todos.

«Acabo de tachar la última de la lista ahora mismo en el baño: una virgen».

«Joder, Henry, eres el puto amo», había dicho Klaus, arrastrando las palabras.

Lo único que oía George era a Henry gritar con todas sus fuerzas: «¡Soy el puto amo!».

Y entonces, bajo la tenue luz del salón, exclamó:

—Joder, creo que sí que fue Henry.

Se vio el rostro, blanco como la tiza, en el espejo redondo y dorado que colgaba del aparador, mientras les contaba, tartamudeando, con la voz cada vez más seria, como la de un político caído en desgracia, lo que Henry les había dicho a todos esa noche.

Caro dio un golpe en la mesa que hizo temblar las copas y exclamó:

—¡No!

39

Tercer trimestre de tercero

LILY

Elle abrió el grifo de la ducha, le quitó la ropa con cuidado a Lily y la colocó bajo el chorro de agua. Lily recordó haber pensado que Elle se estaba mojando las mallas de cuero. Mantuvo la cabeza gacha y observó el agua correr de color rojo. Elle la secó y la acompañó hasta su cuarto.

—No dejes que Travis... —le dijo Lily.

—Tranquila —la interrumpió Elle.

Luego la metió en la cama. Tenía los ojos llorosos. Lily jamás había visto llorar a Elle.

—No pasa nada —le dijo.

—Sí que pasa —contestó Elle.

Lily no supo más después de aquello. Estaba agotada. Cerró los ojos con la esperanza de no volver a abrirlos nunca.

Pero se despertó. El sol entraba entre las cortinas abiertas de par en par. Lo único que sabía, aparte de que le dolía la cabeza, era que tenía que largarse de allí. Sentía que todo el mundo estaba pendiente de ella, que todo el mundo sabía lo que había pasado, que todo el mundo que había asistido a aquella fiesta había visto lo que ella no. Tenía sangre en el pelo, y vio sus bragas negras, destrozadas, dobladas en el suelo.

—Deberías conservarlas como prueba —le había recomendado Elle.

«¿Prueba de qué?», se preguntó Lily. No recordaba nada.

Nada de nada. Había un vacío en el que podía haber ocurrido de todo. Estaba bailando bajo las luces y de repente estaba en el cubículo del baño, viendo doble, con sangre, con la sensación de que se alejaba de su cuerpo.

Tenía que salir del cuarto y de la casa; alejarse de todas aquellas personas. ¿Se estaban riendo de ella? ¿De la tonta de Lily?

Alguien llamó a la puerta y Lily se encogió sobre sí misma. Fingió que no estaba. Guardó silencio.

—¿Lily?

Travis.

Abrió un poco la puerta.

—Anda, parece que te lo pasaste bien —le dijo él.

Iba de camino al baño, con la toalla sobre los hombros.

Lily no respondió, y Travis no pareció percatarse de ello.

—Anoche fui un gilipollas, lo siento. No debería haberme reído. No debería haberte dicho nada de lo que te dije. Es solo que me pilló por sorpresa.

Pensó en qué decirle. «No pasa nada, ya no soy virgen». Una voz en su interior rompió a reír. ¿Acaso se estaba dividiendo en dos?

—Me encuentro un poco mal —le dijo en cambio, incapaz de mirarlo.

—¿Bebiste demasiado? —preguntó Travis riéndose—. Ay, pobre.

Tras aquel intercambio, Lily se marchó en cuanto pudo. En la calle, se bajaba de la acera cada vez que se topaba con alguien. No dejaba de mirar hacia atrás. Sentía que la estaban siguiendo.

Cuando llegó a la granja, era incapaz de quedarse quieta ni tampoco podía dormir. Observaba el atardecer, el amanecer y todas las estrellas que había en medio.

—Lily, cielo, ¿qué te pasa? —le preguntó su madre.

—Nada —contestó ella—. Estoy bien.

Había un agujero negro en su cerebro, pero a su mente le encantaban los rompecabezas, de modo que siguió intentando rellenar los huecos y, durante el proceso, se imaginó horrores que lograron que se echara a temblar.

En una ocasión en que su padre y ella salieron a comprobar las vallas, su padre se quedó mirándola mientras vomitaba sobre unos setos, soltando una arcada tras otra hasta que le dolió garganta.

—¿Estás bien, Lily? —le preguntó su padre cuando regresó al *quad*.

—Sí, papá.

—Si no quieres —le dijo él antes de arrancar el motor—, no hace falta que vuelvas.

A Lily le dieron ganas de acurrucarse sobre su regazo y llorar sobre el suéter de lana que olía a hogueras y a infancia. Quería que la abrazara con fuerza y que le dijera que no podía volver a Oxford, que no se lo iba a permitir, que él se encargaría de todo.

Pero se limitó a dedicarle una mirada gentil cargada de tristeza y asintió cuando Lily le dijo que iba a volver.

Lily sabía que tenía que regresar. Los libros eran lo único que impedía que se volviera loca de atar.

Estaba agotada. Lo único que quería era desaparecer. Llegó a la conclusión de que, si no lograba recordar lo que había pasado, entonces debía obligarse a olvidar.

Fue al médico, que la conocía desde que era una niña, y le pidió pastillas para dormir y pastillas para sobrevivir al día a día. Él le recomendó que practicara algún deporte y que meditara. Después añadió que, si aún se notaba ansiosa, acudiera a la consulta de un psicólogo. Le dijo que Oxford podía ser muy estresante. Regresó en una ocasión en que estaba el médico suplente, y este le recetó todas las pastillas que necesitaba.

Lily se quedó en la granja durante todo el tiempo posible, pero, al final, la claustrofobia de aquel lugar la obligó a volver a Oxford. Menos mal que Elle no estaba allí; había tenido que irse a su casa, aunque no sabía muy bien el porqué. Por algo que había pasado con su hermana. Henry había muerto, y George y Caro estaban ensimismados en su luto. No le hicieron ni caso a Lily. Pero Lily sí les prestó atención a ellos. Se sentía como si la estuvieran observando mientras se reían; como si supieran lo que le había pasado. No le daba pena que Henry se hubiera muerto. Le habría dado completamente igual que se hubieran muerto todos. Se imaginó su propio nombre escrito en una lista de algún vestuario; sentía que la gente la señalaba con el dedo y susurraba cada vez que pasaba por el patio. El único sitio en el que podía respirar con normalidad era la biblioteca, donde podía desaparecer entre los libros. Apenas salía de allí. En la casa, Travis intentó pasarle el brazo por encima de los hombros en una ocasión, pero Lily se escabulló tan rápido que se dio un golpe en la pierna contra la mesita auxiliar.

Elle volvió. Lily hizo todo lo posible por no cruzarse con ella, pero una mañana coincidieron en el recibidor muy temprano.

–Lily... –la llamó Elle, deteniéndose.

–¿Sí?

–¿Cómo estás? –le preguntó, acercándose con cautela para acariciarle el hombro.

Lily se apartó con la excusa de coger la mochila.

–Bien.

Sintió la mirada de Elle examinándole el rostro, de modo que intentó mostrarse impasible.

–¿Quieres hablar? –le preguntó Elle.

–¿De qué? –respondió Lily, porque ya ni siquiera lo tenía muy claro.

Su mente enterraba el pasado en cemento.

Entonces echaron la puerta abajo y arrestaron a Travis por posesión de drogas con intención de venderlas, lo cual le vino de perlas a Lily porque así ya no tendría que seguir evitándolo.

40

LILY

–Madre mía, Lily, debería habérmelo imaginado. –Elle rodeó la mesa, le agarró la mano a Lily y se la sostuvo con dulzura. Lily se fijó en que la piel le olía a tabaco–. Joder, lo siento muchísimo –se disculpó Elle–. Henry también lo intentó conmigo. Debería haberlo denunciado. Joder, debería...

–Estás mintiendo –la acusó Caro desde el otro extremo de la mesa.

Pero George se acercó a ellas con el ceño fruncido, como si hubiera debido estar al tanto de aquella información.

–¿A qué te refieres con que también lo intentó contigo?

–A que intentó violarme, George –respondió Elle, tan tajante que hizo que George se encogiera sobre sí mismo–. El día en que apareció por mi cuarto. –Luego le dedicó una mirada asesina y volvió a centrarse en Lily–. Venga, Lily, ¿por qué no te sientas? ¿Quieres un poquito de agua?

Caro apoyó las manos en el respaldo de la silla y se inclinó hacia delante, lista para pelear.

–¿Por qué no dijiste nada cuando pasó?

Elle le sirvió un vaso de agua mineral a Lily.

–¿Qué querías que hiciera? –preguntó, medio riéndose y girándose hacia Caro, con las mangas de la chaqueta vaquera subidas–. ¿Que me enfrentara a Henry Bellinger? Venga ya –sentenció, sacudiendo la cabeza–. No habría salido bien parada.

—¿Y por qué no me lo contaste? —le preguntó George, con expresión dolida.

—Porque creía que podía lidiar yo sola con lo que había pasado —replicó Elle, con la mano en la cadera y lista para defenderse.

—Vaya, ¿y cómo lidiaste con ello? —preguntó Caro, riéndose solo de pensarlo.

—Conseguí que George lo drogara antes de que participara en la regata contra Cambridge —contestó Elle, mordaz e indiferente, como una adolescente que tiene preparada una respuesta inteligente aunque nadie se lo espere.

—¿Qué? —chilló Caro.

—No tengo ni idea de qué estás... —contestó George, nervioso.

—Corta el rollo, George —se burló Elle, apartándose el pelo de la cara—. Ya pasó todo. Nadie va a hacer nada al respecto por lo que ocurrió. Además, estamos lidiando con un tema mucho más importante —añadió, señalando a Lily.

—¿Drogaste a Henry? —le preguntó Caro a George, nerviosísima y llevándose una mano al pecho, como si fuera a desmayarse de un momento a otro.

—¡Claro que no! —respondió George al instante.

—Sí que lo hizo —dijo Elle, directa, acercándose hacia donde estaba Caro—. Y ese hijo de puta se lo merecía con creces.

Mientras tanto, en el otro extremo de la mesa, Travis aprovechó el escándalo que estaban montando Elle, George y Caro para acercarse a Lily, que estaba sentada en silencio, dándole sorbitos al vaso de agua.

—¿Por qué no me lo contaste? —le preguntó, agachándose a su lado y tomándola de la mano.

Lily no quería que le prestara atención ni que se acercara a ella. Vio el tatuaje moverse cuando Travis tragó saliva. Le dieron ganas de apartarlo de un empujón, pero estaba agotada. Decirles en alto lo que le había pasado había consumido todas sus fuerzas. La única persona a la que se lo había dicho hasta entonces era a su psicóloga, y ahora se sentía como si le hubieran arrebatado el alma, y costaba muchísimo mover un cuerpo que estaba hueco por dentro.

Travis le apoyó una mano en el hombro, con unos dedos cálidos y posesivos. Lily quería que dejara de tocarla.

—Sabía que te pasaba algo —le dijo Travis, que no dejaba de repasar los sucesos mentalmente.

Estaba tan cerca de ella que le veía los piercings de la oreja y los poros de la piel. Lily bajó la vista hacia el plato y se dedicó a repasar el diseño con la mirada.

—Lily, podrías habérmelo contado. Deberías habérmelo contado —le dijo con ese tono de voz tan molesto que empleaba cuando se ponía a hablar de meditación y de *coaching*; ese tono condescendiente, como si pudiera haberle dado todas las respuestas que buscaba si le hubiera pagado para que le diera una de sus charlas.

—¿Podemos dejar de decir «drogar»? —profirió George, intentando justificarse—. Solo le di un somnífero. ¡Fue Henry el que hizo trampas! —añadió, mirando con desesperación a Elle, que lo observaba con las manos en las caderas y cara de asco.

—¡Voy a denunciaros a ambos! —exclamó Caro, que no iba a pasar aquello por alto, negando con la cabeza y sacudiendo los pendientes de esmeralda.

—No creo que sea muy buena idea, ¿no, Caro? —le soltó Elle, con tono de advertencia y los ojos entrecerrados, como un gato al acecho—. Quién sabe qué otros secretitos podrían salir a la luz...

A Caro se le hundieron los hombros y se le hincharon las narices.

—Esto... —intervino George, tirándose del cuello de la camisa de lo nervioso que estaba—. Creo que deberíamos centrarnos en Lily.

Caro sacó una silla arrastrándola por el suelo y se desplomó sobre ella.

—Lo único que queréis es echarle la culpa a Henry para sentiros mejor por lo que hicisteis —les dijo con la voz rota por las lágrimas contenidas–. No decís más que mentiras. –Se estremeció y rompió a llorar, con las manos en la cabeza, de modo que lo único que le veían era el nacimiento de la melena cobriza–. Henry jamás habría hecho algo así.

Desde el otro extremo de la mesa, Lily sintió que todo el mundo se estaba llevando su historia a su terreno para adueñarse de ella. Quiso volver a guardarla en una caja, volver al instante en que la psicóloga le había dicho, con la voz cargada de seguridad: «Lily, te han negado el control sobre tu propia historia. Tienes que recuperarlo y adueñarte de él».

Cuando Travis le volvió a preguntar por qué no se lo había contado, apartó el hombro para que dejara de tocarla. Aquella amabilidad condescendiente con la que lo miraba, con esos ojos que en otro tiempo la habían mirado con diversión y horror cuando le había confesado que no se había acostado con nadie, fue como acercar una cerilla a la rabia que bullía en su interior.

–¿Alguna vez te enfadas? –le había preguntado su psicóloga en una ocasión.

Y, tras tomarse un instante para meditar su respuesta, para ponerle nombre a la opresión constante que sentía al rojo vivo en la boca del estómago, Lily le había contestado:

–¡Siempre estoy enfadada! –Admitirlo en alto, ponerle nombre a aquel sentimiento, había hecho que se lanzara a hablar hasta quedarse sin aliento–. Cada vez que me subo a un escenario para hablar sobre mi libro, me dan ganas de ponerme a gritar. A veces me pasa cuando estoy en el súper, o cuando estoy en la cama... Tengo tanta rabia en mi interior que me dan ganas de tirarme del pelo solo para que se calme. Y no es solo enfado lo que siento. Es ira.

Aquella bola ardiente de ira fue la responsable de que Lily apartara la silla con tanta fuerza que chocó contra el aparador francés y derribó la cacatúa de porcelana, que cayó al suelo y rebotó en la moqueta.

–¡Me rechazaste! –le gritó, con los puños apretados y los dientes al descubierto.

La sorpresa hizo que Travis guardara silencio. Seguía a gachas, y estuvo a punto de caerse de culo. Miraba a Lily con la boca abierta, como si acabara de estallar una bomba. De repente, el tatuaje y el pelo rapado le parecieron ridículos, como si fueran elementos de un disfraz. Todo el mundo se quedó callado. Lily se oyó el corazón, latiendo como un tambor en medio de aquel silencio. Nadie se movía. Lo único que se oía era el tictac del reloj de Caro.

Y entonces, sin previo aviso, Travis le asestó un puñetazo a la mesa y dijo, con una risa de resignación y condescendencia:

—Sabía que habías sido tú.

41

LILY

—¿Que había sido yo? ¿La que hizo qué?

Lily miró a los demás para comprobar si alguno de ellos sabía a qué se estaba refiriendo Travis, pero estaban igual de perdidos que ella. Hasta Caro se había olvidado de su arrebato de autocompasión y los miraba con los ojos abiertos como platos, como si fuera una gallina asustada.

—No te hagas la tonta —le dijo Travis, que daba golpecitos con los dedos en la mesa, sin apartar la mirada de Lily—. Tenía mis sospechas, pero nunca he estado seguro del todo. Quería saber si lo averiguaría esta noche cuando nos encontráramos. Los llamaste para vengarte, ¿verdad?

—¿A quién?

Lily estaba tan desconcertada por el giro de los acontecimientos que no sabía qué estaba pasando. Quiso encogerse y retroceder, pero la silla ya estaba pegada contra el aparador.

—¡A la policía! —exclamó Travis, como si Lily fuera idiota por no entenderlo.

Lily tragó saliva.

Los ojos de Travis parecían negros bajo la luz resplandeciente de la lámpara de araña. Travis estiró los brazos por encima de la cabeza, como si quisiera escapar de la frustración que se había apoderado de él.

—Me jodiste la vida, y lo hiciste únicamente porque no quise acostarme contigo, hostia.

—Pero ¡si acabas de decirme que era lo mejor que podría haberte pasado! —respondió Lily, con los ojos anegados de lágrimas.

—¡Pues era mentira! —exclamó Travis con un bufido—. ¿Crees que me gusta perder el tiempo enseñándole estas mierdas a la gente? ¿Diciéndole a la gente patética que ocupa puestos que yo debería estar ocupando cómo relajar la mente para librarse de la ansiedad? ¿Sabes lo mucho que puede llegar a hundirte? —dijo, extendiendo las manos, como si le estuviera formulando la pregunta al grupo entero—. Y todo mientras mi padre acumula millones de libras que deberían pertenecerme. ¡Ese dinero era mío! —Dio un golpe en la mesa. Lily se quedó mirándole las uñas, romas y recortadas con esmero—. Así es como debería haber sido mi vida. Y lo habría conseguido, pero, claro, el gilipollas del juez tuvo que decirle a mi padre que su hijo había deshonrado a su familia y validar todas sus críticas hacia mí; tuvo que darle a ese hijo de puta pomposo la munición que necesitaba para acabar conmigo. ¿Lo mejor que me ha pasado nunca? —se burló Travis, pasándose una mano por la cabeza afeitada, con manchas de sudor bajo los brazos—. ¿Cómo es posible que sigas siendo tan ingenua?

Lily estaba demasiado patidifusa como para responder nada.

—Espero que te sintieras bien –le dijo Travis, acercándose mucho a ella–, porque te juro que lo conseguiste: me arruinaste la vida.

—Tranquilízate, Travis —dijo George desde el otro extremo de la mesa, intentando calmar el ambiente—. No creo que estés siendo del todo justo.

Lily no podía creerse lo que estaba pasando; que, después de todo lo que había contado y todo por lo que había pasado, Travis aún tuviera el valor de hundirla aún más cuando ya estaba en la mierda, de hacer que se sintiera como si no valiera nada. El aire se cargó de ruido blanco.

—No llamé a la policía, Travis, pero ojalá lo hubiera hecho, joder.

—Ni te molestes —respondió él, con arrogancia y seguridad—. Siempre supe que salir contigo fue un error.

Le dedicó una mirada arrogante de pies a cabeza y luego apartó la silla para poder alejarse de allí.

—Lily fue lo mejor que te ha pasado en la vida, y lo sabes —dijo Elle entonces, mirándolo fijamente con sus ojos azules, controlando mucho la voz para no ponerse a gritar—. Lo que pasa es que eras un niñato mimado que tenía demasiada lástima de sí mismo como para darse cuenta de ello. Tu vida ya estaba jodida antes de conocer a Lily. —Elle apartó la mesa con fuerza y se colocó al lado de Lily—. Yo llamé a la policía.

Sorprendido ante aquella confesión, Travis se detuvo y se dio la vuelta. No sabía a dónde mirar, a quién creer. Regresó a la mesa y las miró a ambos.

—No es verdad —dijo.

—Sí que lo es —respondió Elle con una carcajada falsa. Luego pasó junto a Lily y se colocó entre ella y Travis. Lo único que veía Lily eran las lentejuelas de la chaqueta vaquera—. Venga, Trav, grítame a mí —le dijo Elle, sin inmutarse—. Insúltame a la cara, a ver qué es lo que tienes que decirme.

Pero Travis se había quedado sin aliento. Dio un paso atrás y tropezó con la silla inclinada.

—¿Por qué lo hiciste?

—Porque fui yo quien encontró a Lily, Travis —respondió Elle, curvando los labios rojos en una mueca de desdén—. Fui yo quien la acompañó a casa, y fui yo quien vio el estado en el que se encontraba. No tú. Tú habías desaparecido sin dejar rastro. Siempre escondido en esa habitación lúgubre tuya. ¿Sabes qué fue lo que pensé en ese momento? —le preguntó Elle, alzando la barbilla, y esperó hasta que Travis negó con la cabeza—. Pensé que eras tú el que les vendía las drogas a los chicos, que las tenías todas ahí en tu cajita. El Rohypnol, el GHB, la ketamina... Todo bien etiquetado para tu clientela exigente. —Elle lo miró con auténtico desprecio—. No me parecía justo que te fueras de rositas.

Travis no se creía lo que estaba oyendo. Se llevó las manos a la cabeza con los codos extendidos y los músculos tensos mientras procesaba lo que acababan de decirle.

—Serás zorra —dijo entonces, acompañando sus palabras de un bufido. Como Elle no se inmutó, Travis se acercó a ella, separó las piernas y apoyó el dedo con fuerza sobre la mesa para marcar sus palabras—: Si Henry quería drogas, podría haberlas conseguido de cualquiera.

Lily quería que Elle se quitara de delante de Travis. La rabia con la que la miraba él le hizo temer por su seguridad.

—Pero se las diste tú, Travis —respondió Elle, enarcando una ceja.

—¡Henry jamás habría comprado ese tipo de cosas! —protestó Caro desde el otro extremo del salón.

Nadie le prestó atención.

—A lo mejor deberíamos sentarnos —intervino George—, y hablar las cosas con calma.

—¡No fue culpa mía! —protestó Travis, dándole una patada a la pata de la mesa a causa de la frustración—. La gente me las pedía.

La botella de vino de Oporto cayó sobre el queso y manchó de rojo las etiquetitas y el *brie* exudado. Caro soltó una palabrota y se puso a limpiar el desastre con una servilleta.

Elle hizo una mueca, como si Travis fuera la persona más estúpida con la que se había topado en toda su vida.

—¡Aun así, no tenías por qué vendérselas!

—¡Lo que hicieran con ellas era cosa suya! —gritó Travis.

—Ya, claro —contestó Elle—. Eso díselo a ella.

Elle señaló a Lily, que se sintió como si la estuvieran apuntando con un foco. La víctima, sin voz, permaneció sentada cuando Travis agarró a Elle del puño de la chaqueta vaquera y tiró de ella con tanta fuerza que la melena de rizos rubios salió despedida hacia atrás.

—¡Lo que le pasó no tiene nada que ver conmigo! —exclamó Travis.

Lily no sabía si Travis iba a hacerle daño a Elle. Estaba bastante segura de que Elle podía defenderse por sí misma, o que puede que incluso George interviniera y tirara de Travis, pero algo ocurrió en cuanto Travis le puso las manos encima a Elle.

Quizá fuera el hecho de que Travis le hubiera vendido las drogas a Henry, o quizá fuera el recuerdo de que la había humillado en el momento en que más vulnerable se había mostrado. Quizá fuera una forma de decirle que se fuera a la mierda por haberse reído de ella. Quizá fuera el hecho de que, aunque Travis la había advertido sobre quién era, en el fondo había hecho que creyera que era una persona distinta. Quizá fuera darse cuenta de que Travis era exactamente la clase de persona que siempre había afirmado ser, que la única persona a la que estaba sometido era a su propio padre porque eran iguales, y que Lily había sido tan tonta como para no darse cuenta de que Travis estaba podrido por dentro. Quizá fuera rabia por su antiguo yo. Quizá fuera para defender a su antiguo yo. Quizá fuera que se había pasado los últimos quince años sabiendo que, cada vez que su padre la miraba con preocupación y cansancio, este sabía que a su hija le pasaba algo. Quizá fuera que llevaba siglos sin dormir bien. Quizá fuera que Travis la había acusado de delatarlo a la policía por sus trapicheos insignificantes justo después de que ella hubiera revelado el secreto que le había puesto la vida patas arriba. Quizá fuera que al fin había logrado hallar un culpable y que, como Henry ya no estaba, Travis era lo más parecido. Ya se encargaría su psicóloga de dilucidar los detalles. Pero, entonces, al ver que Travis arrastraba a Elle, el cuerpo y la mente disociados de Lily se fusionaron, y Lily agarró el cuchillo de queso, el que tenía agujeros e imitaba al emmental y, con la fuerza acumulada durante cinco años de represión, se lo clavó con fuerza a Travis en el abdomen.

42

LILY

Caro gritó.

—Joder —exclamó George.

Travis soltó a Elle y se llevó las manos a la herida sangrante del costado.

—¡Hostia puta! ¡Me has apuñalado! ¡No me creo que me hayas apuñalado, joder! Me voy a morir.

—No te lo saques —le ordenó Elle, tambaleándose, intentando recuperar el equilibrio.

Travis daba saltitos de un lado mientras agarraba el cuchillo del queso que le sobresalía del cuerpo. El final del mango se enroscaba e imitaba la cola de un ratón.

Lily se sentó. No podía creerse lo que había hecho. Se sentía genial; poderosa, fuerte. Estaba completamente satisfecha consigo misma. Se quedó mirando una lámina que tenía Caro en la pared en la que ponía: «*We'll go dancing. Everything will be all right*». Lily se rio por dentro.

—¡Llamad a una ambulancia! —gritó Caro mientras corría para contener la hemorragia con una servilleta de lino.

George se sacó el teléfono y llamó al 999.

Travis retrocedió tambaleándose, se apoyó en una silla y se llevó las manos al estómago.

—¿Por qué lo has hecho? —le preguntó a Lily, mirándolo con los ojos desorbitados.

Caro lo ayudó a tumbarse en el suelo. La cara tela de lino

estaba empapada de rojo. Intentó que Travis estuviera cómodo mientras se retorcía y daba patadas angustiosas de rabia.

—Ya viene la ambulancia —anunció George—. ¿Qué hago?

Elle hizo caso omiso a todo lo que estaba ocurriendo con Travis y se giró hacia Lily.

—Lily, siento mucho lo que te pasó.

—No pasa nada —respondió Lily, mirándola a esos preciosos ojos azules.

—Sí que pasa —contestó Elle—. Quise hablar contigo en su momento, pero tuve que irme a casa, y luego se murió Henry, y tú estabas siempre con la cabeza metida entre las páginas de un libro. Hice mal en no insistir e intentar ayudarte, y no me enorgullezco de ello. Perdona.

—Pero ¿qué coño dices? —gritó Travis—. Me estoy muriendo. Me ha apuñalado.

—No te estás muriendo —respondió Elle, mirándolo por encima del hombro.

—Puede que se esté muriendo —dijo George.

Lily tenía las manos apoyadas sobre el regazo; se miró las uñas mordidas y el pulgar que siempre llevaba cubierto con una tirita.

—¡Pues busca en Google cómo curar una puñalada! —le espetó Elle a George, y luego le dijo a Lily, con un tono de voz mucho más calmado—: Debería haber denunciado a Henry cuando intentó violarme.

Lily alzó la mirada y se encontró con el rostro cargado de culpa de Elle.

—O a lo mejor Henry no debería haber hecho lo que hizo —respondió ella con tanta brusquedad que hasta se sorprendió a sí misma.

Elle sonrió con los ojos llorosos, parpadeó para contener las lágrimas y abrazó a Lily con fuerza contra el pecho. Lily cerró los ojos, inhaló el perfume de Elle y se dejó querer.

—¡No es momento de ponerse a dar abrazos, joder! —les echó en cara Travis.

—Está muy pálido... –comentó Caro, sosteniendo la cabeza de Travis sobre el regazo, obligándolo a mantener el cuerpo doblado para cerrar la herida, con la mano aún en la servilleta.

—No hagas mucha fuerza –le recomendó George, que no dejaba de mirar la pantalla del teléfono–. Levántale las piernas. Tenemos que impedir que le dé un choque circulatorio. Caro, ¿tiene la herida en el pecho?

—Más abajo –respondió Caro, que se había convertido en la eficacia personificada–. Chicas, ¿os importaría dejar los abrazos para luego y echarnos una mano, porfa?

—¡Que no coja frío! –ordenó George.

—¿Alguien puede acercarme una manta? –preguntó Caro.

Elle dejó escapar un suspiro. Se separó de Lily, se acercó hasta el sillón de cuero y cogió la manta decorativa del respaldo.

—No se merece tanta atención –le dijo a Caro cuando se la arrojó.

—Lo han apuñalado, Elle –respondió Caro, firme, mientras envolvía con la manta a Travis, que estaba cada vez más adormecido a medida que se le pasaba la impresión inicial y aumentaba el dolor.

—Me duele mucho –protestó.

—¿Por qué no pruebas a meditar? –sugirió Elle con tono despreocupado y sarcástico.

Cogió una silla, se sentó junto a Lily y le apartó el pelo por detrás de los hombros.

—George –dijo Caro entonces, como si estuviera en una reunión de padres y profesores–, ¿puedes traerme una toalla limpia del armario del baño de la planta inferior? Una de las marrones, si no te importa; las verdes pistacho son nuevas.

George se marchó de allí a toda prisa.

Travis gemía y se retorcía en el suelo.

George volvió con tres toallas marrones y se agachó junto a Caro.

—Creo que no podemos hacer más –dijo después de cambiar

la servilleta por una de las toallas–. Está bien y estamos presionando la herida.

–No estoy bien –murmuró Travis.

Elle fue a por otra manta y se la pasó a Lily por encima de los hombros.

–¿Qué vamos a decirles a los de la ambulancia? –preguntó cuando volvió a sentarse.

–¡Que me han apuñalado, joder! –gimió Travis.

Elle no le hizo ni caso. Se inclinó hacia delante, apoyando los codos en las piernas cruzadas, con las manos juntas por delante, y dijo:

–Vamos a tener que inventarnos algo.

–No pienso mentirle a la policía –respondió Caro, frunciendo el ceño.

Las velas titilaban sobre la mesa. El queso estaba bañado en vino.

–No creo que te suponga ningún esfuerzo –le contestó Elle.

–Sería perjurio –replicó Caro, apretando los labios.

–Como si a ti te preocupara lo más mínimo –dijo Elle, poniendo los ojos en blanco.

–Comprobadle el pulso –intervino George, que seguía refugiado tras su teléfono–. Elle, no creo que mentir sea...

–No necesito que creas ni pienses nada, George. Ya me encargo yo de eso –dijo Elle, echándose hacia atrás y pasándole el brazo por los hombros a Lily.

George agachó la mirada hacia el teléfono y asintió.

–No vamos a inventarnos nada –dijo Travis, que intentó levantarse con una mueca de dolor y las pupilas dilatadas–. Quiero que se haga justicia.

Caro intentó tranquilizarlo para que se volviera a tumbar.

–Decidles que he sido yo –dijo Lily, que ya no soportaba más tensión ni peleas. Quería que todo aquello se acabara de una vez–. Me da igual.

–Me parece una buena idea –contestó Caro, que adoptó una postura más recatada en la silla.

–Ni de coña. –Elle se levantó tan rápido que tiró la silla. La cogió a toda prisa, sin apenas prestar atención a sus movimientos–. Lily ya ha sufrido bastante.

Lily se fijó en que a Elle le temblaban las manos de rabia cuando colocó bien la silla y empezó a rebuscar el tabaco en el bolso.

–Aquí no puedes fumar –le advirtió Caro.

Elle no hizo caso y se encendió el cigarrillo. Llegó hasta el otro lado de la mesa y se puso a dar vueltas de un lado a otro entre nubes de humo, chasqueando los dedos mientras pensaba.

–Vale, Travis –dijo entonces, deteniéndose y apoyándose en la mesa–, estas son las opciones que tienes. Primera opción: decimos que ha sido en defensa propia, que lo he hecho porque me tenías agarrada y me estabas amenazando. No es lo ideal, por varios motivos, y además tampoco quiero cargar con la culpa por algo que no he hecho.

Travis entrecerró los ojos; estaba prestándole atención, aunque fingiera que no.

–Segunda opción –prosiguió Elle–. Decimos que ha sido Lily. –Extendió las manos–. Vamos, la verdad –añadió, y echó la ceniza en una copa de vino vacía. Caro se encogió sobre sí misma–. Pero, os lo advierto..., me aseguraré de que la defensa de Lily sepa todo lo que hicisteis, y todo lo que ha pasado en este grupo saldrá a la luz. ¿Me estáis oyendo? Travis, tu padre se enterará de todo lo que hay tras tu caja de *Harry Potter*; de todas las consecuencias y hasta el último detalle, ¿me oyes?

Travis la fulminó con la mirada, como bien pudo, aun con el dolor que le recorría el cuerpo entero.

Caro había empalidecido mientras seguía sujetando la toalla.

–¿Y cuál es la tercera opción? –farfulló George, tratando de mantener la compostura.

–Decimos que ha sido sin querer –contestó Elle, soltando el cigarrillo en la copa.

–¿Cómo coño te apuñalan sin querer? –gruñó Travis.

A lo lejos se oía una sirena.

—No lo sé —contestó Elle—, pero la ambulancia está a punto de llegar, así que se nos tiene que ocurrir algo.

Todos comenzaron a centrarse en hallar un modo de salir de aquel atolladero sin que los incriminaran de nada.

—El otro día leí algo que llamaban las «heridas de clase media» —comentó Caro desde el suelo—. Gente que se corta con los aguacates, que se quema la frente con la puerta del horno. No sé, a lo mejor podemos inventarnos que ha sufrido un accidente con una tabla de quesos.

—¿Cómo te quemas la frente con la puerta del horno? —preguntó George.

—Acercándote para ver cómo va la pizza —respondió Caro, que dejó de hacer presión en la herida para explicarle a George a lo que se refería.

—¡Joder! —gritó Travis—. ¡Que me han apuñalado!

—Perdona —se disculpó Caro, que volvió a poner la mano donde la tenía.

Lily contuvo una carcajada.

—Vale —dijo Elle—. Ha tenido un accidente con la tabla de quesos. George, levanta y ven aquí.

George obedeció al instante y, a trompicones, se puso en pie. Elle cogió una cucharilla que estaba sobre la mesa para el café de después.

—A ver, no tropecemos dos veces con la misma piedra —dijo, con un brillo de diversión en la mirada, mientras blandía el cubierto romo. Después cogió un poco de *brie*—. Toma, prueba este queso tan...

Fingió que tropezaba y le clavó la cucharilla a George en la barriga.

—Ay —protestó George, echándose hacia atrás.

—¡Pues imagínate si no fuera una cuchara! —musitó Travis.

Lily se quedó mirando el pegote de *brie* que se había quedado en la camisa de George y se mordió el labio.

—En el cuchillo no había queso —comentó.

—¡Por el amor de Dios! —exclamó Elle, y arrojó la cuchara sobre la mesa, hecha una furia.

—¿Y si le ponemos el queso ahora? —propuso Caro.

—¡No! —gritó Travis, cubriéndose el abdomen con gesto protector.

La sirena sonaba cada vez más cerca.

George intentaba limpiarse el pegote de queso de la camisa de Paul Smith.

Elle cerró los ojos con fuerza mientras pensaba.

—¿Y si decimos que le estaba enseñando el cuchillo a Travis? —sugirió Lily, después de aclararse la garganta—. Podemos decir le estaba enseñando los agujeros y el mango con forma de ratón, y que tropecé.

—¿El mango tiene forma de ratón? —preguntó Caro.

—Sí, mira —respondió Lily.

Levantaron la manta y todos miraron el mango del cuchillo, que sobresalía del vientre de Travis.

—Es verdad... —comentó Caro.

—¡Qué buena idea, Lily! —la felicitó Elle.

Los técnicos de emergencias llamaron a la puerta.

—Ya iba siendo hora, joder —musitó Travis.

George fue corriendo a abrir la puerta.

Lily fue testigo de todo desde su silla. Observó a Travis, que se retorcía en el suelo en busca de una posición más cómoda; a Caro, que hacía aspavientos con la manta; a Elle, que tenía la mirada clavada en la puerta y había adoptado una actitud profesional mientras preparaba la historia que iba a contarles a los técnicos. Cuando estos entraron en el salón, el agotamiento se apoderó de Lily. Sin embargo, bajo aquella sensación, sentía una satisfacción que no le resultaba familiar. Al fin comprendía lo que era que le prestaran atención; lo que era haber encontrado su voz.

43

CARO

Digestivo: coñac Hennessy XO

Brian, el marido de Caro, llegó a casa con su hija Bethany tras la cena en el club de *rugby*, justo cuando los técnicos de emergencias estaban atando a Travis a la camilla.

—A lo mejor me muero. Lo siento —dijo Travis, que estaba hablando por teléfono con su padre sin dejar de llorar—. ¿Vendrás a verme al hospital?

Jamás supieron la respuesta del padre porque la ambulancia se llevó a Travis.

—¿Qué piensas? —le preguntó George a Caro, que se había acercado a la puerta de la casa—. ¿Crees que su padre aparecerá por allí?

Pero Caro no estaba prestando atención; estaba demasiado ocupada viendo como Elle saludaba a Brian y a Bethany.

—¡Brian Carmichael! Madre mía. ¡Hace siglos que no te veo! No me lo puedo creer. —Elle abrazó a Brian con el mismo entusiasmo con el que abrazaría a un marido al que hacía años que no le veía el pelo—. ¡Me alegro tanto de verte! ¿Y quién es esta hermosura? —preguntó luego, centrándose en Bethany—. ¡Madre mía, eres guapísima! ¡Os parecéis un montón! —les dijo con una sonrisa tan amplia que no le cabía en el rostro.

Bethany sonrió, encantada de que le prodigaran tantas atenciones; igual que Brian, que tenía las mejillas sonrosadas.

A Caro se le erizó el vello de todo el cuerpo. Se moría por separarlos, mandar a Bethany a la cama y sacar a Elle de allí a la fuerza. Sin embargo, lo único que pudo hacer fue observarlo todo, y hasta se molestó cuando Brian se quedó prendado de la mirada de Elle. Aunque Caro no lo quería, tampoco le gustaba que se sintiera digno de recibir tantas atenciones de alguien como Elle.

Además, por si fuera poco, Elle tenía comiendo de su mano a Bethany, que normalmente siempre se mostraba arisca y despectiva. La condujo hasta los sillones de cuero, como si fuera su nueva mejor amiga, para averiguar todo lo que pudiera sobre ella mientras esperaban a que llegara la policía. Al entrar, Elle le guiñó un ojo a Caro.

Caro se puso a recogerlo todo para mantenerse ocupada. Envolvió los quesos con papel de plástico y los guardó en la nevera. Luego sacó los bombones caros que había comprado en el Waitrose.

Cuando llegó la policía, Elle trató con ellos con autoridad pero serena; utilizó su tono de abogada y una jerga legal de lo más rebuscada.

Caro preparó café y trató de que la presencia de Brian no le resultara tan molesta. ¿Podía obligarse a que su sonrisa le pareciera más dulce, y el pelo menos apagado y más cuidado? ¿Que sus mejillas le parecieran menos rojizas y más rubicundas? ¿Pensar en su dinero como en algo que ahorrar para cuando ambos fueran ancianos y no en algo que malgastar comprando cosas caras únicamente para que se enfadara con ella? La policía se marchó cuando comenzaba a amanecer, y los pájaros se pusieron a cantar en el jardín. Bethany ya se había ido a la cama.

Todos estaban reunidos en la cocina.

—Madre mía, menuda nochecita —exclamó Brian tras acompañar a la policía hasta la puerta—. ¿A alguien le apetece un brandi?

—No, a mí no —contestó Lily, que ya se había puesto la chaqueta—. Me voy a ir yendo.

—A mí me encantaría, Bri —respondió Elle con su sonrisa más despampanante. Caro se tensó. No creía que pudiera soportar aquella situación mucho más—. Pero creo que debería irme —añadió Elle con una sonrisa, dirigiéndole una mirada divertida a Caro—. Tenemos que quedar pronto, ¿eh?

—Yo creo que me voy también —dijo George—. Tengo que volver a casa con la parienta. —Entonces se quedó callado, miró a Elle con nerviosismo y reformuló lo que acababa de decir—. O sea, con Audrey y el niño. Tengo que explicarle lo que ha pasado.

Todos fueron hacia la puerta de la casa. Caro se miró en el espejo del recibidor: estaba pálida y apagada, tenía el pelo sin brillo y unas ojeras espantosas.

—Bueno, ha sido una noche de lo más interesante —dijo junto a la puerta de la casa, muriéndose de ganas de que se fueran de una vez.

—Pues sí —contestó George, estrechándole la mano a Brian—. Ha sido una noche muy curiosa. —Entonces se quedó callado y preguntó, incómodo—: Entiendo que mañana no vamos a ir al homenaje, ¿no? O sea, si aún te apetece ir, puedo pasarme por aquí después de dormir un poco y podemos ir juntos. Es que imagino que lady Bellinger cuenta con que hagamos acto de presencia.

A Elle se le escapó la risa.

—No voy a ir al homenaje de Henry —respondió Caro, serena—. No después de lo que ha pasado.

Sintió que Brian le apoyaba una mano en el hombro para consolarla, y tuvo que hacer un esfuerzo por no encogerse.

—Ya —dijo George—. Ya, no. Tienes razón. —Habían llamado a tres Ubers que estaban esperando en la acera. George cogió la bolsa con la ropa para pasar la noche que no había llegado a deshacer—. Bueno, gracias por invitarnos.

Le dio dos besos a Caro en la mejilla y le estrechó la mano a Brian. Lily lo imitó.

—Oye, Brian, te llamo un día de estos, ¿vale? —le dijo Elle.

Y luego, con la excusa de darle un beso en la mejilla a Caro, le susurró–: Pórtate bien con él.

Y todos se adentraron en el amanecer oscuro.

Caro cerró la puerta con un suspiro de alivio.

–¿Te apetece una copita rápida de brandi, cielo? –le preguntó Brian.

Caro hizo todo lo posible por no estremecerse cuando la llamó «cielo».

–Claro, ¿por qué no? –contestó, intentando sonreír

Brian pareció sorprenderse ante tanta simpatía. Quizá la situación no tuviera que ser tan horrible.

Al menos podía intentarlo.

44

GEORGE

George y su esposa se sentaron juntos en el sofá. Raffy, con el pelele puesto, estaba contentísimo mientras cenaba por décima vez aquella noche.

George se había inventado un montón de mentiras para explicar los sucesos de la noche al tiempo que evitaba mencionar que hubiera hecho nada malo, pero, en cuanto entró por la puerta y vio la cara de cansancio de Audrey, que llevaba a Raffy en brazos, con los ojos abiertos de par en par, sintiendo lo que fuera que sentían los bebés, rompió a llorar. George siempre intentaba no llorar en público. De hecho, intentaba no llorar nunca desde que su padre le había azotado en las pantorrillas por cargarse uno de los cristales del invernadero de estilo victoriano con una pelota de críquet; había tenido que contener las lágrimas al momento porque su padre lo había amenazado con contarle a todo el colegio que su hijo era una nenaza.

—Cuéntame qué ha pasado —le dijo Audrey mientras le acariciaba la cabecita al bebé.

—No quiero —respondió George, con las mejillas surcadas de lágrimas—. No te va a gustar.

Audrey se quedó mirándolo, agotada, con los párpados pesados.

—George, no creo que nuestro matrimonio esté en su mejor momento. Si queremos que la situación cambie, tienes que contármelo todo.

Descubrir que Audrey estaba igual de descontenta que él con su relación hizo que George se sintiera aún más amenazado. No se le había pasado por la cabeza que Audrey pudiera abandonarlo, que quizá su devoción no fuera tan ciega como pensaba.

—No me mientas, no líes más las cosas. Cuéntamelo y ya —le dijo ella con un tono que indicaba que se le estaba agotando la paciencia.

De modo que, como un niño llorica que busca el perdón de su madre, George se lo contó todo: la xilacina, el lío con Elle mientras ella lo grababa y también que habían mentido a la policía sobre quién había apuñalado a Travis.

Audrey escuchó con atención. De vez en cuando apartaba la mirada, asqueada. Cuando George terminó de hablar, Raffy se había quedado frito y roncaba como un ratoncito.

Audrey cerró los ojos durante un instante y respiró hondo para recobrar la compostura.

—Guau —exclamó.

—Me odio —dijo George.

Audrey lo miró como si no le apeteciera escuchar aquello en ese momento.

George estiró la mano para acariciarla, pero Audrey se apartó de golpe. Raffy se despertó y comenzó a llorar. Audrey dejó escapar un suspiro.

George necesitaba alejarse de aquella expresión de tristeza.

—Voy a preparar un poco de té —murmuró y se fue a la cocina, con la esperanza de que, al estar a solas, Audrey pudiera pensar bien las cosas y aborrecerlo un poco menos.

Sin embargo, cuando volvió, Audrey se había quedado dormida y había dejado a George desesperado en un purgatorio, a solas con sus pensamientos y absolutamente aterrado por lo que pudiera ocurrir por la mañana.

Cubrió a Audrey y a Raffy con una manta y se sentó a su lado en el sofá, sintiendo que todo lo que le había dicho Elle era cierto. Se había pasado la vida pensando únicamente en sí mismo. Y ahora que al fin había abierto los ojos, corría el peligro de perder a las personas que más le importaban en el mundo.

George se obligó a quedarse despierto todo el tiempo posible, consciente de que existía la posibilidad de que aquella fuera la última vez que se sentaba junto a su mujer, según los planes que ella tuviera en mente después de lo que le había contado. Lo que sí tenía clarísimo era que la parte de su vida que se había alzado sobre una seguridad en sí mismo arrolladora y la supresión de las emociones había llegado a su fin. Con suerte, Audrey lo perdonaría, y quizá con el paso del tiempo no se sintiera ni tan patético ni tan tonto. Ni siquiera se atrevía a pensar en cuál era la otra posibilidad. En aquel instante, lo único que quería era sentarse a oscuras con su mujer y su hijo y observarla mientras dormía, hermosa y libre de cargas.

45

LILY

Lily echó las cortinas al amanecer. Se quitó la camisa de flores, los pantalones azul marino y la americana gris que se llevaba a todas las fiestas y eventos literarios y que seguramente jamás volvería a ponerse. Se hizo una coleta y se dio una ducha demasiado caliente que hizo que se le sonrosara la piel y que el espejo se cubriera de vaho. Luego se puso el pijama de algodón que su madre le había enviado por su cumpleaños y las pantuflas. Oyó el murmullo de la furgoneta del lechero en la calle cuando fue a darle de comer a la gata. Al ver el calendario en la nevera recordó que el lunes tenía cita con la psicóloga. La mera idea de verla se le antojó distinta. Se preguntó si le diría que había hecho un gran progreso. Dejó la comida para la gata y se imaginó a la psicóloga inclinándose hacia delante, rozándole la mano y diciéndole: «Estoy orgullosa de ti, Lily». O quizá ya se sintiera orgullosa de sí misma.

Fue al dormitorio pensando en cómo describiría cómo se sentía. Como si un peso con el que estaba cargando desde hacía años se hubiera aliviado. No había desaparecido, pero pesaba menos. «Sí, justo así –pensó mientras se metía entre las sábanas blancas de algodón–, menos pesada».

Era consciente de que tendría que desmenuzar todo aquello en terapia y repasar todos los detalles porque hablar de ello en alto la ayudaría a pasar página. Sin embargo, estaba bastante segura de que lo peor ya había pasado, que ya había acabado con el trabajo duro, que su historia ya le pertenecía. Lily la había encontrado en mitad de las llamas del infierno.

Cuando apoyó la cabeza en la almohada, se le ocurrió que quizá se pasara por la librería para ver a Peter, aunque fuera para saludarlo. Aunque quizá no fuera ya de ya. Poco a poco. Sin embargo, le pareció una idea a la que merecía la pena darle un par de vueltas. Además, si la cosa se ponía rara, siempre podía comprarse un libro.

La gata se subió a la cama y se acurrucó junto a los pies de Lily. La furgoneta del lechero desapareció por el otro extremo de la calle. La cacofonía de los pájaros sonó más fuerte a medida que salía el sol. Y, por primera vez desde hacía siglos, Lily se durmió.

46

ELLE

En el trabajo, Elle siempre había disfrutado de la comodidad del orden de su escritorio de madera contrachapada barnizada, de su silla Eames, de la ventana levemente tintada tras la que volaban los pájaros a la altura de sus ojos y de los papeles etiquetados con esmero. Sin embargo, en su interior, sentía una espiral de energía que hacía tiempo que no notaba y que no podía aliviar trabajando.

A mitad de la semana fue al piso de su hermana al salir del trabajo. Una capa de polvo lo había cubierto todo. Entró en el dormitorio, se sentó en la cama, abrió y cerró el cajón de la mesita de noche que contenía objetos demasiado personales e inútiles como para darles importancia: un blíster vacío de paracetamol y una novela que se había dejado a medias. Olió el perfume de su hermana, acarició la ropa del armario y escribió su nombre en el polvo. Su madre se había llevado los álbumes de fotos, pero Elle encontró en el suelo del salón unas cuantas fotografías que se habían caído de su funda de plástico. Unas cuantas fotos sin importancia de una excursión a la playa de Brighton. Una fiesta de Navidad de la empresa en la que su hermana salía con una corona de papel. Sin embargo, la última fotografía era de ambas: Elle y Sarah. Era del primer día de clase, y su madre las había hecho posar la una al lado de la otra con el uniforme verde. Sarah llevaba los calcetines blancos estirados y el pelo recogido. Elle llevaba unas medias negras antirreglamentarias y se había decolorado los rizos muy mal. Sarah sonreía y Elle hacía pucheros. Vio el brazo del que por entonces era el novio de su madre en la foto, de modo que arrancó ese trozo y lo dejó caer al suelo. Después se llevó la foto a los labios y le dio un último beso a su hermana antes de guardársela en el bolso. En el tren de vuelta a casa, llamó a una empresa de vaciado de casas y a otra de limpieza para que se encargaran de todo lo demás.

El viernes, al acabar la jornada laboral, los del trabajo se fueron de copas porque era el cumpleaños de una de las compañeras, Fiona McNeil, una abogada de divorcios temible que estaba obsesionada con el karaoke. Ante de salir, Fiona asomó la cabeza por el despacho de Elle.

–¿Te vienes? Es una cabina privada con ambientación tropical, luces ¡y un botón para pedir cócteles! –le dijo Fiona, como si aquello pudiera tentar a Elle para que saliera de su despacho.

Elle observó a la multitud del trabajo con una pizca de envidia.

Pensó que, en realidad, se lo había pasado bien durante la cena con Caro. Pese a lo que había contado la pobre de Lily y todo lo que había pasado, le había gustado salir y volver a convertirse en una antigua versión de sí misma. Poco a poco, se había ido alejando de la gente, y la decisión de mantenerse al margen se había convertido en un hábito.

Vio su reflejo en la ventana del despacho; llevaba el pelo recogido hacia atrás, las gafas gruesas con montura de carey y la camisa blanca e impecable. Mucho trabajo y poca diversión habían hecho de Elle una chica aburrida.

Fue en taxi hasta el karaoke con ambientación tropical.

De camino al local le llegó una notificación de su cuenta falsa de Instagram al teléfono (las.tartas.de.belinda, la inocencia personificada) que la informó de que la esposa de George, Audrey, había aceptado su solicitud de seguimiento. A Elle le dio un subidón cargado de culpabilidad. Tenía por delante muchas horas de diversión a base de criticar las vidas de George y Audrey con el detenimiento de un forense. Se moría de ganas de abrir la aplicación.

Pero entonces se acordó de lo patético que estaba George, de que no había dejado de temblar de miedo, después de que Elle lo hubiera grabado restregándose contra ella. «Que viva su vida», pensó. Y, al mismo tiempo, se regañó por tener aquella costumbre tan fea y tan típica de cotillear Instagram y de creerse las vidas falseadas de los demás mientras las comparaba con la suya. Era consciente de que debía ser más sensata, de modo que borró la *app*.

El taxi se detuvo en el Soho, frente al karaoke.

–¡Madre mía, pero si es Elle! –exclamó Fiona desde lo alto de la plataforma, con el micrófono en la mano y una piña colada en la otra.

Elle se pidió un Manhattan y se sentó en un banco de cuero al lado de Xavier Jones-Wright, que no era abogado pero que trabajaba en publicidad en la última planta del mismo edificio y llevaba varios años saliendo con ellos. Era sombrío y taciturno, y también uno de los fichajes estrella de la lista de contactos de Elle.

Bebieron. Bailaron. Elle hasta se animó a cantar y le gustó, pero no se vio con la necesidad de repetir pronto.

–¿Te vienes a mi casa? –le preguntó a Xavier cuando la fiesta fue llegando a su fin.

Xavier inclinó la cabeza, como si la idea lo entusiasmara.

–Puedes quedarte a dormir si quieres –añadió Elle, y dicho esto le dio un mordisco a la cereza del cóctel.

Xavier estuvo a punto de escupir la copa.

–¿Que puedo quedarme? Joder, Elle. ¿Se te han cruzado los cables?

–¿Quieres quedarte o no? –le preguntó ella, enarcando una ceja.

–Desde luego –respondió él, juntando los labios en una sonrisa.

Elle se encogió de hombros como si no hubiera más que hablar. Decidió que le daría una oportunidad a lo de intimar con la gente, aunque fuera para asegurarse de que no se había perdido nada.

47

CARO

Caro habría matado a alguien por uno de los cigarrillos de Elle. Brian había caído rendido después de follar y estaba roncando. Caro había intentado disfrutar del sexo, pero no lo había logrado.

Observó el río a través de la ventana, que parecía papel de aluminio bajo el resplandor de la luna. Se imaginó a dos tripulaciones de remeros surcándolo, hundiendo los remos en el agua. Tanto jaleo por una simple regata. Recordó el rostro de Henry, blanco como la tiza, mientras estaba en el hospital y observaba la regata por la tele. Pensó en lo valiente que había sido Lily al ponerse en pie frente a la mesa de su impoluta casa y revelar lo que le había ocurrido.

El agua brillaba. Los cisnes dormían a la deriva. Un zorro correteaba por la sirga.

De pie, junto a la ventana del dormitorio, a Caro se le desenfocó la vista. Lo único que veía ya era su rostro fantasmal en el reflejo del cristal.

Recordó el trayecto en taxi hacia la fiesta de George Kingsley. Para alivio suyo, Henry había logrado parar un taxi, pero aun así había tenido que caminar más de lo que había esperado, con esos zapatos nuevos que le estaban haciendo una rozadura en el talón. La cintura del vestido se le clavaba en la piel, y el pelo se le encrespaba cuanto más nerviosa se ponía. No se sentía la chica glamurosa que se había propuesto ser aquella noche, ni de lejos, y el hecho de que Elle, con aquel estilo de chica *grunge*, hubiera despertado la atención de Henry no había ayudado en absoluto al ego de Caro. Cuando Henry se subió al taxi sin mirar siquiera a Caro y sin abrirle la puerta, ella se sintió como si a Henry le diera completamente igual que ella estuviera allí.

Henry se sentó en el asiento de cuero. El ambientador del taxi era demasiado fuerte. Caro tuvo que pedirle que bajara la ventanilla.

–¿Qué rollo se traen Travis y... como se llame? –le preguntó Henry.

–Se llama Lily. Viviste con ella, ¿no te acuerdas?

–Claro que me acuerdo, pero no por ello tengo que acordarme de su nombre. Creo que no la he oído hablar en la vida. ¿Por qué le mola a Travis?

–Es virgen –contestó ella con tono despectivo. Caro disfrutaba de la brisa en las mejillas sonrojadas–. Por eso le mola.

–¿Estás de coña? –preguntó Henry, que estuvo a punto de atragantarse. Después se giró hacia Caro con los ojos abiertos de par en par, cargados de fascinación–. ¿Y tú cómo lo sabes?

Caro no lo sabía con certeza, pero estaba bastante segura. Además, le gustaba que Henry por fin le estuviera prestando atención.

–Las mujeres sabemos esta clase de cosas, Henry.

Henry le pasó el brazo por los hombros a Caro y tiró de ella para que se pegara a él.

–Bueno, bueno, bueno. Menudo pillín está hecho Travis.

Caro se había hecho el test de embarazo el día anterior, y había estado pensando cuál era el momento más apropiado para decírselo a Henry. Lo mejor sería pasadas las veinticuatro semanas, cuando ya no pudiera decirle que abortara. Caro siempre había querido ser madre y tener algo a lo que querer y que la quisiera con la misma intensidad, sin ataduras ni críticas.

No había prestado demasiada atención a lo que Henry le había comprado a Travis porque ella no iba a consumir nada. En la fiesta, cada chupito de tequila o de cualquier otra cosa que le ofrecieron acabó en el suelo, que ya estaba empapado. Sin embargo, fue el aroma del alcohol lo que pudo con ella y lo que hizo que se pasara casi toda la fiesta vomitando en los lavabos.

Entonces lo vio. Había oído algo en el cubículo de al lado, pero estaba demasiado ocupada con la cabeza dentro de uno de aquellos asquerosos retretes. Reconoció los zapatos, allí sentada en el suelo, intentando recuperar el aliento. Se levantó, se pegó a la rendija de la puerta. Henry estaba delante del espejo, atusándose el pelo, bien pagado de sí mismo. Conocía muy bien aquella expresión; era la que ponía cada vez que intimidaba a un camarero o cuando lograba humillar a alguien que se había interpuesto en su camino. Extendió los índices y los pulgares frente al espejo, formando una pistola, y salió del baño después de asegurarse de que se había subido la bragueta.

Caro no quería saber qué era lo que había hecho Henry. La clave para ser la novia de Henry era hacer la vista gorda ante un montón de cosas. Se secó la cara con papel higiénico, abrió la puerta y trató de salir del baño sin que nadie reparara en ella, pero no pudo evitarlo; tenía que echar un vistazo. Tenía que ver a la Barbie que estaría arreglándose el pelo y alisándose el vestido. Nunca estaba de más conocer a sus rivales.

Pero no había ninguna Barbie allí dentro, solo unas piernas que sobresalían por la puerta entrecerrada y un zapato perdido. Caro se atrevió a abrir la puerta del cubículo un poco más, y se le escapó un grito ahogado al verla, con el vestido negro levantado, despatarrada y fría. Lily.

Caro volvió corriendo al cubículo del que acababa de salir y vomitó sin parar. Al momento lo comprendió todo. Sabía lo de la lista; la había visto en una ocasión en la que le había revisado el teléfono, pero era otro de esos asuntos que había decidido pasar por alto. Pero no era lo mismo seducir a una chica para pasar el rato, ni tampoco participar en un trío bastante humillante, que drogar y violar a alguien solo porque acababas de descubrir que era virgen. Y Henry lo había descubierto porque Caro se lo había dicho.

En cuanto supo que ya no le quedaba nada en el estómago, Caro se largó pitando del baño y regresó a la fiesta. Necesitaba alejarse de Lily, que parecía una muñeca de trapo rota y torcida.

Vio a Henry junto a la barra, apoyando los brazos sobre los hombros de los chicos del equipo de remo, acaparando toda la atención mientras lo escuchaban embelesados.

No dejaba de pensar en todo lo que había tenido que aguantar para que Henry estuviera contento. Menudo desperdicio. Ni en sueños iba a permitir que un violador fuese el padre de ese bebé al que tanto quería.

Se imaginó la situación en todo su asfixiante esplendor. Tendría que quedarse con Henry y permitir que la tocara con esas manos –que tanto la repugnaban después de lo que había descubierto–, tendría que verlo sostener al bebé, permitirle hacer lo que quisiera con quien quisiera, o, de lo contrario, él y su espantosa madre acabarían con Caro para hacerse con la custodia. Le arrebatarían a su preciado bebé y se lo quedarían, y a ella la quitarían de en medio con su desdén malicioso. ¿Qué otras opciones tenía? ¿Convencer a Lily de que testificara contra Henry? ¿En serio? ¿Lily, que no le haría daño ni a una mosca? La familia Bellinger y sus abogados carísimos las aplastarían a ambas. Además, de todos modos, nunca condenaban a nadie por violación.

Caro buscó a Henry por la fiesta hecha una furia. ¿Por qué no había sabido comportarse? Solo habría hecho falta que fuera un diez por ciento mejor persona y nada de aquello habría ocurrido.

Henry lo había estropeado todo.

Caro no podía permitir que aquel futuro se hiciera realidad.

48

Tercer trimestre de tercero

CARO

Era complicado avanzar a oscuras, con el suelo cubierto de polvo, a través de aquella trampa mortal de alambres y cables. Tropezó con un tablón suelto y estuvo a punto de caerse por un agujero, pero logró ponerse a gatas y mantenerse a salvo. El suelo estaba repleto de escombros, azulejos rotos y herramientas de aspecto letal. Le temblaban las manos. El corazón le latía tan deprisa que temía desmayarse mientras avanzaba a tientas por el pasillo de la planta superior, dejando atrás barras de hierro mientras el yeso se le pegaba a los dedos. Intentó respirar con calma. Estaba asustada y sorprendentemente emocionada. Aquello no le parecía real. Lo percibía todo con mayor precisión: los sonidos, la suciedad, el polvo. Vio rostros en la oscuridad que luego desaparecieron. Era todo obra de su imaginación. Avanzó a oscuras y tuvo que salir con cuidado por la ventana de atrás para subirse al andamio. La ciudad entera resplandecía en mitad de la noche. Se aferró al metal frío y se obligó a no mirar abajo. ¿Qué era lo que había dicho Henry sobre ganar las regatas? «No le des tantas vueltas, hazlo y ya». Desde el andamio tuvo que aferrarse al tejado almenado, que le dejó marcas blancas en las piernas. Pensó en el bebé que llevaba en su interior. ¿Era posible que el miedo lo perjudicara de algún modo? «No tanto como si Henry Bellinger se convierte en su padre», pensó Caro. Se deslizó por el tapajuntas, un balcón improvisado para aquel antiguo castillo de piedra. Tenía el pulso disparado, y casi le daban ganas de reírse a causa del temor, los nervios y la incredulidad. «No pienses –se dijo a sí misma, dando un paso tras otro hasta que llegó a la primera ventana abuhardillada–. Piensa en otra cosa». Las vistas desde allí arriba eran impresionantes.

Henry tenía la lamparita del escritorio de su cuarto encendida. Una voluta de humo ascendía desde el cenicero. Caro lo vio sentando en la cama, descamisado, con la espalda apoyada en la pared y los ojos cerrados.

«Ahora o nunca». En solo diez minutos volvería a respirar con normalidad. Los músculos se le estremecían a causa de la adrenalina. Se obligó a dejar de temblar y llamó flojito a la ventana. Después se puso en pie y se bajó el top, de modo que lo único que vio Henry fueron unos pechos blancos como la leche. Lo hizo para asegurarse de que Henry se acercaba a la ventana, y funcionó, porque se levantó disparado.

Caro retrocedió hacia las sombras para atraerlo hacia la ventana como si fuera un pez enganchado a un anzuelo. Podía saborear el miedo. Estaba resultando demasiado fácil. Henry era tan predecible...

Henry salió por la ventana y se quedó de pie en la estrecha cornisa con el cigarrillo en la boca. No iba a hacerlo; no era capaz.

–Mi padre acaba de morirse, así que no estoy para jueguecitos. O follamos o te das el piro –le dijo él, arrojando la ceniza al vacío.

–No he venido a jugar –le dijo con la voz tan serena que hasta se sorprendió a sí misma.

Se acercó a él y se preguntó si Henry le notaría el pulso acelerado si la tocaba. Le apoyó las manos con delicadeza sobre los músculos del pecho y le acarició la piel como si estuviera alisando las arrugas de una tela. Henry observaba las caricias con una sonrisa. Era tan tonto. Tan engreído. Se creía que era el mejor. Por eso era tan peligroso y susceptible, por aquella arrogancia que le hacía creer que todo el mundo lo deseaba.

Los rasgos de Henry se alzaban sobre ella; era todo nariz, ojos y labios. Era un Henry distinto al que Caro había contemplado en el pasado. Lo que antaño le había parecido hermoso le parecía ahora monstruoso. Henry intentó bajarle la blusa, pero Caro le dijo:

—No, no, no. Voy a hacerte un regalito.

Durante un instante, al ponerse de rodillas, dudó sobre si hacerlo de veras. No iba a hacerlo. Se marcharía de allí. Pero entonces pensó en el bebé, y recordó a Lily con las piernas abiertas de par en par y ensangrentadas en el suelo del lavabo, y recordó la ligereza con la que ella le había dicho a Henry que Lily era virgen.

Henry colocó las manos detrás de la cabeza, encantado.

—Esto mejora por momentos —dijo con una sonrisa de oreja a oreja que le marcaba los hoyuelos.

—¿Verdad que sí? —respondió Caro, apartándose la melena brillante.

Y entonces, antes de que a su mente le diera tiempo a protestar, empujó a Henry Bellinger por el hueco del parapeto.

49

CARO

Qué fácil había sido. Solo había necesitado un buen empujón, como si estuviera jugando con un niño en un columpio. A veces se asustaba de lo fácil que era; un gesto tan inocente como meter un pollo en el horno. A veces, cuando Brian y ella cruzaban el puente ferroviario de Barnes, Caro sentía un cosquilleo en los dedos ante la posibilidad.

En ocasiones pensaba que le habría gustado compartir su secreto con otra persona, soltarlo, como quien se relaja después de haberse pasado el día metiendo tripa. Había fanteaseado con contárselo a Elle y sorprenderla con su valentía. No solo le habría quitado importancia a que Elle hubiera mencionado, de forma despreocupada, que había trazado un plan para drogar a Henry, sino que además le habría revelado que ambas se parecían más de lo que ella creía. Caro se habría deleitado con su admiración. Se imaginaba que aquella revelación habría marcado el inicio de una amistad inusual. Caro por fin habría formado parte del círculo de Elle. Al fin la habría aceptado.

Sin embargo, Caro no se había esperado lo de la hermana. No se había esperado que algo tan tonto pudiera frustrarle los planes. Tras marcharse de Oxford, Caro no había vuelto a pensar en los trabajos por los que había pagado, pero no podía pasarse la vida flagelándose por haber sacado el tema durante la cena, arrastrada por aquel deseo irrefrenable de intentar hacerse la guay.

Ahora estaba atrapada.

Brian soltó un ronquido tan fuerte que se despertó. Rodó sobre la cama como una morsa en la playa, tanteó el hueco libre de la cama y, al ver que Caro no estaba allí, se incorporó.

—¿Vienes a la cama, cielo? —le dijo bostezando.

—Sí, cariño —respondió Caro, forzando una sonrisa.

Se alejó de la ventana y volvió a meterse entre las sábanas. Brian le pasó el brazo por encima de la tripa y la aprisionó contra él, más contento que unas castañuelas.

Caro se quedó despierta, observando el papel de la pared con los ojos abiertos de par en par. Le quedaban muchas noches largas por delante para averiguar cómo escapar de allí.

Agradecimientos

Mil gracias a mi editora, Kate Mills, y a mi agente, Rebecca Ritchie, que fueron imprescindibles para que este libro fuera lo mejor posible. También me gustaría darle las gracias a todo el equipo de HQ (al departamento editorial, al de diseño, al de producción, al de *marketing* y relaciones públicas y al comercial) por trabajar con tanto ahínco en cada libro que publican.

Índice

p. 9 Capítulo 1
15 Capítulo 2
19 Capítulo 3
25 Capítulo 4
32 Capítulo 5
43 Capítulo 6
56 Capítulo 7
67 Capítulo 8
77 Capítulo 9
83 Capítulo 10
95 Capítulo 11
104 Capítulo 12
111 Capítulo 13
115 Capítulo 14
127 Capítulo 15
131 Capítulo 16
140 Capítulo 17
144 Capítulo 18
158 Capítulo 19
166 Capítulo 20
171 Capítulo 21
175 Capítulo 22
181 Capítulo 23
185 Capítulo 24
191 Capítulo 25

195 Capítulo 26
205 Capítulo 27
207 Capítulo 28
212 Capítulo 29
215 Capítulo 30
230 Capítulo 31
239 Capítulo 32
251 Capítulo 33
260 Capítulo 34
262 Capítulo 35
266 Capítulo 36
271 Capítulo 37
273 Capítulo 38
276 Capítulo 39
280 Capítulo 40
285 Capítulo 41
290 Capítulo 42
297 Capítulo 43
301 Capítulo 44
304 Capítulo 45
306 Capítulo 46
309 Capítulo 47
313 Capítulo 48
316 Capítulo 49

318 *Agradecimientos*

Más títulos de la colección:

El juego del mal

El último cielo perdido

La casa al final de la calle

La habitación de invitados

Una familia casi perfecta

La librería de los deseos

La pequeña tienda de los corazones felices

Un amor casi de repente

Matrimonio de conveniencia

El superviviente de Auschwitz

La mujer con el tatuaje

La enfermera de Auschwitz

La mecanógrafa de Hitler

La chica que jugaba al ajedrez en Auschwitz

El secreto de la librera de París

El quinto Evangelio

El cazador de libros prohibidos